RENÉ BAZIN

DE L'ACADÉMIE FRANÇAISE

Davidée Birot

Illustrations de

M. LECOULTRE

CALMANN-LÉVY

éditeurs

Ce volume doit être vendu : 1 fr. 50

DAVIDÉE BIROT

RENÉ BAZIN

DE L'ACADÉMIE FRANÇAISE

DAVIDÉE BIROT

ILLUSTRATIONS

DE

M. LECOULTRE

PARIS

CALMANN-LEVY, ÉDITEURS

3, RUE AUBER, 3

I

L'ARDÉSIE.

Beaucoup plus tôt qu'à l'ordinaire, Maïeul Jacquet, que tout le monde sur les carrières appelait Maïeul Rit-Dur, parce qu'il ne riait pas souvent, laissa l'ouvrage, entra sous le tue-vent, et, ôtant ses sabots, délia ses guêtres de chiffons, qu'il accrocha soigneusement à une traverse de l'abri. On le vit un moment, tête nue, dans l'ouverture triangulaire que laissent entre elles les deux premières claies du tue-vent, écartées à la base et jointes par le sommet. Il observa le lointain, du côté du Sud-Ouest, et il eut sans doute une pensée pour quelqu'un qui demeurait par là.

— Tu t'en vas ? demanda un homme qui travaillait à dix mètres de la hutte. C'est la pierre qui te dégoûte ? Je suis comme toi : Depuis trois mois je n'ai eu que du déchet.

— Peut-être bien, dit Rit-Dur.

— A moins que tu n'aies des affaires, des raisons qu'on ne sait pas, pour quitter l'ouvrage avant quatre heures ?

Rit-Dur ne répondit pas. Il rentra, en se courbant, sous les claies, et prit une petite soupière vide, une cuillère de métal blanc, et un reste de pain qu'il posa au milieu d'un mouchoir à carreaux étendu sur le sol. Puis, ramenant les coins de l'étoffe, il s'appliqua à les nouer deux à deux par-dessus la desserte de son dîner de midi, tandis qu'un troisième ouvrier d'à-haut, voisin de gauche, répliquait :

— Pourquoi lui fais-tu des questions ? S'il a des secrets, celui-là, il ne te les dira pas, même quand il sera saoul, et il ne l'est jamais.

— Il a de la chance, fit le voisin.

— Pour sûr !

Le bruit des voix cessa, et on entendit mieux le crépitement de l'ardoise brisée, qui s'élevait de toutes les buttes de la carrière, les ondes très sonores et musicales des blocs frappés par les pics d'acier, les coups plus sourds des maillets sur les ciseaux de fendage, le crissement des lamelles d'ardoise taillées par les couteaux à contrepoids qui se levaient et tombaient en mesure, ici et là, devant le stuc-vent. Trois cents hommes qui se seraient amusés à casser du verre avec des marteaux, auraient obtenu à peu près la même musique. Dans les chemins, tout remplis d'une boue bleue, des fardiers à bascule, conduits par des enfants, portaient des blocs énormes et plats, qui sonnaient aux cahots, et, quand ils avaient déchargé la pierre, les gamins, debout sur le plancher de la charrette sans rebords, fouaillaient le cheval qui prenait le trot, en secouant la machine, la poussière et l'enfant. Alors, le roulement des roues ébranlait tout le terrain, et mêlait sa rumeur aux cascades de notes légères que faisait, sur les buttes, l'ardoise attaquée ou rompue.

Le tue-vent de Rit-Dur était presque neuf, vaste, composé de trois belles palissades, une de fond, deux formant le bonnet de police, et que le fendeur avait faites lui-même, de bruyères, de genêts bien serrés entre des lattes de bois, et de brins de bourdaine ajoutés aux genêts, de cette bourdaine dont les tiges lisses, noires et effilées, rendent fous les chevreuils au printemps. A droite de l'entrée, des rangées d'ardoises fabriquées, petites et grandes, fines ou grossières, depuis le « poil roux » jusqu'à la « grande anglaise », attendaient que le compteur passât et enlevât la marchandise. La matinée avait été hargneuse, comme il arrive si souvent en mars, et toute l'après-midi était restée humide. Les moindres éclats d'ardoise dont le sol était jonché retenaient une goutte d'eau sur leur pointe ou leur tranche. Les nuages gris n'avaient cessé de venir de l'Ouest, de la même allure, sans aucune déchirure par où le bleu pût se montrer. Cependant, depuis un moment, la nappe des nuées s'était rompue, et le ciel, au ras de l'horizon, vers l'occident, était d'un vert fin et lavé, d'une lumière sans force, sur laquelle se projetaient, moins mornes, les toits de quelques maisons lointaines, les lignes vallonnées des buttes, plusieurs cheminées d'usines, quelques cimes d'arbres et le haut chevalement du puits de la Fresnais, pareil à un moulin sans ailes posé sur un échafaudage de gros madriers. Maïeul Jacquet sortit de son tue-vent, poussant de la main une bicyclette, et portant en sautoir le paquet noué dans la serviette et pendu à une ficelle.

— Bonsoir, vous tous ! dit-il.

— Bonsoir !

Ce n'était pas un homme ordinaire, ce Rit-Dur. Très bon ouvrier, il avait eu « sa part d'homme » depuis le jour de ses dix-huit ans ; il était fendeur à quatre hottées, ce qui veut dire qu'à chaque distribution de pierre, le fardier s'arrêtait devant son tue-vent et renouvelait la provision de blocs d'ardoise qui séchaient devant la porte. Mais surtout, par le caractère et le goût de la solitude, il ressemblait à peu de compagnons. On l'avait vu venir, autrefois, des îles qui sont entre les bras de Loire, vers Savennières. Déjà grandet et songeur plus que d'autres, il avait plu par son visage et par sa politesse. S'il ne parlait guère, il était musicien, poète, mais non pour la romance dans les noces. Les fendeurs chantaient parfois, sous les tue-vent, des chansons qu'on disait composées par lui. Et même, en quelques rares nuits, on avait entendu descendre des genêts, du côté des buttes de la Gravelle, des airs d'un « flutiau » que personne n'avait vu, mais qui sonnait à faire pleurer. Et les voisins avaient dit : « C'est Maïeul qui est dans ses jours. »

Il marcha une centaine de mètres, sur les débris craquants, puis, enfourchant la machine, il prit, sans se hâter, le chemin qui conduit vers l'Ardésie, la petite commune, toute voisine, où il habitait. Chaque matin et chaque soir il suivait cette route, presque jusqu'au village, mais pas tout à fait. Car pour sortir de chez lui ou pour y rentrer, il fallait nécessairement faire un détour. La Gravelle n'était pas située en bordure d'un chemin, bien sagement. Si Maïeul ne ressemblait pas à tout le monde, on pouvait en dire autant de sa maison, vieille, haut perchée, isolée au milieu des remblais et des fonds d'anciennes carrières abandonnées depuis plus de cent ans. Quelle idée drôle il avait eue d'aller se loger là, loin de l'auberge et des voisins qui ont toujours au moins une nouvelle à raconter, un journal à prêter, ou une sottise à dire ! Il ne se pressait pas, mais les muscles étaient solides, et, pour escalader un raidillon, il ne faisait aucun effort apparent. En quelques minutes il fut au milieu de la petite place de l'Ardésie, où il n'y avait pas même une maison d'autrefois avec un beau long toit, une fenêtre à meneau ou une tourelle, mais une épicerie neuve, un bureau de tabac neuf, deux masures repeintes et maquillées à la chaux, et un hangar énorme, magasin abandonné de la Commission des Ardoisières, et dont la charpente, effondrée par endroits, laissait passer le soleil, les étoiles et la pluie. Personne ne traversait la place quand il s'y engagea ; mais comme il entrait dans la rue qui fait suite, et qui est un des morceaux de ce village éparpillé, une bande de gamines se précipitèrent hors de l'école, les mains levées, chantant, criant. Deux d'entre elles, emportées par l'élan, heurtèrent le bicycliste qui faillit tomber, laissa pencher sa machine à droite, mit un pied sur le chemin, et s'arrêta, en haussant les épaules. Alors, toutes les petites, une vingtaine au moins, applaudirent et manifestèrent la joie la plus bruyante de ce que ce grand jeune fendeur avait été obligé de s'arrêter, sans que, d'ailleurs, il y eût le moindre mal pour personne.

— Monsieur Maïeul! Il a tombé! Il a tombé! C'est la course d'obstacles!

Une voix nette coupa les cris:

— Ernestine, vous serez en retenue demain soir!

Tout le bruit cessa. Les petites filles se rangèrent d'elles-mêmes en deux groupes, qui se tournèrent le dos et disparurent, l'un montant, l'autre descendant.

— Monsieur Maïeul, je suis bien contrariée.

— Pas moi. N'y a pas d'offense.

Il se tut, son épaule se leva du côté des écolières qui s'éloignaient en lignes, six par six, ayant du jour entre elles, comme des dents de râteau. Mais il n'exprima pas autrement sa pensée.

L'institutrice, qui venait d'assister au départ de ses élèves, se tenait sur le seuil de la porte, dont les montants de tuf étaient crépis de boue brune et de boue gorge de pigeon jusqu'à hauteur d'homme, c'est-à-dire un peu plus haut que la tête de mademoiselle Davidée Birot. Elle était jeune, elle se tenait bien droite, et ses yeux, las de lecture et d'écriture, avaient plaisir à regarder la route, l'éclaircie au bas du ciel, le paysage morne et ce grand carrier démonté, arrêté au milieu du chemin. Entre sa jupe noire et les montants de la porte, on voyait le sol, flaqué d'eau et de sable, de la cour de l'école, et, plus loin, des poiriers sans feuilles et les cercles d'une tonnelle.

Quand Maïeul eut considéré un moment la troupe des petites filles, il saisit les deux poignées du guidon, et il rejeta en arrière, d'un tour de rein, son paquet qui s'était déplacé. Mais il réfléchit qu'il serait malhonnête de partir sans avoir seulement fait un bout de conversation avec la maîtresse d'école, et il la regarda. Sa figure exprima l'étonnement le plus profond, et une de ses mains lâcha la bicyclette.

— Qu'est-ce que je vois là, mademoiselle, le long de vous? une pelle?

— Bien sûr, monsieur Maïeul.

— Elle est grosse comme la mienne!

— Je l'ai trouvée à l'école. Nous n'en avons pas d'autre.

— Vous n'allez pas vous en servir?

— Mais pardon, je vais m'en servir, et tout de suite!

Elle n'avait pas le rire de beaucoup de femmes du peuple, le rire tout en notes de musique et qui ouvre la bouche. Mais elle riait d'une manière réfléchie et retenue, qui laissait l'esprit sur les lèvres. Elle ne se moquait pas. Elle montrait un peu ses dents. Elle connaissait Maïeul. Elle pensait : « Ce brave garçon me prend évidemment pour une sorte de princesse! »

— Vous croyez donc que nous avons un jardinier, monsieur Maïeul? Non, la commune ne nous en offre pas. Monsieur le maire de l'Ardésie serait bien étonné si je lui en demandais un. Nous bêchons nous-mêmes, nous semons nous-mêmes nos carottes, nos oignons, notre persil, nos petits radis... Évidemment ce n'est pas du travail de praticien. Mais voilà le printemps qui s'annonce. Si nous voulons varier notre ordinaire, il faut nous mettre à l'œuvre. Et vous voyez, je m'y mets.

Cette façon de rire, en pensant plus de choses qu'elle n'en disait, intimida et attira le fendeur. Déjà mademoiselle Davidée s'était détournée, elle traversait la cour, elle poussait la barrière à claire-voie qui terminait, près de la cuisine de l'école, le mur bas du potager; elle entrait, enjambait une plate-bande semée de mâche, et se campait debout au commencement de la planche voisine. Allait-elle vraiment, avec ces mains habituées à écrire, et blanches, et effilées, pas plus grosses qu'une pomme de fenouillet, soulever la pelle pleine de terre, la retourner, et cela jusqu'à la brune? Sans doute. Elle avait déjà relevé le bras gauche en glissant, allongé le droit, appuyé le pied sur la lame de fer, quand Maïeul empoigna le manche, le secoua et le tira à lui.

— Bien! bien! Laissez-moi donc cet outil-là! Il me connaît mieux que vous. Je vais vous le bêcher, votre jardin!

— Oh!

— Et en moins de temps!

— C'est vrai?

— Et ça fera plaisir à... Enfin suffit, je n'ai qu'à me presser.

Elle était debout, au milieu de la planche de mâche, prête à rire ou à s'attendrir un peu, sans savoir ce qui convenait. Mais Maïeul quittait sa veste, la jetait sur la pyramide d'un petit poirier, et se mettait à défoncer la terre qui, au contact de l'air, s'écroulait sur elle-même, toute grasse, mêlée de paille et de brin de seneçon.

— Ma foi, puisque c'est vrai, je vous remercie bien, monsieur Maïeul. J'ai justement des devoirs à corriger; vous me rendez service.

Mais lui, il ne répondait pas, ayant pour habitude de ne point dépenser sa force en paroles. Déjà, en huit coups de pelle, il avait remué, sur un pied de large, toute l'étroite bande de jachère; il commençait à attaquer la seconde tranche. L'institutrice s'éloigna, par l'allée toute martelée de talons menus, les siens et ceux de mademoiselle Renée Desforges, la titulaire. Elle monta les trois marches du perron, au fond de la cour de récréation et en vue du jardin; elle s'appliqua, involontairement, à monter bien droit, sans balancer le corps. Arrivée sur le seuil, en ouvrant la porte, elle tourna la tête et la renversa pour voir le ciel, du côté de la route : les nuages avaient repris possession de toute l'étendue; la claire coupure à l'occident s'était fermée.

— Quelle pauvre lumière, mademoiselle! J'en ai le cœur tout sombre!

Ne faites pas la sensible, ma petite. Et ne blaguez pas : je vous entendais plaisanter à l'instant.

— Oui, avec Maïeul Jacquet, qui a voulu, à toute force, bêcher notre jardin. C'est drôle, n'est-ce pas?

— Peut-être.

— Pourquoi peut-être?

— Il a ses raisons, n'en doutez pas.

— Moi je trouve que c'est drôle. Je n'en cherche pas plus long. Mais je vous assure, mademoiselle, qu'à cause de ce gris, de cette pluie, de cette brume, je suis toute...

— Quoi?

— Désemparée? non... Triste? non : disposée au triste.

— Vous direz cela à monsieur l'inspecteur, quand il viendra à l'Ardésie. Il vous conseillera de vous marier, ou peut-être vous fera-t-il nommer dans une ville de la Côte d'Azur... Ciel toujours bleu.

Mademoiselle Renée Desforges courba en arc ses longues lèvres qui avaient le pli dédaigneux. Brusquement elle cessa de rire. Le corsage qu'elle raccommodait tomba sur ses genoux. Elle dit avec volubilité, avec passion :

— Vous êtes encore une débutante après trois ans et demi de professorat, et, comme une nouvelle arrivée, naïve, après six mois de séjour à l'Ardésie. Et vous me faites pitié! Vous ne parlez pas de mariage, mais vous entretenez, vous cultivez, vous perfectionnez votre sensibilité; à propos d'une enfant malade, d'une femme qui meurt, d'une grève, d'un chat qui miaule ou d'un martinet qui se casse l'aile, je vous vois vous agiter, souffrir, chercher la solution du problème du mal, tandis que vous n'êtes qu'une pauvre petite institutrice adjointe, exilée au bourg de l'Ardésie, jalousée par le curé, peu écoutée des habitants, surveillée par l'administration, et en somme assez mal partie. Fausse route! Croyez-moi : vivez pour vous, faites le nécessaire pour avancer, ayez une bonne classe, bien tenue, des cahiers propres : le reste est du superflu dont personne ne vous saura gré. Pas de zèle pour la correction du mal; un joli doute universel, qui vous fera bien voir; surtout pas de rêve d'amour conjugal. L'autre, vous pouvez y rêver, si cela ne contredit pas vos principes. Mais le mari de l'institutrice de village, qui est-il? Trois fois sur quatre, un homme qui vit de nous, de notre travail. Et quand nous le prenons parmi les instituteurs, nous renonçons à l'avancement, car il en faut de la chance, pour trouver les deux postes vacants, l'un à côté de l'autre! Et puis, ma petite, je ne connais pas beaucoup de nos collègues masculins que je consentirais à épouser... Non, voyez-vous, il faut aimer le métier pour lui-même, mettre son cœur entre deux feuilles de papier buvard pour qu'il se dessèche bien, dire toujours oui à l'administration, et arriver à la bonne petite retraite, sans se fouler trop.

— Quelle profession de foi! Et quelle ardeur vous y mettez, mademoiselle! Je vous assure que je ne vous donne aucun prétexte de me sermonner à propos du mariage possible ou impossible : aucun parti à l'horizon, je vous jure; l'horizon est tout brumeux. Je viens de le regarder : pas une lumière vive.

Elle riait, en douceur, le cou un peu rentré dans son col droit.

Mademoiselle Renée répliqua :

— D'ailleurs, vous auriez raison, peut-être, de ne pas ressembler à toutes les institutrices : vous avez une dot, vous, un père riche. Vous êtes une espèce d'aristocrate.

Elle se leva, plia le corsage soigneusement, piqua l'aiguille sur l'épaulette, et posa l'étoffe sur la table de la cuisine.

— Puisque je suis de semaine, je vais faire la soupe. Corrigez donc vos devoirs près de moi, voulez-vous? Vous corrigerez bien aussi quelques-uns de mes cahiers?

— Oh! oui, très volontiers.

Mademoiselle Davidée traversa le petit couloir au fond duquel était l'escalier qui conduisait aux chambres; elle entra dans la pièce carrelée, à peine meublée, que les demoiselles de l'école appelaient le salon, prit quelques cahiers, revint dans la cuisine, et s'assit près de la table, tournant vers la fenêtre sa tête jeune et ardente. « Cours moyen » — c'était celui de mademoiselle Desforges. — « Cahier appartenant à Madeleine Brunat. Vendredi 26 mars. Écriture : Imitez les bons exemples. » D'un coup de crayon, mademoiselle Davidée marqua la note passable. « Problème... Composition française : Exposez comment vous comptez employer les vacances de Pâques utilement, tout en vous reposant des fatigues de l'étude. »

— Tiens, ça n'est pas mal, ce qu'a fait Madeleine... Vous m'écoutez, mademoiselle Renée?

— Oui, oui, j'écoute.

La titulaire, penchée au-dessus du foyer de la cheminée, suspendait la marmite à la crémaillère. Sur les cendres mortes, elle entassa quelques poignées d'épines sèches, prit un journal qu'elle eut soin de plier en lame étroite, pour qu'il brûlât moins vite, l'alluma, porta la flamme sous les épines qui crépitèrent et jetèrent un grand éclat blanc. Aussitôt, elle mit le pied, en travers, sur le papier qui s'éteignit, et elle serra soigneusement, pour le lendemain, le reste du journal : geste de ménagère, aveu de la pauvreté. Toutes les femmes de l'Ardésie faisaient ainsi. Davidée regardait.

— Mais lisez donc le chef-d'œuvre! dit mademoiselle Renée.

— C'est vrai. Voici : « Je compte employer mes vacances utilement, car je suis maintenant trop grande pour toujours jouer. D'abord, le matin, j'aiderai à faire le ménage, je ferai des courses, j'éplucherai des légumes. Ensuite, j'emploierai mon après-midi au travail manuel, soit à la couture, à la broderie ou à d'autres travaux. Mais j'aurai aussi mes heures de loisir. Ces heures-là, quand je serai seule. je les emploierai à la lecture et au dessin,

tout de même, l'idéal de vacances de Madeleine Brunat?

— Qu'est-ce que vous voulez de mieux?

— Je ne sais pas. Pendant que je vous relisais le devoir, je pensais : « Formule, formule apprise, et qui ne défendra pas la petite. » Je suppose que...

— Moi, je suppose, raisonneuse, que

Souvent j'inviterai mes petites amies à jouer avec moi; j'aurai ainsi passé mes vacances utilement, et, en même temps, agréablement. »

— Vous avez raison, c'est tout à fait bien! dit mademoiselle Renée, qui se redressait, le visage tout rouge, et ses yeux bleus tout fulgurants du reflet de la flamme. J'ai toujours eu confiance dans Madeleine Brunat.

Mademoiselle Davidée, comme il arrivait souvent, secoua la tête et renia ce qu'elle venait de dire. Elle avait une parole prompte. Le jugement suivait, et corrigeait souvent les premiers mots.

— Vous ne trouvez pas que c'est pauvre

vous ne surveillez guère votre jardinier! Est-il encore là?

La chose légère, et preste, et agile, qu'était mademoiselle Davidée Birot, quitta la table, passa devant mademoiselle Renée, et s'appuya aux vitres de la fenêtre, tout à fait dans l'angle.

Mais oui! Il est là; il a terriblement chaud; la planche est presque entièrement bêchée. Si vous le voyiez! Nous lui aurions donné une haute paye qu'il ne travaillerait pas avec plus d'ardeur. Là! Là! Quelle pelletée, mon pauvre Maïeul Rit-Dur!... Je crois que l'ombre le grandit... Il a l'air d'un géant qui se démène entre nos poiriers.

La jeune fille se détourna, et revint à ses cahiers. Elle se pencha, et dit :

— C'est gentil ce qu'il a fait là, cet homme !

— Je le trouverais peut-être, s'il l'avait fait pour moi.

— Oh ! je vous assure !... Pauvre garçon !

Les deux maîtresses d'école de l'Ardésie, l'une qui levait son visage et l'autre qui l'abaissait un peu, dans le jour presque éteint, s'interrogèrent des yeux l'une l'autre. Chacune demandait silencieusement : « Quelle idée avez-vous donc, tout au fond ? » Elles étaient jeunes toutes deux, inégalement, et leur jeunesse donnait une profondeur singulière à l'émotion que le mot sous-entendu de l'amour avait éveillée en elles. Leurs longues années d'études arides étaient là, prêtes à parler et à dire : « Serons-nous récompensées ? Y aura-t-il une trève ? »

Tant d'efforts ! Une telle solitude ! L'ennui des choses toujours les mêmes ! L'affection légère de quelques enfants et l'ingratitude de toutes les autres ! L'heure présente se plaignait et cherchait à être plainte. Elle était résignée à se taire ; elle murmurait très bas, dans les âmes qu'une pensée vague troublait : « Voyez, cette cuisine, cette cour, ce jardin, les cahiers, la marmite qui grésille, toute l'humble vie : nous n'avons que juste ce qu'il faut de courage pour la vivre, parce que c'est pour nous ; mais si c'était pour lui ! pour lui l'inconnu ! l'impossible peut-être ? » Le songe était le même dans les yeux de mademoiselle Davidée et dans les yeux de mademoiselle Renée. Mais celle-ci ne croyait plus aux mots qui viennent ainsi dans le silence, avec leur musique douce et leurs images tentatrices. Elle avait été déçue, elle commençait à vieillir. Ses très beaux cheveux blonds avaient perdu de l'or et du reflet. Son teint se chargeait de rougeurs tenaces. L'autre, la plus petite, n'avait pas quatre ans de professorat. Elles se regardèrent. Le sourire, qui était mêlé d'ironie sur les lèvres de mademoiselle Renée ne changea pas. L'adjointe qui, en une seconde, avait vécu l'avenir heureux, et senti passer le printemps, devint triste la première ; elle eut une pensée de remerciement pour la sympathie qu'elle croyait que mademoiselle Renée lui exprimait. Puis elle se remit à la correction des devoirs. Les deux maîtresses d'école n'avaient pas échangé une parole. Mademoiselle Renée tira, d'un buffet, un plat de fer-blanc où il y avait de la viande dans de la sauce figée, et l'approcha du feu.

— Cours élémentaire : écriture : « Tempérance conserve santé... » Elle est incroyablement paresseuse, cette petite Philomène Letourneur ! Si vous pouviez voir sa page d'écriture ! Je mets un « mal ».

— Le père la battra.

— Non : il boit ; tout lui est égal. La mère est une bonne femme, par exemple.

Mademoiselle Davidée reprit la plume, effaça « mal », et écrivit en marge : « Pas assez appliqué. »

— Cours élémentaire : « Tempérance conserve santé... » Voici maintenant la petite Anna Le Floch.

— La Bretonne ? Vous en avons trop de Bretonnes ! Il nous en vient des bandes de Poullaouen, du Huelgoat et de Redon.

— Ce n'est pas bien écrit ; ça va en tous sens, tempérance... conserve... santé. Mais elle n'a pas de santé, elle, quoiqu'elle observe la tempérance assurément. J'ai peur de la voir mourir... Ce serait ma première élève morte... Je vais lui mettre un « passable » : ça sera des larmes de moins.

Elle continua d'ouvrir et de fermer des cahiers, de plus en plus penchée, à cause de l'ombre qui s'épaississait. Sa bouche sérieuse, rouge, lisse et qui prononçait bien, murmurait les noms des élèves : « Julie Sauvage, Lucienne Gorget, Corentine Le Derf, Jeannie Fête-Dieu... » Parfois, elle faisait tout haut une remarque, à laquelle mademoiselle Renée, d'un coin ou de l'autre de la cuisine répondait. Quand elle eut fini, elle mit les cahiers en pile, sur la table, et alla jusqu'à la porte du couloir qui donnait sur la cour. Elle ouvrit avec précaution, fit deux pas sur le sable, écouta, et revint presque aussitôt.

— Il est parti, dit-elle.

— Sans vous avoir dit adieu !... Ce sont les façons de ces gens-là : des rustres.

— Mais le carré est bêché. Après tout...

Elle n'acheva pas sa pensée. Elle dit seulement :

— Il va falloir allumer la lampe. La nuit est venue.

Mademoiselle Davidée prit, sur l'appui du buffet, une lampe en verre, coiffée d'un abat-jour opaque et décoré avec mauvais goût : des cartes à jouer sur fond verdâtre. Elle alluma la mèche, s'assura que le verre entrait bien jusqu'au fond dans la gaine de cuivre dentelée, — car c'était une soigneuse personne, — puis elle commença de mettre le couvert. Les demoiselles de l'école mangeaient chaque matin et chaque soir sur une nappe, de grosse toile, mais une nappe, quelque chose de blanc, de doux aux yeux, et qui n'était pas de la campagne. Mademoiselle Davidée étendit le linge sur la table, et effaça, du bout des doigts, les plis qu'elle referait de même, dans une demi-heure. Mademoiselle Renée, penchée de nouveau au-dessus du feu, enlevait la marmite, et versait le contenu dans la soupière, qui attendait à demi pleine de pain, découverte, près du chenet. Elle se détourna, sans se redresser, la marmite encore au bout du bras.

— Dommage que Maïeul Jacquet vive

si mal! Ce n'est pas un mauvais homme, en effet.

— Qu'est-ce que vous appelez vivre mal?

— Êtes-vous naïve!

— Que lui reprochez-vous?

Mademoiselle Davidée, le buste penché en avant, de l'autre côté de la table, les mains écartées et touchant la nappe, s'irritait contre le sang qui montait ridiculement à ses joues, à ses lèvres, à son front.

— Vous ne savez donc rien? Moi je savais cela six semaines après mon arrivée à l'Ardésie : Maïeul Jacquet, celui qu'on appelle Jacquet Rit-Dur, est l'amant de Phrosine.

— De la femme qui balaie nos classes?

— Sans doute.

— Que je reverrai demain?

— Oui, et les jours suivants, de la mère d'Anna Le Floch.

— Ah! comme vous me la diminuez! Je ne pourrai plus la regarder sans penser à cela...

— Vous deviendrez indulgente, allez!

— Je le suis. Je ne reproche rien tout haut. Je passe parmi leurs vices. Mais, tout de même, je voudrais reposer mes yeux. Cette femme-là, je la devinais malheureuse; je la voyais parfois révoltée, sauvage, dure et fermée de visage : mais je lui trouvais une dignité.

— Fiez-vous-y! Elle ne peut pas vivre avec ce que nous lui donnons. C'est clair.

— Je n'aurais jamais cru... Elle va toujours nu-tête; elle a l'orgueil de ses cheveux sans doute : moi, je l'imaginais coiffée d'une coiffe des Ponts-de-Cé, à deux ailes...

— Vous croyez que les coiffes protègent?

— Je lui trouvais un air rangé, un air de mère à qui manque son enfant. Je n'ai jamais causé avec elle, autrement que pour lui dire : « Faites ceci, faites cela, au revoir, vous oubliez de remettre le balai dans le placard. »

— Vous ne le regrettez pas, je suppose?

— Combien de créatures n'ont de rencontres avec notre esprit que par des mots pareils, et par ceux qui y répondent : « Oui, mademoiselle; non, je n'ai pas le temps; à demain. »

Le rire sonore de mademoiselle Renée éclata dans la pièce paisible, elle-même tout enveloppée dans le silence de la cour, du jardin, du chemin, et des brumes qui tombaient, à l'infini, sur les campagnes.

— Mangez, ma chère, vous avez besoin de vous refaire! Vous philosopherez demain! Est-ce que les Charentes ont beaucoup de philosophes de votre espèce?... Ah! je vous avoue que je suis incapable de vous suivre, et que je ne m'inquiète pas de tout, comme vous. Quand j'ai bien fait ma classe, je laisse l'humanité tranquille... Voulez-vous une troisième cuillerée de soupe?

— Merci, non, je n'ai pas faim.

— Voilà ce que c'est : si vous aviez bêché vous-même la plate-bande, vous auriez l'appétit d'un jeune loup.

L'une en face de l'autre, les deux femmes se mirent à manger. Elles reprirent la conversation, lente, sans intérêt, mais nécessaire, qu'elles avaient chaque soir au sujet du travail du lendemain, de l'emploi des heures, des devoirs à donner. Mademoiselle Davidée Birot, bien qu'elle s'appliquât à ne pas paraître distraite, songeait évidemment à d'autres choses, et il y avait un courant profond d'émotion et d'idées, sous cette demi-attention et cette lueur à demi éteinte du regard. Elle aussi, en ce moment, elle ne donnait point son esprit et elle ne livrait point son cœur à son prochain, elle disait : « Oui, non, parfaitement. » Son visage ne pensait plus; comme tant d'autres, il témoignait seulement que la vie l'animait, que le sang continuait son mouvement; ce visage qui n'était pas très régulier, mais qu'on ne pouvait regarder sans intérêt, à cause de sa pâleur, des yeux très noirs et des lèvres très rouges.

La blonde et grasse mademoiselle Renée aurait souhaité, chez sa compagne, une humeur plus abandonnée. Avait-elle connu la même inquiétude de tout, qui agitait mademoiselle Davidée? Elle avait dû alors la vaincre aisément. Cette fille de trente-deux ans vivait presque à l'abri du frisson qui vient de la haute mer. Elle n'aimait pas la mélancolie; elle en combattait les accès, de plus en plus rares et légers, en cherchant à s'étourdir, à ne pas réfléchir, à ne pas voir la fin, à ne plus s'émouvoir des questions qu'elle avait une fois décidé de ne point approfondir. Il y avait chez elle une gaieté prompte, qui n'était pas de la bravoure, qui était une fuite au contraire, devant la douleur, devant l'inquiétude morale, devant l'idée de la mort, mais qui faisait illusion. « Elle est toujours d'un bon tour », disaient les parents qui venaient causer avec l'institutrice. Ils sortaient de cet entretien sans émotion, sans réconfort, sans autre souvenir que celui des mots, qui étaient nets et incolores, mêlés de petites familiarités et plaisanteries étudiées. On n'aurait pu citer que trois ou quatre circonstances où mademoiselle Renée se fût montrée violente, agressive, d'une rigueur sans repentir. Le curé de l'Ardésie était l'un des habitants qu'elle haïssait, bien qu'elle le connût à peine. Les deux autres ennemis de mademoiselle Renée étaient des femmes, des jeunes, dont l'une s'était plainte que l'institutrice eût déchiré, en classe, le catéchisme d'une élève; dont la dernière avait osé dire que « cette blonde serait bientôt couperosée ». Pour distraire son adjointe, elle se mit à raconter la dernière réunion d'institutrices à laquelle elle avait assisté au chef-lieu: elle décrivit des toilettes, — oh! des toutes petites prétentions, — rapporta des histoires, commenta les dernières nominations dont elle approuva seulement celles qu'elle ne pouvait envier, et finit par dire :

— Tenez, ma petite, allons nous promener; il ne fait pas beau dehors; mais ça fouette le sang, et ça change les idées : vous avez besoin de distractions. Ah! que vous êtes jeune!

Rapidement, les deux femmes lavèrent les assiettes et la soupière, au-dessus de l'évier qui était près de la cheminée. Elles faisaient nerveusement cette besogne, la titulaire surtout, qui aspirait à un poste mieux rétribué, où l'on eût une petite chambrière. Elle avait d'ailleurs lavé plus de vaisselle que l'adjointe.

Bientôt elles furent dehors.

— Comme il fait doux! dit mademoiselle Renée.

— Vent du sud-ouest, pluie pour demain, dit l'autre.

Elles avaient mis, par-dessus leurs bottines, des sabots à brides, qui claquaient, quand elles relevaient le pied, contre le talon de cuir. La boue grasse coulait sous les semelles. Le chemin n'était bordé de maisons que d'un seul côté. Après l'école, il y avait une bâtisse carrée, relativement neuve, crépie de blanc, puis les toits s'abaissaient, les maisons n'avaient plus d'étage et plus d'âge, et, jusqu'au carrefour et même au delà, elles tendaient à la lueur faible de la nuit leurs longs toits feutrés de mousse et de poussière, qu'on eût dits tissés avec de la pauvre laine brune, fabriqués et rapiécés avec les vieilles vestes et culottes de droguet que les paysans portaient autrefois. Elles semblaient mortes, car elles dormaient déjà. Les deux « demoiselles » descendirent vers le carrefour qui n'est bâti que du côté du sud et de l'orient. Le café était éclairé et les quatre vitres de la porte laissaient passer une lumière qui s'allongeait sur la boue du chemin.

— Il faudra que j'aille voir, un de ces jours, la grand'mère de Jeannie Fête-Dieu, dit mademoiselle Davidée.

— Elle est plus malade?

— La petite m'a dit que ça allait plus mal.

— Ah! ma chère, vous ferez bien. Je vous envie. Moi, je ne peux pas voir souffrir : c'est plus fort que moi.

L'adjointe fut tentée de répondre : « Alors ne me regardez pas. »

Elle dit seulement, après un moment :

— Nous sommes des personnages, ne trouvez-vous pas? J'ai besoin de me dire cela.

— Beaux personnages, en effet! Un fichu sur la tête, des sabots aux pieds, la solitude autour! Ma pauvre mademoiselle Davidée, quand vous aurez vécu six mois de plus ici, vous comprendrez que nous sommes des sacrifiées, presque des condamnées.

Un éclat de rire discret et musical s'en alla dans la nuit étonnée, comme le chant d'un oiseau qui s'éveille.

Le carrefour, les deux rues qui s'enfonçaient dans la nuit et s'y perdaient, tout était désert. Mais les hommes tout de même étaient là, innombrables et présents dans le vent. Le vent charriait le bruit de la ville et le versait sur les campagnes. Roulement confus, d'où s'échappaient, bulles d'air emprisonnées dans la vague et qui montent à la surface, tantôt une voix, tantôt le sifflet d'une locomotive, ou deux mesures nettes d'une valse que jouait une musique militaire, très loin sur une place de la ville. Une cloche sonna plusieurs coups, voilés. Quelquefois, c'était un appel de sirène, libérant une équipe de travailleurs; quelquefois le halètement d'une pompe d'épuisement, établie sur les buttes des carrières, du côté des puits de Champ-Robert; puis le grand bercement des sons fondus, entrelacés et balancés, reprenait, et la chanson de la vie était faite de douleurs, de travail et de joie qu'on ne distingue point l'un de l'autre. Des phares électriques veillaient sur des chantiers éloignés et formaient des îles de lumière. Une chaleur molle se glissait dans les replis de la brume. Les pierres, les murs, les écorces suintaient. On respirait le printemps qui n'était pas partout, qui n'avait pas de parfum, qui venait en soupirs, chauds et moites, fugitifs.

— Vous avez raison, dit mademoiselle Davidée, la nuit est douce.

— Les poètes diraient : voluptueuse, répondit mademoiselle Renée.

Elle entoura de son bras la taille de l'adjointe, et toutes les deux elles remontèrent vers la maison déserte qui est au nord de la place. Là aussi, il y a un chemin, mais tout à fait désert, qui coupe des pâtures, des champs de pierraille bleue, où poussent des touffes d'herbe et des pelotes de mousse. Les promeneuses le suivirent, lentement, émues, ne parlant guère. Elles voulaient gagner ainsi un autre hameau, où est l'église, et revenir à l'école. Quand elles furent vers le milieu du chemin, tressaillant toutes deux, au bruit d'une bête nocturne, chevêche ou hulotte, qui secouait en s'envolant la ramille d'une souche, elles s'arrêtèrent. La peur passée, elles ne rirent pas : mais mademoiselle Renée, serrant sa compagne contre son corsage et se penchant vers elle, l'embrassa.

— Je vous embrasse, ma chère, murmura-t-elle. Je vous aime bien. Et vous?

Davidée, un peu surprise, fut aussitôt reconnaissante, et dit :

— Moi aussi, mademoiselle.

Elles se remirent à marcher, évitant les fondrières; elles passèrent devant quelques maisons, elles virent le clocher, un peu plus sombre que la nuit, elles tournèrent et redescendirent vers la maison, où elles vivaient pour apprendre aux enfants à vivre.

Elles étaient des forces, sinon des personnages, comme le disait l'adjointe; des forces jeunes, l'une en pleine ferveur, décidée à se dépenser pour ses élèves, ville, dans un paysage étrange et sévère; elles ne faisaient point d'économie sur leur mince traitement; elles ne se marieraient que difficilement selon leur condition présente, car elles appartenaient à un monde d'exception, déclassées par leur instruction même, devenues, par la culture de l'esprit, capables de souffrir d'un mariage inégal, et cependant demeurées très proches du milieu qu'elles instruisaient, d'où elles

LE CAFÉ ÉTAIT ÉCLAIRÉ.

l'autre désabusée, revenue d'un enthousiasme qui n'avait jamais été très vif, ramenée à des ambitions moins hautes, mais pénétrée de la lettre du règlement. Toutes les deux elles avaient beaucoup travaillé. Elles savaient plus de choses que toute l'Ardésie ensemble, si l'on exceptait du reste le curé, et deux ou trois ingénieurs qui habitaient la commune. Les petits garçons allaient à l'école dans une des communes voisines, et l'Ardésie, à cause de son peu d'importance, n'avait point d'autre école que celle que dirigeait mademoiselle Renée Desforges, assistée de mademoiselle Birot. Comme leurs collègues, les deux maîtresses avaient quitté leur famille, pour enseigner; elles habitaient parmi des pauvres, sans relations agréables, très absorbées par les obligations professionnelles, assez loin d'une sortaient, par leur éducation, la plupart de leurs goûts, et plusieurs de leurs jalousies.

Neuf heures avaient sonné quand les institutrices ouvrirent la porte de l'école. Elles allumèrent deux bougies, posées dans des bougeoirs tout pareils, blancs avec un filet bleu, et qui attendaient sur une tablette de la cuisine. Arrivées au palier du premier étage, elles se séparèrent pour entrer chacune dans sa chambre. Avant de se détourner, leurs visages éclairés par la lumière des bougies se sourirent l'un à l'autre.

— Bonsoir, mademoiselle!

— Bonne nuit!

Est-ce une amitié qui naît? se demandait mademoiselle Davidée. Est-ce que vraiment mademoiselle la titulaire va être autre chose pour moi que ce qu'elles sont bien souvent, une voisine, une autorité vigilante, une vie morale indifférente à la nôtre, une compétence qu'il est utile de consulter et difficile d'aimer? Elle ne pensa pas longtemps à mademoiselle Desforges. A travers les vitres de la fenêtre, ayant relevé les petits rideaux de cotonnade blanche, elle avait essayé de reconnaître, en avant et au Nord, la lueur qui veillait là, parfois, dans une chambre haute. Car Maïeul habitait une maison vaste et presque noble, plantée sur une butte aux siècles passés, et qui dominait tout le pays de l'ardoise. Elle ne vit rien. De petites étincelles rapprochées lui parurent désigner le village de la Morellerie. « Ce Maïeul, songea-t-elle, je le déteste à présent! » Elle effaça, avec ses doigts, le brouillard que sa bouche avait soufflé sur le verre. « Ah! ces hommes qui vivent des années avec une femme, et qui l'abandonnent, l'espèce en est commune! et odieuse!... Phrosine n'a probablement pas pu se faire épouser : elle est plus âgée que lui... Quel âge a-t-elle? Trente-cinq ans peut-être. Je ne sais pas. Elle a l'air jeune... Et lui? vingt-six? vingt-sept? Voilà dans quel milieu vit cette petite Anna Le Floch! Je ne m'étonne pas qu'elle soit triste et si sauvage. Moi qui l'ai grondée souvent! Elle n'est pas mon élève. Je voudrais qu'elle le fût, et la presser là, maternellement, sur mon cœur, puisque la mère est indigne... Que j'aurai de mal à ne pas faire mauvais visage à Phrosine demain!... Mais ce serait une belle affaire, si je disais ce que je pense! Nous sommes surveillées de si près! On peut plaindre, mais blâmer quelque chose? Blâmer?... Pourquoi ce Maïeul a-t-il proposé de bêcher le jardin? Il paraissait content de m'obliger, ou de nous obliger. Mais que sait-on? Il n'est guère parleur... Je le verrais si bien dans une honnête famille, comme il n'en manque pas, tout de même, à l'Ardésie, jeune marié, bon travailleur, rangé, dans sa maison basse et bien tenue, avec deux enfants sur les genoux! ou trois! ou quatre! si c'est possible d'en embrasser quatre ensemble! »

Elle sourit de cette image qui lui venait. Elle était maternelle. Le souci de la classe du lendemain la reprit. Elle se coucha rapidement, dans le lit de fer qu'un seul rideau d'étoffe jaune défendait contre le vent. Le vent soufflait en lame, par les fentes de la fenêtre, et les deux petites boucles de faux cheveux que Davidée avait placées sur la table, au pied du chandelier, s'allongeaient et se rebiffaient en mesure, tout comme la flamme de la bougie. Elle éteignit la bougie et s'endormit.

La lune passait à travers les pelotes de brume.

II

LA FAMILLE BIROT

D'où venait Davidée Birot? D'un village situé au bord de la mer, dans ce pays des Charentes où la côte est taillée en biseau, et glisse ses plages indéfinies sous les vagues sans profondeur. Elle était de famille terrienne, mais née au bord du flot, en vue du large. Le père n'avait pas toujours vécu de ses rentes, comme il vivait à présent. Compagnon tailleur de pierre, adroit dans le métier, tenace en toute affaire, bourru, intelligent, Constant Birot avait fait son tour de France, fendu, martelé, sculpté un peu toute pierre marchande, la pierre dure et le tuffeau, le granit, le marbre, les vieilles laves du Massif Central, et les agglomérés, couleur de crème et de rouille, où il aimait trouver des coquillages.

Rentré au pays, ayant amassé quelques centaines de francs, il s'était associé avec un fils de famille nommé Hubert. A eux deux, ils avaient acheté une carrière de pierre dure, à la porte du village, dans la plaine sans arbres qui enveloppe Blandes aux volets verts, et, Hubert fournissant les fonds, Birot faisant le métier de contremaître, l'affaire s'était lentement développée. Birot n'avait aucune instruction générale. Il en souffrit quelque incommodité dans son commerce; il s'en irrita comme d'une injustice à mesure que son ambition grandissait, et, par une illusion où la vanité trouvait son compte, exagérant la vertu des études qu'il n'avait pas faites, il en vint à croire que cela seul lui manquait et le limitait. Aussi, quand il eut deux enfants, — toute ma charge, disait-il, — de son mariage avec une petite rentière du pays, il déclara que son fils serait ingénieur et que sa fille « aurait une bonne place aussi ». Le fils ne réussit pas. Médiocre élève au lycée, plusieurs fois menacé de renvoi, il finit par entrer comme employé aux écritures dans les bureaux d'une préfecture du Midi. On ne le voyait plus guère à Blandes. Les amies de madame Birot racontaient que l'employé n'était maintenu, dans ce poste secondaire, que grâce aux relations et à l'influence politique du père Birot. Celui-ci, en effet, déjà riche et continuant de travailler, rachetait la part de son associé, devenait le seul maître de la carrière, et prenait figure de personnage, non seulement à Blandes, mais dans la région voisine et jusqu'au delà de La Rochelle. A Blandes même, il régnait, il était maire, toujours réélu, sûr de l'être, autoritaire, de ceux qu'on peut appeler des maires absolus.

Il avait les dons qui conviennent pour la conquête violente de la primauté communale, en période de trouble et de jalousie. Son intelligence était précise, sa mémoire implacable, sa haine aussi, et sa serviabilité promise à tous ceux qu'il ne détestait point. Il était bon homme et jovial avec tout le monde au premier abord. Si on pliait, il restait ainsi, la paume ouverte pour la poignée de main, bavard en apparence, observateur soupçonneux sous le dehors de l'abandon. A la première faute, ou simplement à la première erreur commise contre sa magistrature ou contre ses intérêts, il répondait immédiatement, et avec une brutalité singulière. Les paroles, les gestes, les menaces, les histoires collectionnées depuis trente ans dans cette mémoire tenace, les insinuations, s'il le fallait, mais qu'on savait soutenues par des preuves toutes prêtes, accablaient le coupable. Le père Birot courait à la préfecture. Il ne dénonçait pas en cachette. Il criait sa colère. Il demandait vengeance. Il revenait avec une promesse, la promesse était tenue, l'instituteur déplacé, la receveuse envoyée en disgrâce, le conseiller municipal voyait refusée la demande de sursis faite par Auguste, réserviste, et le fils de la mère Michelin, soldat, n'obtenait pas la permission de moisson. Le sexe, la jeunesse, le regret du coupable, n'avaient nulle influence sur les décisions du père Birot, celles qu'il avait prises, celles qu'il allait prendre.

Jamais on ne l'avait vu pardonner. Jamais un débiteur n'avait obtenu un délai de ce gros prêteur rougeaud, qui riait en disant : « Payez, après nous verrons »; mais qui riait uniquement de sa force, du sentiment de son droit, de l'inévitable légalité. Personne ne l'accusait de lâcheté. Il allait droit chez l'habitant inculpé d'avoir dit quelque mal de lui. « C'est-il vrai, que tu m'as dénigré? C'est-il un mensonge? Es-tu mon ennemi? Es-tu mon ami? Voilà le moment de te déclarer. » On l'accusait d'être impitoyable. Il l'était. On disait aussi couramment : « Cet homme-là n'a pas de cœur ». Et cela était faux.

Il continuait d'aimer son métier, sa carrière de Blandes, il aimait la pierre à bâtir, le beau moellon, les larges assises bien taillées et posées d'aplomb. Bien qu'il commençât à marcher péniblement, sur ses jambes arquées, au-dessus desquelles son ventre faisait clef de voûte, on l'eût conduit à six kilomètres à travers champs pour voir une façade neuve et réussie, une arche de pont construite de biais, un socle ou une borne qui faisaient honneur à l'ouvrier, ou à la mine. Mais surtout, il aimait sa fille. Davidée était née dans ce qu'il appelait « les temps durs », ceux où il travaillait de ses mains, avec une ardeur, une conscience, une

régularité exemplaires. Quand il rentrait, le soir, elle était là, mignonne, les mains tendues, — des mains fines, dont il s'émerveillait, — le nez un peu levé, et les yeux tout à lui, pleins d'admiration enfantine, du souvenir des jeux de la veille, humides et brillants d'une tendresse qu'elle savait déjà puissante.

En elle, il se reconnaissait, non pas tel qu'il était, mais tel qu'il aurait pu être. Il lui disait : « Petite Davidée, tu es intelligente. Moi, je ne suis pas une bête, mais je manque d'instruction. Tu auras beaucoup d'instruction, toi; je t'achèterai des livres, même des gros, très chers, tous ceux que tu voudras; je te payerai des maîtresses de lecture, d'écriture, de calcul, de tout le reste qui s'apprend; je dépenserai mes derniers sous pour que tu me fasses honneur, parce que ton frère, vois-tu, je ne compte pas sur lui. Viens m'embrasser! »

Il l'enlevait dans ses bras dont les muscles, habitués au même effort, de bas en haut, portaient l'enfant comme si elle avait été en duvet. Il l'asseyait dans un fauteuil de rotin perché sur quatre échasses, acheté pour Davidée au biberon, et qui servait encore, malgré les haussements d'épaule de la mère, à Davidée petite fille, déjà haute comme un épi. Le père le voulait ainsi, parce que ce cœur pesant n'avait qu'une joie et qu'il craignait déjà de la perdre, et qu'à voir l'enfant dans la chaise du bébé, il s'imaginait plus aisément que rien ne changerait. Birot approchait la chaise du feu que la mère avait fait maigre; il jetait sur les braises et les brasillons une poignée de sarments dont il y avait provision dans la cuisine, sous la coquille limaçonne de l'escalier, et il disait :

— Chauffe tes menines, et ris de tes petites dents! Voilà le feu que j'ai gagné pour toi, avec ces bras-là! Voilà le bois de mes vignes dont j'ai vendu le vin aux brûleurs de Cognac. Approche-toi encore... Fichue journée, la mère! Une pierre de taille fendue par la gelée, et un animal d'ouvrier qui s'est blessé au genou, et qui voulait me faire payer la casse! Tu sais, Blaisoin, le bistourné, le bignole, qui a des poils qui lui mangent les yeux? Est-ce que je n'ai pas été ouvrier moi aussi? Est-ce que je n'ai jamais eu la viande entamée? Est-ce que j'ai fait des manières? Je lui ai mis mes deux mains sur les épaules, et je l'ai secoué, que les os lui craquaient. Il a eu peur : ça m'a servi de quittance... Dis, la mignonne, allonge tes pieds : les sarments brûlent comme un cœur.

L'enfant ne riait pas autant qu'il l'eût voulu. Elle se laissait gâter avec condescendance. Ils ont si vite deviné, tous et toutes, leur puissance et les moyens de l'accroître! Davidée craignait plus la mère silencieuse que le père violent. Quand elle voulait une chose difficile, un voyage à La Rochelle, une pêche aux moules dans la baie, un goûter d'amies, une poupée de Paris bien habillée, elle demandait au père Birot, mais elle regardait la mère qui, en arrière, les pieds toujours chaussés de feutre, sans bruit, sans arrêt, noire et

de notes de Davidée, et l'orgueil leur entrait dans l'esprit, à repasser les gros chiffres qui signifiaient invariablement : très bien. Mais madame Birot, qui avait l'imagination moins emportée que son mari, et le jugement plus mesuré, ne con-

CHAUFFE TES MENINES.

fluette, rangeait, époussetait, frottait, toujours lasse, jamais satisfaite.

Bientôt la chaise fut trop haute pour l'enfant.

Davidée rapportait, de l'école, des notes remarquables. Quand elle était au lit, làhaut, précisément au-dessus de la salle à manger qui servait de salle de réception à madame Birot et de fumoir au bonhomme, les deux époux ouvraient le carnet

cluait pas comme lui : « Elle **ira loin!** » elle avait soin d'ajouter : « Sans doute, bien établie, près de nous, elle nous fera honneur. Il faut prendre garde, Birot, à ton ambition. Elle a déjà éloigné le fils; il ne faut pas qu'elle éloigne la fille. » L'homme s'irritait de tels propos. Il traitait sa femme de « bourgeoise ». Il parlait de la science; il répétait des mots qu'il avait entendus sur les chantiers, ou dans les réunions publiques, et qui lui revenaient à la mémoire, soudés ensemble, comme des maillons de chaîne. Lui, il connaissait le monde ; lui, il voyait des hommes, il comprenait le progrès ; lui, il sacrifierait ses intérêts, et même son plaisir, à l'avenir de la petite. Cependant il ne disait point ce qu'il ferait.

On le sut, avec le temps. La directrice de l'école de Blandes avait, depuis longtemps, exposé son plan à M. Constant Birot. Elle-même, gratuitement, elle se chargeait de préparer Davidée, de la faire recevoir à l'école normale : « Une enfant si intelligente, monsieur Birot, et qui est très aimée de ses compagnes, qui est adroite, qui a de la distinction, oui, je dis bien, de la distinction : elle est faite pour réussir dans l'enseignement. Peut-être a-t-elle un peu trop de sensibilité. Mais la vie corrige ce défaut-là. » — « Ah ! je vous crois ! » disait Birot.

Ce fut une après-midi de printemps, sous la volée des cloches, qui sonnaient la fin des vêpres dans la tour de l'église fortifiée et crénelée de Blandes aux volets verts, que le père Birot annonça à sa femme qu'il avait, lui Birot, choisi une profession pour l'enfant. Les deux époux étaient seuls, dans la chambre du premier étage, que meublaient un lit de noyer ciré recouvert d'une cretonne rouge, quatre chaises et une table ronde, apport du tailleur de pierre, « détaillé et prisé » dans le contrat de mariage qu'avait exigé le père de la future madame Birot. Une porte, restée ouverte, faisait communiquer cette chambre carrelée, nue et tout ouvrière, avec une pièce plus grande parquetée en sapin, où l'on apercevait les plis tombants d'un rideau de mousseline blanche, l'angle d'un lit de cuivre, une glace dont le cadre doré était toujours enveloppé de gaze, et de petits bibelots de porcelaine sur la tablette d'une cheminée. La chambre des parents était sans cheminée. Il faisait froid dans la maison plus que dehors. Davidée avait été emmenée, par une de ses amies, jusqu'au village de Villefeue, qui est tout en long sur une ondulation de la plaine, et la plus vaste chambre, la plus belle, la plus tiède, était donc vide. Madame Birot, debout sur une chaufferette de bois, ce qui la faisait paraître grande, tournée vers le jour, s'apprêtait à repasser les corsages de sa fille pour la saison nouvelle, trois loques humides, plissées, chiffonnées, l'une mauve et les deux autres blanches, jetées à cheval sur une ficelle qui allait d'un clou près de la porte à un clou près de la fenêtre. Elle avait devant elle une planche enveloppée de linge et posée sur le dossier de deux chaises. M. Birot, à droite dans le demi-jour, assis non loin de l'extrémité de la planche à repasser, surveillait une cafetière de vin rouge sucré, qu'il avait placée tout contre le petit fourneau sur lequel chauffaient les fers. Remède universel, qui devait, cette fois, guérir une toux opiniâtre que le maître tailleur de pierre avait rapportée du chantier. L'odeur oppressante du charbon se répandait dans la pièce, au ras du carreau. Birot qui n'avait rien dit depuis une heure, et qui mordillait sa courte moustache, leva tout à coup sa tête décidée.

— Alors, j'ai vu mademoiselle Hélène. Elle est prête à instruire Davidée, à lui apprendre tout, tout. Elle répond que l'enfant sera capable, dans trois ans, pas plus, d'entrer à l'école normale de la rue Dauphine, à La Rochelle.

La mince ménagère aux bandeaux bruns tressaillit. Elle ne répondit pas tout de suite. De la main gauche, elle saisit le corsage mauve ; elle l'étendit sur la planche, et elle le lissa, longuement, de ses doigts nerveux, qui tremblaient, comme des paupières qui retiennent des larmes. Le mari eut le temps d'ajouter :

— Rien à payer : des livres, des misères.

— Il faudrait savoir d'abord si elle veut être institutrice ? C'est un pauvre métier.

— Le plus beau de tous !

— Qu'en sais-tu ? Faire après les enfants des autres, quand on pourrait en avoir soi-même !

— Qu'est-ce qui l'empêchera de se marier ?

— Avec un instituteur, n'est-ce pas ? Avec un homme qui sera envoyé ici, là, toujours loin de chez nous, comme un officier. Tu ne les aimes pourtant guère, les officiers ! C'est tout pareil. Sans compter qu'il n'aura que du mépris pour moi, et pour toi aussi, va ! Tu ne seras pas capable de le faire taire, l'instituteur ! Mais tu as de l'orgueil qui t'empêche d'être intelligent.

— Dis donc que je ne réussis pas !

— Dans tes affaires, oui, dans tes élections, oui : mais ça ne va pas plus loin, Birot ! Le monde et toi ça fait deux.

— Le monde, et toi, et moi, ça fait trois alors, parce que tu n'es pas d'une autre espèce que ton mari, la bourgeoise. Tu n'es que la femme d'un ouvrier, une personne qui met des gants les jours de fête, mais qui n'est tout de même rien du tout, voyons ! De nous deux, c'est moi qui ai le plus voyagé, le plus entendu parler les uns et les autres. Je me tais, quand tes amies viennent te voir, si je les rencontre par hasard, et j'ai l'air d'un homme qui ne pense à rien. On m'appelle le père Birot. Je le sais. Mais je me rattrape avec les hommes, je t'en réponds ; je suis écouté ; ils tremblent quand je me mets en colère ; ils cherchent à savoir mon opinion, à la deviner, afin d'être d'accord avec moi, avant même que je n'aie ouvert la gueule ; les cantonniers, les gendarmes et des fonctionnaires de La Rochelle, même des gros, me saluent très bas, comme pour me demander, à chaque fois, la permission de garder leur place ; le curé ne me regarde pas, quand je le croise dans le chemin, de peur de voir, probablement, que je le déteste; le préfet m'inviterait à dîner si je voulais, oui, moi le tailleur de pierre, et même avec toi, si je le voulais encore; j'entrerais chez lui avec ma blouse, avec mes sabots, avec ma pipe, avec mon juron, et il rirait, le sacré lâche : j'ai une espèce de puissance qu'on n'a pas quand on n'est pas intelligent, voyons! Tu ne peux pas comprendre ce plaisir-là, de commander sans galon, et d'être un gendarme en blouse. Seulement, ça crée des obligations. Moi, je suis obligé d'avoir des enfants qui servent mes idées, la cause, comprends-tu? Davidée mariée, ça ne me grandit pas; Davidée, institutrice publique, ça me grandit. Et, de plus, je la protégerai.

La petite madame Birot, qui lissait l'étoffe mauve, tendit le fer tout fumant vers son mari.

— Tu choisis pour elle! C'est joli.

— Non! Je veux qu'elle choisisse pour moi.

— Égoïste!

— Est-ce que ça n'est pas ma fille?

— C'est encore plus la mienne, à moi qui suis la mère. Tu ne penses pas que tu vas me l'enlever?

— Dans trois ans!

— C'est comme aujourd'hui, trois ans! La peur de la perdre sera entre nous, tous les jours. Birot, ne fais pas ça! Ni pour toi! Ni pour moi! Ni pour elle! On souffrira tous, et chacun à sa manière.

Birot se leva, la face congestionnée, les yeux durs, et il avança le bras vers le fer chaud, que la femme retira, vivement, et qu'elle se mit à promener avec frénésie sur l'étoffe légère, en murmurant :

— Mauvais cœur! mauvais cœur!

L'homme était déjà devant elle, entre la fenêtre et la planche à repasser. Elle cessa de travailler afin de le regarder en face, elle qui recevait la lumière jusqu'au fond de ses yeux bruns, et qu'il pût voir qu'elle n'avait pas peur de lui.

— Bourgeoise, dit-il après un moment de silence, pendant lequel il put reconnaître que la colère n'aurait pas raison, pour une fois, de cette mère blessée, qui faisait tête; bourgeoise, tu es plus instruite que moi d'une manière, mais tu n'as pas le goût de l'instruction. Moi, je donnerais la moitié de mes économies pour être instruit, pour savoir bien parler, bien écrire, et lire des livres sans que la tête m'en parte, comme je vois faire à d'autres. Tu crois que je veux seulement plaire aux amis, en faisant de ma fille une institutrice? Eh bien! non, je veux qu'elle ait ce que je n'ai pas eu: je veux qu'elle ne soit au-dessous de personne; qu'elle n'ait pas de honte quand elle rencontrera des savants. La science, moi, je suis jaloux d'elle. Je ne le dis jamais aux compagnons: ils me croient fort parce que je crie fort; mais c'est parce qu'ils sont les derniers des lâches, tous, qu'ils me donnent raison. J'ai tort, quelquefois. Je ne peux pas tout inventer. J'enrage, quand j'ai répondu à un bourgeois, à un ennemi, à un compagnon qui ne veut pas m'obéir, et que je n'ai que des gros mots à leur crier. Je voudrais avoir des idées, la science, ce qui fait qu'on rit des autres, au lieu de se fâcher. Ma fille sera ma revanche.

Il avança son énorme main carrée, et il prit, entre deux doigts, le corsage à moitié repassé, gonflé par le coup de fer, et transparent dans la lumière. Sous la moustache dure, égale, roussie par la pipe, les lèvres s'allongèrent et s'ouvrirent :

— La jolie garce, Davidée Birot!

— Veux-tu pas dire des mots comme ça!

— Quand elle aura vingt ans, à la sortie de l'école, ils tourneront autour, les amoureux, comme les mouches autour des pierres qui sont au midi!

— Ne touche pas la mousseline, Birot! C'est trop propre et trop fin pour toi. Donne-la-moi!

Il s'entêtait à rire, pour essayer d'adoucir sa femme.

— Je te dis de la donner! Je te dis de ne pas la toucher!

Cette fois il jeta le corsage sur la planche. La femme saisit l'étoffe, regarda si la trace des doigts n'y était point, et, rendue furieuse, cria :

— Tu t'en repentiras, Birot! qui vends ta fille aux enfants de n'importe où! Tu auras du chagrin, quand tu ne seras plus rien qu'un vieux, et que ta fille ne sera plus là, près de nous, et que tu ne pourras plus la revoir! Tu ne cèdes jamais. La vieillesse te fera bien plier. Tu ne sauras plus qu'en faire. Tu pleureras d'avoir chassé la petite, la jolie, l'aimable, la bien-aimée!

Il sentit la puissance des images qui lui étreignaient le cœur. Il se détourna, toussa pour montrer qu'il était malade, appuya le front contre une vitre, et dit :

— La voilà!

Madame Birot descendit de dessus la chaufferette.

— Laisse-moi voir!

Elle le repoussa vers la droite, et il ne protesta point, car il obéissait en toute chose à sa femme, sauf quand il s'agissait « d'idées », et chacun avait sa tyrannie, l'une à la maison, l'autre dehors.

— Tu dis que tu l'aimes, ah! la pauvre chérie, je ne le sais que trop, tu as une manière d'aimer les autres qui ne s'inquiète guère de leurs goûts, ni de leur volonté. Regarde-moi ça, comme ça marche bien, entre les deux demoiselles du ferblantier! Comme c'est rose et content de vivre, et tendre de cœur! Elle a déjà levé les yeux de notre côté... Tiens, encore... Elle m'a vue... Elle dit à ses compagnes : voilà maman! Pauvre innocente! Faire de ça une institutrice! avec un sourire pareil.... et une bouche comme une fleur de pommier, lui faire épeler b-a ba et mouiller des plumes de fer! Elle traverse la rue, elle est seule à présent, elle fait bien attention à la voiture qui vient là-bas... Je lui ai tant recommandé de faire attention aux voitures!... L'entends-tu monter?

Ils s'étaient détournés en même temps. Ils écoutaient le pas léger, régulier de Davidée, sur les marches de l'escalier de bois. Avec la même émotion, ils virent la porte s'ouvrir, ils virent, dans la niche d'ombre que faisait la cage de l'escalier, une tête de petite jeune fille qui se souleva encore de la hauteur d'une marche, une main preste, qui appliqua entièrement la porte contre la muraille, et, tendue en avant, Davidée, qui entrait dans la lumière.

— Bonjour, m'man! Bonjour, p'pa!

Elle avait le teint bourgeonné, les lèvres hâlées et encore mal formées, deux tresses brunes défaites par la course, une robe à pois blancs, courte et tachée, de gros mollets gonflant des bas noirs, des bottines couvertes de boue, mais elle avait une jeunesse, une grâce brusque, un air de santé, une sève éclatante, une promesse évidente et mystérieuse d'intelligence, de puissance pour le bonheur ou pour la peine, de faire souffrir peut-être, de consoler peut-être, mais quelque chose, assurément, qui dépassait déjà le pauvre raisonnement des deux parents qui l'embrassaient, la mère longuement, le père brusquement.

— Bonjour, ma chérie, chérie, ma Davidée!... Bonjour, petite!

Elle s'assit sur les genoux de la mère, et s'appuya contre l'épaule maternelle, et le visage de madame Birot redevint jeune. Il se détendit, s'adoucit et s'embellit du plus parfait contentement. Pour un peu, elle eût bercé l'enfant. Birot lui-même, si peu porté qu'il fût aux vains attendrissements, considéra avec complaisance le groupe que formaient ces deux êtres qui lui appartenaient, sa femme, sa fille. Il admirait le regard de Davidée, de Davidée heureuse et que le bonheur d'être câlinée n'empêchait pas de penser, il devinait que ces yeux bruns dont l'un était à demi fermé sur le corsage de la maman, et qui observaient tantôt le père, tantôt la chambre, la fenêtre, le plafond, avaient une singulière profondeur de vie, et il s'enorgueillissait, il s'affermissait dans son idée d'avenir, tandis que la mère jouissait de serrer contre elle, de défendre le corps et l'âme de son enfant. Elles se ressemblaient, Davidée et sa mère, Davidée cependant avait une mobilité de physionomie que la mère n'avait pas, et une oreille charmante, petite, bien bordée, qui ne venait ni du père ni de la mère. Ses lèvres rouges, entr'ouvertes, laissaient passer le souffle court, égal, frais, que la mère respirait comme le printemps. Et ils se turent tous les trois, le père, la mère, l'enfant, parce que leurs âmes étaient occupées chacune d'une pensée différente, et

qu'elles avaient l'obscur sentiment de la distance.

Le père dit le premier :

- T'es-tu amusée?

– Oui bien.

Elle disait souvent ainsi.

- As-tu couru?

Comme une chevrette!

- As-tu bu du lait?

- J'ai mis le nez dedans.

Une grande tasse?

J'avais de la crème jusque-là!

- Qui as-tu rencontré? Des bourgeois ou des compagnons de chez moi?

- Des compagnons.

- T'ont-ils saluée?

- M'ont pas reconnue.

L'homme fronça les sourcils et grogna :

— Si tu étais la fille d'un patron qui ne fait rien, d'un demi-noble ou d'un noble, ils t'auraient reconnue, va; mais la fille d'un comme eux, qui travaille plus et qui gagne gros, on passe à côté d'elle, morbleu, comme à côté d'un chou. Ils sont jaloux! C'est dégoûtant de parvenir sans monter dans l'estime!

Il souffla dans ses moustaches, furieusement. La mère, penchée, déboutonnait les bottines de Davidée, peinant sur chaque bouton, les doigts pleins de boue et de cirage délayé. De sa main posée en travers elle tâtait le talon, la plante des pieds, le dessus.

— Ils sont mouillés, petite malheureuse! Tu vas t'enrhumer! Oh! que je hais l'envoyer comme ça au loin! Heureusement qu'il y a des bas secs dans l'armoire.

Détachant le lacet de coton blanc qui liait les bas au corset, prenant le tissu par les bords, elle tirait, comme sur une peau de lapin, et le bas gauche tombait à terre, puis le bas droit, et les jambes nues de Davidée fumaient dans la chambre. L'enfant riait, la tête appuyée maintenant sur le dossier de la chaise. Madame Birot l'avait soulevée dans ses bras et assise de la sorte, un peu de travers, en lui recommandant bien de ne pas « mettre ses pieds sur la place ». Elle courait vers l'armoire, et faisait mouvoir l'aigre serrure qui se défendait toujours. Le père Birot en profita pour s'approcher sans se lever, serrant sa chaise de paille contre le fond de sa culotte, et il prit la main droite qui pendait.

Dis, la petite, dis-lui donc que c'est convenu!

Quoi donc, p'pa?

Elle savait bien ce qu'il voulait lui faire dire, mais elle hésitait, parce qu'elle avait un cœur très doux, et qui souffrait de la peine des autres. Elle devinait qu'en arrière, au bout de la chambre, une oreille tendue écoutait. Le tiroir aux bas glissait mollement sur ses charnières, et mollement il était remis en place.

— Dis que tu veux être institutrice! Il faut être franche, maintenant que te voilà grande. Qui as-tu rencontré dans ta promenade? N'as-tu pas vu une dame que j'avais prévenue, moi, ton père?

Davidée était une résolue autant qu'une sensitive. Elle se leva, elle se tint debout, sur le carreau; elle dit avec une espèce de solennité, d'un ton égal, comme si elle prononçait un serment :

— Je serai institutrice. J'ai rencontré madame la directrice. Je commencerai demain.

Et aussitôt qu'elle eut parlé et fait ce grand effort, le cœur reprit le commandement. Davidée voulut se jeter au cou de son père. Mais elle fut saisie par la taille, enlevée, assise violemment sur la chaise, et la mère s'agenouilla devant, prit les deux pieds, les serra à les rompre contre sa poitrine, puis elle déroula les bas noirs qu'elle avait dans la main.

— Laisse que je te pouille! Veux-tu pas bouger!

Mais, soit que la peau fût trop humide, soit que la main de la mère tremblât, la laine glissait mal sur les jambes. Madame Birot penchait la tête, courbait le dos, n'était plus qu'une petite mère énervée et toute perdue entre le père et l'enfant. Elle murmura :

— Misère du bon Dieu!

— N'y a pas de bon Dieu! répondit Birot.

Personne ne vengea Dieu blasphémé, ni la mère, ni la fille. Elles entendaient cela souvent.

Birot repoussa du pied la chaise, et se mit à se promener d'une muraille à l'autre de la chambre, sans cesser de surveiller la mère qui achevait péniblement d'attacher les bas, ne voyant plus clair. Davidée était devenue pâle. Sa jeunesse, pour un moment, avait quitté son visage. Là où elle s'épanouissait et jouait d'habitude, sur les joues rondes, sur les lèvres, sur le front, dans les prunelles abaissées entre les paupières presque jointes, il y avait de la pitié pour la mère qui pleurait, et la gravité de l'enfant qui, pour la première fois, se penche au bord de la douleur d'autrui.

— Tu lui ressembles, à la directrice! oui, déjà! dit le père.

Davidée voulut sourire, elle n'y réussit pas.

La mère essuya ses larmes avec le bord de sa robe, se releva, et dit :

— Va tirer de l'eau, Birot, pour que je me lave les mains!

Elle se vengeait d'avoir été vaincue. Elle avait cédé à l'homme qui n'admettait pas que l'on s'opposât à « ses idées », mais elle lui rappelait qu'à la maison, dans le ménage, elle commandait. L'homme ne résista point. Il descendit pesamment l'escalier. On l'entendit pousser la porte qui ouvrait sur le jardinet.

Quand il rentra, soufflant, le seau de fer au bout du bras droit, et l'autre bras tendu en contrepoids, il trouva Davidée pendue au cou de sa mère. La petite, avec la main, caressait les tempes de la mère, là où les cheveux étaient tirés et clairs.

— Je reviendrai, disait-elle. Tu verras, comme ça sera bon, les vacances! Tu seras glorieuse de ta fille. Maman, ne me mets pas au cœur de la peine qui ne s'en irait plus? Ne pleure pas? J'ai une amie qui veut aussi être institutrice, et c'est la meilleure de la classe. Tu vois!...

Le père posa le seau d'où l'eau, balancée en marée, jaillissait sur le carreau.

— Tu ne pourrais pas faire attention, Birot?

Il tira les deux bouts de sa moustache, et dit, d'une voix qui ne grondait pas :

— Je m'en vas voir les amis, qui m'attendent au café. Laisse faire, Davidée : avant que tu ne partes, j'aurai bâti une maison neuve, une belle, où il y aura un salon, et des robinets au premier étage, et l'année inscrite par moi sur une pierre de taille, et un perron, et aussi un jardin avec un jet d'eau. Si les affaires continuent d'aller comme elles vont, oui, je la bâtirai, la maison. Et toutes les dames de Blandes seront jalouses de madame Birot. Elle sera heureuse, la mère, dans sa maison neuve, où elle passera son temps à broder du linge pour toi, et à faire de la tapisserie.

Madame Birot tourna la tête.

— Seule, n'est-ce pas? Tu crois que j'aimerai une maison où je serai seule?

— Et moi? Et le fils? Nous ne comptons pas?

Birot leva les épaules, et il descendit.

Le printemps vint. Davidée commença de travailler. Elle eut de bonnes notes et elle se portait bien. Peu à peu la mère, qui, dès le premier moment, avait reconnu l'inévitable, accepta de vivre avec sa peine, comme en mariage et sans se plaindre. Birot déclara : « Elle est habituée, elle est aussi fière que moi. » Cela n'était point. Cette femme, qui avait une grande possession d'elle-même, et chez qui, en d'autres temps et d'autres conditions, on eût vu se développer la vie intérieure et l'habitude de la méditation, demeura la révoltée de la première heure, mais devint silencieuse afin d'avoir la paix.

Davidée travaillait avec application. Elle apportait à la tâche quotidienne une intelligence claire, le goût de l'étude, l'orgueil d'apprendre, et le père avait raison de dire : « Tu es mon portrait, en joli par exemple, quand tu lis dans les livres. Ah! que j'aurais aimé ça! » Mais la parenté avec la mère était plus profonde encore. Fille d'une mère tourmentée, inquiète, Davidée était songeuse déjà à l'âge où les jeunes filles ne pensent qu'à l'amusement d'aujourd'hui et à l'amour de demain. Esprit calme en apparence, comme la mère, elle n'avait point, pour limite à sa faculté de rêver et de souffrir, la maison et le village. Elle ouvrait des livres, elle lisait, elle cherchait, elle devinait, et elle eut conscience, assez vite, que son inquiétude ne serait pas apaisée par la maîtresse qui avait contribué à faire naître ce tourment de savoir et de comprendre.

Religieusement, elle était peu tourmentée. Madame Birot, pour plaire à son mari, avait renoncé, dès le début de son mariage, à toute pratique religieuse véritable. Aux grandes fêtes, Pâques, la Toussaint, on la voyait à l'église de Blandes, à l'endroit où un petit trois-mâts, chef-d'œuvre votif, se balance au bout d'une corde, et cela suffisait pour qu'on ne la dît point antireligieuse. Le père était nettement et violemment hostile à la religion, aux prêtres, aux écoles chrétiennes, et il considérait l'Église catholique comme une institution politique opposée à l'État déifié, tout-puissant, dont il sentait qu'il était un fidèle très écouté. A la maison, jamais un mot en faveur de la religion, aucune image pieuse, aucun livre d'exposition de la foi. Au dehors, en de rares occasions, Davidée avait entendu quelques hommes, quelques femmes, se plaindre de la tyrannie des lois ou des fonctionnaires, regretter les couvents fermés, et notamment ce pensionnat dirigé par des religieuses, où beaucoup de mères de famille avaient été élevées. Mais, n'ayant pas l'intelligence du monde religieux, elle ne compatissait pas à ces souffrances, qui sont d'un ordre supérieur à l'humain ; elle ne plaignait que les vieilles religieuses dont on lui disait : « elles meurent de faim ». Pour elle, le catholicisme était une religion qui a fait son temps. Elle confondait les plaintes des croyants avec l'opposition au pouvoir. Elle entendait parler des « cléricaux, éternels ennemis de la République », et elle trouvait gênants ces mécontents, que les journaux de M. Birot accusaient de ne point aimer le progrès. Un seul souvenir religieux, et que le temps commençait à affaiblir, traversait les solitudes du ciel, au-dessus de cette petite terre cultivée, retournée et débordante de sève. L'ombre de son aile était légère et cependant la terre la sentait. Davidée se rappelait une première communion, — elle n'avait point redoublé, — mal préparée, mais fervente. Certes, elle avait manqué bien des leçons de catéchisme, récité de travers bien des réponses, et bien peu de ses compagnes, même les moins intelligentes, s'étaient montrées aussi peu instruites dans la doctrine religieuse. A peine la mère consentait-elle à faire réciter la leçon. Encore fallait-il que Davidée demandât plusieurs fois : « Voulez-vous bien ? » et qu'elle attendît que le père fût sorti. Cependant, il y avait eu, un jour, entre cette âme encore pure, et la divine Joie, une rencontre dont elle demeurait étonnée. Un seul mouvement de son cœur, le désir d'être bonne à jamais, et une paix lumineuse était venue en elle.

Pendant une minute, ou un peu plus, ou un peu moins, elle ne savait, elle avait eu la certitude très raisonnable et très douce d'être une âme, une puissance capable de vols audacieux, une toute petite chose perdue et glorifiée dans une grande.

Personne ne lui parlait plus de cette minute que tant d'autres minutes avaient recouverte et ensevelie. La robe blanche avait été donnée ; la couronne de roses, conservée plusieurs années, dans un tiroir de commode, s'était flétrie, racornie, puis, un jour, elle avait disparu, dans le déménagement, avec le chapelet de nacre, avec la médaille d'or, sans que le père, ou la mère, se souvînt de l'avoir touchée ou seulement vue. Il ne restait de tous les objets bénits, de tous les témoins matériels de la première et unique communion, qu'un paroissien relié en maroquin fauve.

Davidée Birot fut reçue au concours pour l'école normale primaire, en juillet 1902. Pendant les vacances, elle fit un petit séjour dans le Midi, près de son frère l'employé de préfecture. Pendant ce temps, le maître carrier faisait construire la belle maison bourgeoise qu'il avait rêvée : il étudiait les plans ; il dessinait lui-même les pierres du perron de six marches, celles des fenêtres et de la corniche ; il ne quittait guère le chantier ; il y recevait l'hommage envieux de ses compagnons qui disaient maintenant « monsieur Birot », qui calculaient, en esprit, la dépense, et qui louaient tout haut la qualité des matériaux, l'ampleur de cette salle à manger, de ce salon de réception, de ces chambres, et le dessin des deux jardins, le plus petit en avant, fermé par une grille, le plus grand, en arrière, montant vers l'église, et tout clos de murs, le long desquels Birot, d'un geste, expliquant l'avenir, plantait des pêchers, des chasselas, des cerisiers, et même un mimosa, « parce que madame Birot en raffolait », mais, pour dire toute la vérité, parce que personne, à Blandes, ne possédait un mimosa.

Les trois années d'école normale furent trois années de succès pour Davidée, et d'orgueil pour Birot. Davidée était devenue une jeune fille. A cause de ses yeux noirs, de ses cheveux noirs qu'elle relevait en casque, et de ses lèvres très rouges, on l'eût volontiers prise pour une fille du Midi. Elle avait la taille souple. Elle marchait très bien. Elle n'était pas grande, ayant un pouce de plus que sa mère et deux de moins que son père. Quand elle riait, on voyait ses dents bien rangées et blanches. Mais l'esprit n'était pas méridional. Elle avait une sensibilité que sa raison n'apaisait guère, mais qu'elle avait l'air de dominer. On ne la voyait pas pleurer ; le visage demeurait calme, la parole nette et ordonnée ; quelque chose de la robuste volonté du père commandait en elle la physionomie. Ses amies, peu avancées dans la connaissance des âmes, lui disaient : Vous avez de la chance, d'être maîtresse de vos impressions! Avez-vous même des émotions qui ne soient pas d'intelligence? » Elles ignoraient que la terre immobile et verte, la terre peu épaisse, cache des fontaines profondes, et que tout tressaillement de la surface, toute vibration, même les plus petites, se communiquent à ces eaux frissonnantes et inconnues. Un reproche, une injustice, un chagrin, troublaient Davidée pour de longues semaines. Mais les idées aussi se prolongeaient chez elle en émotions. Elle se demandait : « Quelle est la puissance de cette petite lumière qu'on me donne? Comment éclaire-t-elle ma vie? celle des autres? celle du monde? Ai-je tout compris? Jusqu'où vont les conséquences de ce principe? Que demain, par exemple, il m'arrive ceci... Et, dans le passé, comment aurais-je dû agir, si j'avais su? » Son esprit, par moments, s'épuisait à courir ces routes sans jalons, où elle savait bien que ses parents ne l'avaient pas menée d'abord, ni eux, ni personne. Elle y faisait des randonnées, comme un pauvre levraut poursuivi, à bout de souffle, et qui finit par se coucher sur le flanc. Elle eut une peine véritable lorsqu'elle entendit mademoiselle Hacquin, professeur de psychologie, et dès les premières leçons, déclarer que la morale devait être entièrement indépendante de toute idée religieuse; elle se révolta, et, à la récréation qui suivit le cours, elle alla bravement, — car elle avait cette bravoure nerveuse qui n'attend pas, — elle alla exposer ses doutes au professeur. « Je vous attendais, dit mademoiselle Hacquin; j'ai vu, au froncement de vos sourcils, que je vous avais étonnée, peinée, peut-être. » Cette maigre institutrice, rompue au maniement des scrupules, ironique avec des retours caressants, possédait l'art de calmer par des apparences, de laisser dans l'incertain, le possible, le licite, tout ce qu'elle ne voulait pas heurter de front. Elle détruisait ce qu'elle pouvait, comptant bien que les anciennes constructions, bâties d'une autre main, n'étant plus entretenues, ni réparées, périraient. Et il en était ainsi presque toujours. Les enfants perdaient la foi, mal assurée, quelquefois à peine consciente, qu'elles apportaient à l'école. En retour, elles recevaient les pensées de mademoiselle Hacquin, c'est-à-dire de grandes pauvretés, rédigées dans le style affirmatif et cauteleux tout ensemble, qui était celui du professeur, un système où il semblait, à première vue, qu'il y eût quelque raisonnement. Mais à la moindre épreuve, celles des jeunes filles qui se rappelaient encore le cours de morale de leur maîtresse, s'apercevaient que les leçons de la sagesse de mademoiselle Hacquin ne leur pouvaient être d'aucun secours, n'ayant ni lumière, ni force, ni aucune puissance d'aucune sorte pour la direction ou la consolation de la vie. La plupart demeuraient désemparées à jamais.

Davidée Birot se résigna, comme les autres, avec plus de peine, à appeler Dieu l'Inconnaissable. Elle souffrit de se sentir non appuyée, non aimée, de songer que le ciel était sans amour, et qu'elle n'avait pas au-dessus d'elle de protection invisible, de juge d'appel, de beauté parfaite et régulatrice de la vie intérieure, pas de rédempteur, pas de recours contre la lointaine et certaine mort. Comme les autres, elle notait avec soin, réduites en formules, les philosophies contradictoires de tous les incrédules du temps présent, et de quelques-uns du temps passé : elle essayait d'y trouver le repos de son esprit. A cette recherche, elle se fatiguait. Du moins la continuait-elle. Beaucoup de ses compagnes n'éprouvaient pas la même inquiétude. Rapidement elles s'étaient mises à dédaigner toute religion. Davidée ne se moquait pas, comme elles. Elle se disait : « Plus tard, j'étudierai, je verrai. » Quelles anciennes grand'mères, fidèles au rosaire, quels aïeux de foi robuste et d'honnêteté influençaient encore ce cœur douloureux et secret? Cette douleur n'était pas de tous les jours, d'ailleurs; elle n'empêchait pas la jeune élève de l'école normale d'être gaie, d'être la plus ardente au jeu, à la course, à la promenade, à l'étude. Birot exultait quand venait Davidée. « Père, disait-elle, pourquoi me présentez-vous à chacun de vos amis, comme une merveille? Je n'en suis pas une. Et ils me connaissent depuis ma petite enfance! » Mais lui, à chaque séjour, il ne manquait pas de réunir quelques compagnons, dans la grande salle à manger nouvelle. « Camarades, disait-il, c'est la fleur de Blandes, une fille qui sait tout. Elle réciterait sans se tromper la liste des rois d'Égypte; elle sait ce qu'il y a dans la terre, dans les étoiles, dans le ventre d'un lézard; elle compte sans s'aider de ses doigts, plus vite que je ne donnerais une taloche: elle est mon orgueil. Compagnons! vous voyez en elle ce que je serais si j'avais reçu son instruction. Tout le travail de ma vie, il a servi à faire ce morceau-là. Hein? est-ce réussi? — Il t'a aussi permis, Birot, de bâtir une maison comme il n'y en a pas deux ici. — Vraiment oui. Mais de ma maison, je suis moins fier que de ma fille. Allons, Davidée, lève-toi et récite une fable à ces messieurs! — Mais non, papa, je ne suis plus d'âge. J'ai dix-neuf ans! — Alors des vers de... tu sais bien, ce qui fait pleurer quand tu as la voix claire? — *Le Lac?* — Oui, *le Lac.* Vous allez voir! Toi, la mère, apporte une bouteille de liqueur des Iles! » Et, devant ces lourds compagnons, et tandis que le père, avec précautions, versait la liqueur, Davidée, debout, récitait Lamartine. Ils écoutaient cela comme une romance, recueillis et attendris, sans bien tout comprendre, si ce n'est que le cœur a besoin d'être bercé. La mère, en pareil cas, madame Birot, dont les cheveux avaient grisonné, se tenait dans l'encadrement de la porte. Elle se retirait dès que les bravos éclataient, n'aimant pas le bruit. Et sa discrète personne, soupirant après l'heure où les hommes auraient quitté la maison qu'ils salissaient avec leurs gros souliers, continuait de parcourir les chambres, la cuisine, le salon, la cave même confiée à sa vigilance silencieuse. Le mimosa, au midi, était devenu un arbre. Les massifs de fusains dorés faisaient la pyramide, sous les platanes et les tilleuls sagement conduits.

Au mois d'octobre 1905, Davidée fut nommée institutrice adjointe stagiaire dans une grande école à trois classes, à Rochefort-sur-Mer. Elle y passa trois années, à la fin desquelles, avec éloges, elle obtint le certificat d'aptitude pédagogique. Sa santé s'était affaiblie. Le médecin, consulté, déclara que la jeune fille devait s'éloigner d'un pays trop humide, trop soumis aux influences de la mer, qui sont d'une extrême puissance et mal connue. Ce fut un grand chagrin pour les deux vieux Birot. Mais ils aimaient leur fille. Birot, maire de Blandes, n'eut qu'une parole à dire, un désir à exprimer, et Davidée reçut sa nomination d'institutrice adjointe à l'Ardésie, département de Maine-et-Loire.

Elle était en fonctions depuis six mois; elle avait vingt-trois ans depuis le 2 janvier, lorsque Maïeul Jacquet vint bêcher le jardin; lorsqu'elle apprit la faute de Phrosine, et la peine cachée d'Anna Le Floch.

III

LA MAISON DES PLAINES.

Le lendemain, qui était un mercredi, Davidée surveillait la rentrée des élèves qui arrivaient par petits pelotons, espacés, et qu'on ne pouvait apercevoir de la cour avant que les enfants n'eussent déjà franchi la porte. Elles venaient de la droite ou de la gauche, à l'abri des murs; leurs sabots ne claquaient pas toujours, car la terre était molle, de toute la nuit de pluie et de brume. Le plus souvent, dans l'entaille claire entre les piliers, on apercevait d'abord le bout d'une jambe mince projetée en avant par la marche, un genou, puis toute la petite fille, qui tournait au plus près, entrait, et d'un seul coup d'œil en demi-cercle, avant d'avoir fait trois pas,

avait déjà inspecté la cour, reconnu les compagnes, la maîtresse de service, et la place par où il fallait se faufiler, pour gagner le préau couvert, ou pour retrouver la meilleure amie. Quelques-unes, apercevant mademoiselle Davidée, accouraient, le visage épanoui, les yeux flamboyants d'amour innocent, la bouche déjà gonflée pour le baiser : « Bonjour, mam'selle! » Aussitôt le baiser donné, elles étaient comme des oiseaux qui ont replié les ailes : doucement, avec des demi-tours de tête, à droite, à gauche, guettant ce qu'on allait penser, elles s'en allaient se mêler aux groupes. D'autres passaient, avec une révérence qui ne pliait qu'un seul genou; d'autres, dans la hâte du jeu et du caquet à reprendre, ne voyaient pas la maîtresse; d'autres la voyaient, et, sournoises, les yeux baissés ou détournés, héritières de l'esprit de révolte, longeaient la muraille, ramassaient une balle, ou faisaient semblant de rire à quelqu'un de lointain, puis, dès qu'elles n'étaient plus sous le regard direct de la surveillante, prenaient un air satisfait et impertinent. Toutes, elles jouaient inconsciemment le jeu de leur sexe, de leur famille, de leur temps, de leurs passions déjà nées et tenaces.

Davidée, immobile, les pieds dans le sable trempé, une mantille de laine blanche sur les cheveux, guettait, non pas une enfant, mais une femme. Son cœur battait, à chaque nouvelle silhouette qui surgissait à l'angle de la muraille. « Comment n'est-elle pas encore arrivée? elle n'est pas souvent en retard! Le feu ne sera pas allumé. Cette femme néglige son service et ce n'est pas étonnant! » Elle disait mentalement « cette femme » avec un accent de mépris, avec irritation. Elle essayait de préparer son visage, de le commander par avance, afin que l'accueil fût ce qu'il devait être : digne, non offensant. Des images lui venaient, qu'elle chassait. Et dans cette lutte contre elle-même, elle s'énervait. Les enfants, en arrière, sabotaient, se poursuivaient, ou attendaient l'heure, mornes, appuyées aux poteaux du hangar, lasses d'une usure transmise.

— Anna Le Floch! La voilà! La voilà!

Des cris d'étonnement, des cris de joie, une course vers la porte. Elles furent, en un moment, vingt petites autour d'une enfant que le bruit et le mouvement faisaient encore pâlir, et qui ne répondait que par un sourire obligé, douloureux, effarouché. Anna Le Floch aux cheveux déteints et cordés, Anna Le Floch aux yeux verts sauvages, Anna Le Floch vêtue de la robe de laine grise qui tombait toute plate sur la poitrine et sur les hanches comme une robe d'enfant de chœur, laissait pendre ses mains que les compagnes prenaient et lâchaient tour à tour, et qui ne répondaient pas. Elle s'appuyait toute, en arrière, sur sa mère, la grande

Phrosine, qui la tenait par les épaules, et, doucement, la poussait et la faisait avancer :

— Va, petite, tu vois, elles sont contentes. N'aie pas peur... Laissez-la, vous !... Elle est faible encore. Va, petite, va !

Cette Phrosine était mère.

— Bonjour, mademoiselle, je suis bien en retard. Elle a voulu venir... Vous n'êtes pas contente ? Dame ! j'ai pas de voiture pour l'amener !

Davidée n'avait répondu que d'un signe de tête. Et c'est pourquoi Phrosine, subitement, avait pris cet air et ce ton de révoltée. C'est pourquoi elle avait poussé sa fille, rudement, dans les bras de la maîtresse, et crié : « J'ai pas de voiture pour l'amener ! » Puis elle s'était mise à marcher, très vite, vers les classes.

Les enfants éprouvaient de la pitié pour Anna Le Floch. Mais la plupart n'auraient su la témoigner qu'en embrassant cette compagne qui n'avait pas joué de tout l'hiver. Une ou deux se haussèrent jusqu'à ses joues plates, d'une pâleur égale, et y mirent un baiser. Les autres s'écartèrent parce que « Mademoiselle » avait entouré de son bras droit la taille d'Anna, et qu'elle se penchait, et se dirigeait à petits pas vers la classe, en disant des mots qui devaient plaindre et qu'on n'entendait pas. Anna, les yeux durs, les yeux noyés dans l'ombre de son mal, regardait devant elle, sans voir, et ne répondait pas. La fumée commença de sortir par le tuyau de tôle qui perçait la fenêtre de la classe et que maintenaient deux fils de fer.

Quand Phrosine sortit, huit heures et demie étaient sonnées depuis deux minutes, les enfants étaient en deux rangs, devant la porte. Elle chercha la maîtresse, et, comme le soleil éclairait déjà la moitié de la cour, elle mit la main en travers, les doigts joints, au-dessous de ses cheveux relevés en casque, et elle descendit, tandis que les écolières s'écartaient et levaient haut la tête, pour regarder ces cheveux ardents comme une châtaigne de septembre, et ce visage maternel, grave et hardi, qui devenait incroyablement doux quand elle disait bonjour, du coin de l'œil, à des amies de son enfant, et qui devint pareil à la figure de la *Mater Dolorosa*, quand elle aperçut, entre deux petites bien portantes, sa fille elle-même, la pâle Anna Le Floch. Elle n'eut pas l'habileté de feindre : elle continua de marcher ; elle resta douloureuse jusqu'à la fin, voyant encore le visage qui n'était plus devant ses yeux, et, lorsqu'elle passa près de Davidée Birot qui venait la dernière :

— Mademoiselle, ayez soin d'elle, faites-la déjeuner ici ; ça ne mange pas trois bouchées de pain ; d'ailleurs, elle est bien malade.

L'adjointe répondit :

— Certainement, j'aurai soin d'elle.

Puis frappant ses mains l'une contre l'autre, elle donna le signal d'entrer en classe.

Et le soleil monta, au-dessus du toit qui abritait les deux classes, au-dessus du jardin où les trois jacinthes antiques, dans l'angle tiède du mur, au midi, levaient leurs pousses charnues d'un vert de contrevent, et encore maculées de sable.

A midi, Anna Le Floch fut servie dans la cuisine, avec deux autres enfants qui payaient une redevance à mademoiselle Renée. Elle goûta à peine à la soupe chaude que Davidée avait versée dans l'assiette. « Mange donc, ça te fera du bien », disaient les deux voisines en la poussant du coude. Elle remuait la tête, comme celles qui sont très sûres que le mal est sans remède, mais, comme il faisait chaud, et que le feu donnait sa flamme, elle se tournait vers lui, et étendait ses mains transparentes. La directrice et l'adjointe, à l'autre bout de la table, se hâtaient de déjeuner.

— Qu'a-t-elle ? demanda Davidée.

— Tuberculeuse, rachitique, ou pire encore, murmura mademoiselle Renée. Il y en a bien qui sont malades de leur père.

— Et qui est le père ?

— Je ne sais pas.

— Vous ne l'avez pas connu, depuis six ans que vous êtes ici ?

— Non.

— Moi, je pense qu'elle a plus de chagrin qu'elle n'en peut porter. Avez-vous observé ses yeux : ils ne regardent pas en face, de peur de laisser voir dans le cœur.

— Je la crois sournoise, en effet...

— Il suffirait qu'elle fût malheureuse pour se cacher. J'ai grande pitié d'elle !

— Dites-moi, mademoiselle, vous surveillerez la récréation, n'est-ce pas ? J'ai des lettres en retard.

Davidée surveillait souvent, presque toujours la récréation, c'est-à-dire la rentrée des élèves, avant la classe du soir, et comme les enfants se hâtaient de revenir pour jouer, elle se mêlait souvent à leurs jeux. Mais ce jour-là, elle se borna à surveiller de loin les petites qui, une à une, depuis midi et demi, recommençaient à tourner à l'angle du chemin, et entraient dans la cour. Avec Anna Le Floch, elle était descendue dans le jardin, elle avait mis son bras sous le bras de l'enfant, et, à petits pas, dans l'allée bombée et moussue, juste au milieu des carrés enveloppés de buis, elle se promenait. Voici le premier bon soleil ; oh ! vraiment, à l'abri du mur qui coupe le vent, la chaleur a le temps de pénétrer les membres et de toucher le sang qui a besoin d'elle. Anna Le Floch, bien que la marche soit très lente, a les cheveux tout mouillés de sueur et collés sur les tempes, ses pauvres cheveux qui ont toutes les teintes du roux, du blond et du cendré.

« MADEMOISELLE » AVAIT ENTOURÉ LA TAILLE D'ANNA.

Tout d'abord, elle avait essayé de dégager son bras et de s'en aller. Mais des mots doucement dits, et le voisinage d'une âme qu'elle devinait compatissante, l'avaient apprivoisée à demi. C'était bon, cette chaleur, et ce jardin, et cette compagnie qui est tout à vous. Avec certitude, avec plénitude, Anna Le Foch sentait que le cœur de cette jeune maîtresse n'était occupé, en ce moment, d'aucun amour,

d'aucun intérêt, d'aucune autre affaire, et qu'elle y régnait, elle, la malade. Comme cela dispose aux confidences, comme cela détend les volontés les plus fortes et la longue habitude de se taire! L'une soutenant l'autre, et parlant des petites choses de la classe et de l'Ardésie, elles avaient tourné une fois de plus, à l'extrémité de l'allée, au bout du petit domaine de l'école, et elles revenaient, ayant du soleil sur la joue droite. Le rire des enfants qui jouaient arrivait amorti déjà, enlevé par le vent. On était protégé par leur bruit même et par la distance. Une larme avait monté aux yeux de la petite Le Floch, qui était presque heureuse.

Dites-moi si vous m'aimez un peu?

— Oh! oui, beaucoup.

— Dites-moi pourquoi vous êtes si triste? Je voudrais vous faire du bien. Est-ce d'être malade que vous êtes triste?

— Non.

— Alors?

La petite baissa la tête et s'arrêta.

— J'ai du chagrin.

— De quoi?

— Je ne sais pas... De vivre.

Anna se sentit pressée par le bras de Davidée Birot, et l'adjointe reprit :

— C'est peut-être de ne plus voir votre papa?

Un tressaillement de tout le corps épuisé répondit d'abord. Puis la voix haletante et enrouée murmura :

— Il est parti, et il n'est pas revenu.

— Il y a longtemps?

— Pas cette année, ni l'autre, ni l'autre. J'avais trois ou quatre mois, peut-être moins, peut-être je venais de naître. A présent, j'ai douze ans.

— Douze ans, plus la souffrance, cela fait bien quinze ou seize ans, ma pauvre petite.

— Oh! oui. Seulement, j'aurais voulu n'avoir pas d'autre papa. Et maman m'en a donné un autre.

— Il vit avec vous?

— Le matin, le soir, toujours. Il n'y a qu'à midi qu'il ne revient pas. C'est un carrier, un homme d'à-haut.

— Je sais.

— Il voudrait bien que je l'aime! Mais moi je ne l'aime pas.

Les yeux verts, les yeux sauvages se levèrent, et Davidée y lut une haine jeune, profonde, instinctive. Le nom de l'homme ne fut pas prononcé. La petite ferma les yeux, elle laissa les coins de ses lèvres descendre vers son menton, et elle dit :

— J'ai envie de me tuer.

— Qu'est-ce que vous dites là? Vous n'avez pas le droit de vous tuer, Anna! On n'a pas le droit...

— Pourquoi donc?

La maîtresse se redressa, car un tumulte inaccoutumé s'élevait du milieu de la cour, là-bas. Les enfants poursuivaient un rat sorti d'un caniveau. Elle se mit à marcher de nouveau, et elle remarqua que la plate-bande près de laquelle Anna Le Floch s'était arrêtée, était la plus récemment bêchée du jardin... Elle entraîna l'abandonnée, la solitaire, la désespérée, et elle disait :

— Je serai votre amie, voulez-vous? J'irai vous voir quand vous ne pourrez pas venir. Si vous avez envie de pleurer, je vous permettrai... Sur mon cœur vous pleurerez : il sait ce que c'est.

Anna avait repris sa figure fermée et farouche. Elle approchait de la cour. Elle y rentra.

L'après-midi s'écoula comme les autres, mais, après quatre heures, un incident troubla l'école. Quelques minutes avant la fin de la classe, mademoiselle Renée avait l'habitude d'énoncer et de commenter, devant les grandes, une maxime morale. Elle appelait cela, comme elle l'avait vu faire dans d'autres écoles : la prière laïque. Et elle soumettait, d'avance, à l'inspecteur primaire, la liste de ces points de méditation ; elle l'inscrivait sur son journal de classe. La veille, elle avait développé, avec une facilité verbale qui la faisait bien noter par ses chefs, cette maxime : « Le temps, c'est de l'argent. » Le cahier portait pour le mercredi 24 mars : « Prière laïque : l'alcoolisme est un suicide lent. » Les vingt-cinq élèves écoutaient comme elles écoutent quand l'aiguille de l'horloge va passer sur la demie qui délivre : on serrait les porte-plume, on fermait les cahiers, et les livres, avec un frôlement continu et lent, glissaient dans les sacs de cuir ou les poches. Cependant, deux ou trois, plus intelligentes, prenaient intérêt à la leçon, et Anna Le Floch, la dernière du dernier banc à gauche, sous le rayon de la fenêtre, écoutait même avec une attention passionnée. Affaissée, courbée, les coudes écartés, les deux mains allongées sur les joues et maintenant droite la tête, le menton touchant presque la table noire, elle n'était qu'un visage d'une pâleur de cire vierge et qui avait un grand cercle bleu autour des yeux fixes. Qu'est-ce donc qui l'exaltait ainsi et la tenait éveillée, dans la fatigue extrême d'une journée finissante? Est-ce que mademoiselle Renée se doutait qu'on suivît avec tant d'ardeur ses mots et ses phrases, sous le jour de la fenêtre du chemin? Non ; elle était myope, et elle avait serré son lorgnon dans l'étui. Elle ne pouvait voir la figure d'Anna ni l'angoisse dans les yeux de l'enfant. « Les enfants d'un père ou d'une mère alcoolique, disait-elle, sont très souvent dégénérés, malades, infirmes, des déchets de la vie, parfois des criminels. Il faut les plaindre. Mais quelle responsabilité pour les parents! Mourir jeune par la faute de ceux qui nous ont donné la vie! J'espère bien que je ne verrai pas

mourir une de mes élèves, ni de ce mal hérité, ni d'un autre. Cela me ferait trop de peine. Je me suis demandé quelquefois ce que je ferais, si l'une d'entre elles venait à disparaître. Vous savez que je ne crois pas à l'immortalité de l'âme. Je crois aux transformations de la matière. Si ma petite fille à moi mourait, au lieu de prier pour elle, ce qui serait peine perdue, je planterais et sèmerais des fleurs

— ANNA QUI EST MORTE.

sur sa tombe, et j'irais en respirer le parfum. »

— Mademoiselle! Anna qui est morte!

Toute la classe était debout.

— Mademoiselle, elle a les yeux fermés; mademoiselle, comme elle est blanche!

Quelques-unes tiraient par la manche l'enfant qui ne réagissait pas, et qui laissait son visage, que les mains ne soutenaient plus, s'incliner et se poser sur la table, le front touchant le bois.

— Elle est morte! oh! oh! morte! elle n'entend plus!

Des gémissements, des cris perçants commençaient à s'élever, mais, vite, la

directrice avait traversé la classe, étendu
Anna sur le banc, et dit avec autorité :

— Elle n'est qu'évanouie. Ce n'est rien.
Rassurez-vous. Le cœur bat. Allez, mes
petites. Et qu'on se taise! Pas de cris!
Appelez seulement mademoiselle Davidée.
Je vous réponds que demain vous reverrez
votre compagne.

L'adjointe accourut. Les enfants se
retirèrent. Quelques-unes, près de la porte,
se tinrent un moment arrêtées, cherchant
à voir si Anna remuerait. Elle ne remuait
pas. Elle avait les paupières baissées, les
lèvres entr'ouvertes, et on voyait ses dents
qui avaient l'émail bleu, du même bleu que
le tour de ses yeux. Davidée l'avait prise
dans ses bras, s'était assise sur un escabeau, et elle la tenait, comme les mères,
en travers de ses genoux. La petite tête
renversée reposait sur le bras droit de
l'adjointe. De la main gauche, celle-ci
dégrafait le col de la robe grise.

— Un peu d'eau, mademoiselle, vite, s'il
vous plaît?

Mademoiselle Renée alla mouiller son
mouchoir à la pompe de la cour, bassina
les tempes d'Anna Le Floch, et, ne réus-
sissant pas à la réveiller :

— Portez-la sur mon lit, dit-elle.

— Sur le mien, si vous le permettez.
Je la connais bien, elle sera contente de
me reconnaître au réveil.

Elle n'était pas plus lourde qu'une
enfant de six ans, la petite Le Floch.
Davidée la souleva sans effort, avec un
sentiment d'inquiétude et de possession
maternelle; elle traversa la cour; elle
monta les degrés. Il n'y eut pas besoin
d'aller jusqu'à la chambre. Anna ouvrit
les yeux et dit, la bouche sèche et serrée :

— C'est fini. Laissez-moi. Je veux m'en
retourner. Je veux voir maman.

La directrice portait dans sa main
droite les sabots oubliés.

— Entrez dans la cuisine; mettez-la
sur une chaise; elle ne peut s'en aller
comme cela!

La petite, assise près du foyer, où se
consumaient deux tisons, refusait de manger ou de boire, — les grands remèdes
populaires, — refusait de répondre, même
à Davidée. Elle répétait, remuant en
mesure ses pieds posés sur le carreau, près
des cendres chaudes :

— Je veux m'en aller! Je ne veux pas
mourir ici!

— T'en aller? Est-ce que tu pourras
marcher? demanda mademoiselle Renée.

Pour la première fois, l'enfant répondit
nettement à l'interrogation, et dit « oui »
d'un ton si ferme, que la directrice repartit
aussitôt :

— Puisque vous voulez que je vous la
laisse, mademoiselle, chargez-vous de la
reconduire. Je ne crois pas qu'il y ait
de danger. La distance n'est pas très
grande.

Oh! comme elles allèrent lentement et
silencieusement, mais contentes, Davidée
Birot et Anna Le Floch, à travers la cour,
et dans le chemin! Il était cinq heures
et demie. Elles étaient seules, la maîtresse
et l'écolière malade. Elles faisaient, marchant à pas comptés, se lever par endroits
une poussière qui n'allait pas très haut,
mais que le couchant rendait ardente. Et
bientôt elles furent trois sur la route qui
va vers le village des Éclateries, qui est
le commencement des Justices. Comment
Jeannie Fête-Dieu se trouvait-elle là, au
carrefour de la route et du chemin qui
mène à l'église? Qui l'avait envoyée?
Qu'attendait-elle, appuyée au mur de
pierre d'ardoise, son panier pendu au
bras, ses livres grossissant les poches de
son tablier, ses joues rondes bien roses,
ses yeux ronds bien tranquilles, ses cheveux coiffés d'un béret de laine blanche
tricotée, ses mains couvertes à demi par
des mitaines bien reprisées? Nul ne le
saura. Elle s'avança au-devant de la pauvre
petite qui suivait sa voie douloureuse, elle
dit : « Mademoiselle, grand'mère Fête-Dieu
serait bien contente si vous alliez la voir,
elle s'a échaudée »; puis elle prit le bras
droit d'Anna Le Floch, comme mademoiselle Birot avait pris le bras gauche, et,
supposant que la permission était donnée,
elle accompagna, elle la plus sage, elle
la première de la classe, la petite malade
qui regagnait le logis. Ses deux voisines
marchaient à l'endroit où les chevaux
posent le pied, et elle suivait l'ornière,
prenant bien garde de ne pas trébucher,
et de ne pas donner de secousse au bras
d'Anna. Quelques murs de maisons, crépis
à la chaux, percés de fenêtres qu'on
n'ouvrait pas, rompaient le long ruban
de clôtures en pierre sèche, qui bordait
le chemin. Parfois, un pêcher de plein
vent levait au-dessus de l'arête sa gerbe
de baguettes pourpres.

— Vous ne voulez pas vous reposer,
mon enfant?

— Non, mademoiselle, je peux marcher.

Elle ne parlait pas. Mais le regard, à
présent, cherchait devant elle un toit très
long, qui tombait presque jusqu'à terre,
en faisant un bel arc, comme le flanc
d'un navire. On le vit bientôt entièrement, le grand toit de la toute pauvre
maison de Phrosine. Une haie vive le
long de la route, et, sur les trois autres
côtés, une vieille palissade de châtaignier
limitaient un terrain peu planté, non cul-
tivé, où s'élevait la maison.

— Je n'étais jamais venue, dit l'adjointe.

Elle ouvrit la barrière à claire-voie. La
malade, d'un geste raide et vif, dégagea
son bras gauche, le mit au cou de mademoiselle Davidée, et, avec la tendresse de
toute une âme conquise, baisa la joue qui
se tendait. Jeannie Fête-Dieu s'était déjà
retirée. Elle avait disparu. Phrosine sortit
de la maison, et descendit par la petite

allée d'herbe, entre les pruniers, jusqu'à la haie de la route. L'expression de son visage, l'inquiétude, vingt questions que l'on se fait à soi-même et auxquelles on répond, tout s'apaisa, quand elle vit, de près, Anna à la robe grise, qui disait :

— Je suis mieux, maman, ne me gronde pas !

— Elle a encore faibli, je parie ? N'est-ce pas, mademoiselle, qu'elle s'est évanouie ? Ah ! vilaine, vilaine fille ! Viens que je te couche ! J'ai mis des draps blancs à ton lit.

Phrosine prit dans ses bras ce long corps frêle, comme avait fait Davidée dans la cour de l'école, et elle l'enleva et la porta jusqu'à la maison. Mais elle tenait la tête penchée à droite, elle soulevait celle de sa fille, et elle disait des mots de douleur et des mots d'amour, cette Phrosine sauvage et de mauvaise vie : « J'ai mis des draps blancs à ton lit... Tu vas bien dormir... Promets-moi ?... Tiens, regarde la jonquille qui a fleuri pour toi... La trouves-tu belle ? » Mais, entre leurs yeux rapprochés, entre leurs âmes qui avaient vécu neuf mois ensemble, il y avait un dialogue secret, et probablement habituel, car la mère comprenait très bien ce que demandaient les yeux douloureux de l'enfant ; elle savait pourquoi sa tendresse, à elle, n'arrivait pas à consoler, à fondre le cœur de cette petite malade qui ne souriait pas, qui ne s'abandonnait pas au bercement des mots et qui ne souriait pas à la jonquille nouvelle. Le visage très pâle et très tiré d'Anna, avec effort, se tourna vers la porte de la maison. Il prit une expression d'effroi. Alors, la mère murmura :

— Non, il n'est pas là, ne fais pas la mine qui me fait de la peine ; il est allé à une réunion de perreyeurs du côté de Bel-Air. Ils veulent faire la grève... Ainsi, tu vois, il n'est pas là. Je t'assure !...

Le petit visage se détendit. Une émotion, une gratitude, une espérance suppliante passèrent dans les yeux. Anna Le Floch regarda sa mère comme elle avait regardé tout à l'heure la maîtresse d'école. La mère entra dans la maison, tourna tout de suite à gauche, et Davidée, qui la suivait, la vit pousser une seconde porte et pénétrer, portant toujours son fardeau serré contre sa poitrine, dans la seconde chambre, qui était tout étroite.

— Là, couche-toi à présent ; tu m'as promis de dormir ; je vais te faire une bolée de tilleul bien sucré, et tu t'endormiras.

Il aurait semblé, à ceux qui auraient entendu de telles paroles dans la nuit, que c'était une jeune mère qui endormait sa toute petite fille.

L'adjointe considérait, autour d'elle, la grande pièce qui servait de logement à Phrosine : un plafond bas, enfumé, aux solives apparentes, au-dessus duquel devait pyramider la charpente d'un grenier gigantesque, des murs jaunes où pendaient un miroir et trois calendriers d'années anciennes, offerts par des maisons de commerce, et enluminés de la même manière : trois têtes de femmes décolletées, souriantes, peintes à la vaseline claire. Elle se souvint que son père, à Blandes, dans la maison blanche, avait des chromolithographies toutes pareilles, mais encadrées d'or, sur la tapisserie du cabinet de travail où il écrivait des lettres, quelquefois. Davidée vit que le lit de noyer occupait l'angle à gauche, et elle se détourna, à cause d'une pensée qui lui vint. La cheminée avait dû abriter, réchauffer, réjouir des familles nombreuses ; la hotte s'avançait jusqu'au tiers de la pièce ; dans une niche, creusée dans l'épaisseur du mur, près du foyer, là où, jadis, on mettait la chandelle de résine et les provisions de chènevottes, il y avait une casquette d'homme.

Phrosine revint, et elle dit :

— L'enfant veut dormir ; elle refuse le tilleul, et tout ce que je peux lui offrir.

Elle avait soigneusement attiré la porte de gros chêne.

— Tout. Elle est bien malade... Je vous remercie, mademoiselle, de l'avoir conduite jusqu'ici. Ce n'est pas tout le monde qui l'aurait fait.

— Oh ! je vous assure que je me serais reproché de ne pas le faire. C'est mon élève, la nôtre en tout cas.

— Et qui vous aime, je peux le dire.

— Pauvre enfant !

La jeune fille se rappelait ce que mademoiselle Renée avait raconté de Phrosine, et cette histoire était comme un troisième personnage, et qui gênait, en même temps, Davidée et Phrosine, car elles savaient l'une et l'autre qu'il était là, témoin hostile et présent. Elles échangeaient des formules de compassion, de remerciement, et elles sentaient le vide des mots qu'elles disaient ou qu'elles entendaient, et la main de Davidée ne se tendait pas, et son regard n'avait fait qu'effleurer celui de Phrosine, parce qu'elles n'étaient pas seules dans cette chambre, et qu'il y avait le péché auquel toutes les deux elles pensaient.

— On vous a parlé de moi ? dit Phrosine. Je le vois, et, ce matin, je l'ai déjà vu !

Cette fois, les deux regards se rencontrèrent et se heurtèrent. Davidée leva la tête, comme une fille qui a conscience de sa noblesse, qui est pure, qui est brave, et elle dit :

— C'est vrai : je sais votre conduite depuis hier soir.

— Alors, causons, si vous voulez ; n'ayez pas peur de le rencontrer, lui ; j'ai prévenu la petite qu'il n'était pas là ; il ne rentrera pas avant sept heures. Vous êtes chez une femme qui s'est mise en ménage avec un autre homme que son mari. Je n'avais pas de quoi vivre. Pourquoi me regardez-vous comme vous faites? On dirait que vous allez tomber de votre haut! On ne se cache pas, pourtant! Si vous voulez vous asseoir, je vous expliquerai plusieurs choses qu'il faut savoir, tout de même, avant de juger.

Davidée hésita une seconde, et s'assit, presque en face de la fenêtre, près de la cheminée. Phrosine était à contre-jour, mais il y avait de la lumière dans le vert tout vibrant de ses yeux et dans le sang rose qui colorait ses joues. Quelle passion, quelle volonté sûre de sa puissance, quelle espèce de défi dans le mot qu'elle avait jeté : « On ne se cache pas! » Cependant elle parlait à voix contenue, de peur qu'on ne l'entendît, de la chambre à côté.

— Je vous parais peu de chose, n'est-ce pas, reprit-elle, moi qui viens balayer vos classes, et allumer le poêle?

— Mais non, vous vous trompez.

— Nettoyer le préau, et jeter des baquets d'eau dans les cabinets, tandis que vous faites la propre et la savante; je ne suis pas de votre monde, vous me le faites comprendre.

— Puisque j'élève votre fille, et les filles de toutes les femmes de l'Ardésie, qu'est-ce que vous me reprochez donc?

— Votre air, qui n'est pas le même pour toutes.

La jeune fille rougit, et riposta vivement :

— Jusqu'à hier soir, je n'avais que de l'amitié pour vous... En ce moment, ce n'est plus la même chose. Comment voulez-vous? Je ne suis pas maîtresse de mes impressions.

— Cela se voit!

— Pourquoi ne vous mariez-vous pas avec lui?

— Il faudrait être libre.

— Vous ne l'êtes pas?

— Je suis mariée.

— Alors, c'est plus mal encore... Tenez, laissez-moi partir. Je suis venue pour vous obliger, et non pour discuter ce que vous faites.

Phrosine voulait parler; elle tenait à faire un aveu.

— Non, vous ne devez pas me mépriser, dit-elle. Vous ne savez pas combien j'ai été malheureuse. J'ai été trois ans avec mon mari, un ouvrier qui était boiseur aux carrières, un charpentier qui débitait les poteaux pour les galeries. Il m'a lâchée, il a fait bien pis, car il a volé mon fils, que je n'ai jamais revu, et j'ai su, depuis, qu'il l'avait abandonné à l'Assistance publique à Paris. Il y a douze ans de cela. Où est-il, mon fils? Où est-il, mon mari? Il me laissait enceinte. Et la voilà, ma fille, celle que vous avez ramenée. J'étais toute seule pour gagner la vie de deux. Eh bien! j'ai attendu trois ans son retour, à mon homme. J'ai goûté de la misère,

allez! J'ai travaillé pour quelques sous, en gardant la petite. Après ce temps-là, je ne pouvais plus vivre seule, je n'avais plus d'argent, plus de courage : je me suis mise avec quelqu'un. Et ce n'était pas Maïeul, vous comprenez? Qui est-ce qui me le défendait?

— Mais... la loi.

— Est-ce qu'elle me nourrit, la loi?

— Les usages, la morale... Vous pouviez...

— Quoi?

— Divorcer.

— A quoi ça sert? On se passe de la permission. Est-ce que chacun n'a pas le droit de disposer de son corps?

— Mais non!

— Vous croyez que c'est le maire qui permet cela? Vous racontez ça aux enfants! Mais voyez-vous, la loi, c'est comme les usages, mademoiselle : on peut y faire attention quand on est riche, et qu'on a le temps, et qu'on a des gens qui s'occupent de vous. Moi, personne ne s'occupait de moi, et je pouvais faire ce que je voulais, même mourir, sans déranger mes voisines : je n'en avais pas. J'habitais la maison de la Fête-Dieu, tenez, justement, au-dessous de la Gravelle, où il loge à présent, lui... Ah! je vois bien que je vous déplais en parlant comme je fais. Mais je ne cherche pas à paraître meilleure que je ne suis. Votre morale, à vous, c'est ce que vous voulez; la mienne, à moi, c'est ce que je peux... Ne soyez pas difficile, allez, vous en trouverez d'autres comme moi, quand vous connaîtrez l'Ardésie. D'ailleurs, ça n'est pas cela que je veux vous expliquer.

Davidée ne trouvait que de médiocres réponses à ces gros paradoxes moraux, débités avec assurance par cette femme, et elle s'irritait contre elle-même, secrètement, d'avoir si peu de repartie, ce soir, et de défendre mal une cause qu'elle savait juste.

— Le triste, reprit Phrosine, c'est que la petite le déteste. Il ne sait qu'inventer pour lui plaire, mais elle ne veut ni le regarder, ni causer avec lui, et, je vous le dis comme je le pense, cela me met dans une colère!...

— Elle meurt de votre inconduite : cela s'est vu.

— De ce que j'aime Maïeul Jacquet, et de ce que je ne peux pas vivre sans lui?... Elle meurt!... Mademoiselle, vous êtes sévère pour le pauvre monde; mais au moins vous ne cachez pas ce que vous pensez... Je ne crois pas qu'une fille puisse mourir de ça...

— J'en suis sûre, au contraire : je la comprends.

— Mais elle en souffre, et moi aussi, et lui autant que moi. Tenez, je voulais vous dire ceci : vous avez été étonnée l'autre jour, quand Maïeul vous a proposé de bêcher votre jardin?

A moitié, j'ai cru que c'était une attention pour moi.

Oh! que non, c'était une attention pour elle. Vous ne le connaissez pas, il a le cœur tendre plus qu'une femme, avec son air de ne jamais rire. Il savait qu'elle avait de l'amitié pour vous, la petite, et il pensait : « Si je fais plaisir à la maîtresse, Anna sera contente. » Et il lui a raconté ce qu'il avait fait en revenant.

— Qu'a-t-elle dit?

— Comme toujours : rien, pas un mot. Elle a mangé trois cuillerées de soupe, et elle a demandé à se recoucher. Quand elle est là,   et Phrosine montrait la porte de la chambre de l'enfant,   elle est heureuse; elle tousse, elle a de la fièvre, elle a faim, elle a soif : mais elle n'appelle jamais, elle ne vit pas avec nous. Je vous assure que la vie n'est pas gaie, et que j'en ai assez.

L'adjointe eut envie de rouvrir cette porte, de se pencher sur le petit lit, d'embrasser l'écolière, et de lui dire, bien bas, à l'oreille : « Jeune fille, pureté émouvante, je suis avec vous, vous avez une grande amie. » Elle n'osa pas. Si vive et spontanée qu'elle fût, les habitudes disciplinaires avaient déjà tempéré l'audace de son humeur; elle se demanda : « Ne serais-je pas imprudente? »; elle sortit, jetant seulement un regard du côté où allait tout son cœur.

Dehors, le crépuscule était le maître des choses; elles commençaient à se ressembler toutes par la couleur, et les buissons de l'enclos, les groseilliers, les tas de fumier et de pierraille n'étaient que des dos ronds et vagues, un peu plus pâles à leur arête. L'adjointe avait passé devant Phrosine, suivi l'allée, attiré la claire-voie. Il y avait un silence infini dans le ciel, dans les champs, sur les buttes. Seules, les routes enchevêtrées égrenaient dans l'ombre des bruits de pas, des bruits de roues, et des voix indistinctes, lointaines, mourantes. Phrosine était venue jusqu'au milieu de la petite avenue de pruniers, pour reconduire mademoiselle Birot.

— Si elle devait mourir?... Vous croyez?...

— Personne n'est sûr. J'ai dit cela dans l'émotion, trop vite...

— Vous croyez que cela se peut? que mon enfant, ma fille, Anna?...

Davidée comprit qu'elle allait dire une chose grave, et que si elle répétait : « Oui, je crois qu'elle en peut mourir », ce qui restait d'obscure conscience à cette femme deviendrait remords peut-être et poursuivrait son œuvre, jusqu'où? Elle dit avec effort :

— Oui.

Et elle s'éloigna vivement dans le crépuscule. Elle était peureuse. Le silence de ce chemin qu'elle reprenait toute seule l'inquiétait; elle observait les grosses touffes de lierre qui, çà et là, sur les murs bas, ressemblaient au buste d'un homme accoudé; elle craignait d'entendre marcher derrière elle. Pourquoi ce Maïeul Jacquet ne serait-il pas rentré au moment même où elle venait de quitter Phrosine? Il n'avait pas besoin de longues explications pour apprendre ce qui s'était passé. Il suffisait que Phrosine répétât quelques phrases qu'avait dites la maîtresse d'école. Alors, la colère se saisissait de lui; il sautait hors de la maison, il courait entre les pruniers, il rejetait la porte à claire-voie qui restait ouverte derrière lui, et, sur la route, il se mettait à galoper.

Elle se trouvait à la hauteur de la première des carrières abandonnées de Champ-Robert, quand elle entendit, en effet, des pas rapides, tantôt nets, tantôt amortis par la poussière, mais qui s'approchaient. Il faisait encore un peu clair. Elle ne pouvait, même en s'appuyant, toute droite et immobile, le long des murs d'ardoise, échapper aux regards de l'homme qui venait. Et l'homme qui venait, c'était Maïeul. Elle en était sûre. Quel autre pouvait se hâter de la sorte, un soir de mars, quand la fatigue du travail et le poids de l'air brumeux alourdissent les jambes? Il marchait à enjambées pressées, comme un fermier qui va chercher le vétérinaire pour une bête malade. Et tout à coup il se mit à crier :

— Hé! la demoiselle? La demoiselle de l'école des filles?

Elle quitta le milieu du chemin, courut à droite, s'effaça contre le mur, les bras pendants, le visage tourné vers celui qui allait apparaître, qui allait surgir des brouillards et de la nuit mêlés au ras de la terre. Le cœur lui battait.

— La demoiselle? Je vous rejoindrai bien! Pas la peine de vous sauver!

Elle ne bougeait pas. Elle ne remuait que le bout de ses doigts qui tâtaient la pierre pour y trouver appui. Elle pensa que son col blanc la trahirait tout de suite, et aussi son visage pâle, et aussi ses yeux qu'elle sentait agrandis par l'ombre et luisants. Et elle se dit : « Puisque je ne peux l'éviter, je ne crierai pas, je ne fuirai pas, j'irai à lui. »

Il était déjà devant elle, entre les deux ornières, roulant sur ses hautes jambes, le chapeau en arrière, la tête levée et dépassant l'arête du mur en face. Il s'aidait d'un bâton pour marcher. Il ne vit pas la jeune fille. Mais, comme il s'arrêtait dix pas plus loin, maugréant et criant : « La demoiselle? » elle traversa la route, se planta droit au milieu, et dit :

— Que me voulez-vous donc, monsieur Maïeul Jacquet?

Il se détourna.

— Qu'avez-vous à crier mon nom? Je vous croyais plus poli. Je suppose que vous avez trop bu?

Comme c'était vrai, il ôta son chapeau.

— Excusez-moi.

Un moment, il demeura sans parler. La surprise avait rompu la suite des reproches qu'il récitait en courant. Les mots lui revinrent en mémoire, peu à peu, et le tremblement de colère de la main qui tenait le chapeau s'aviva.

— J'ai passé par la maison, tout à l'heure!

— Pas la vôtre.

— Celle qui me plaît. J'ai appris que vous aviez reconduit la petite.

— Pas la vôtre non plus. Et n'ai-je pas bien fait?

— Très bien. Je ne vous le reproche pas. Mais vous avez trop parlé. Pourquoi vous êtes-vous mêlée de nos affaires? Pourquoi avez-vous dit à Phrosine que la petite pouvait mourir?

— Elle me l'a demandé.

— Vous voulez donc qu'elle me chasse? Vous serez cause qu'elle me chassera!

L'adjointe oublia toutes les consignes. Elle laissa parler son cœur, et ce fut elle-même, la vierge, qui répondit :

— Tant mieux!

— Ah! vous voulez qu'elle m'abandonne! Vous vous repentirez de ce que vous dites!

— C'est à vous de vous repentir; pas à moi. Vous vivez dans le mal, vous êtes l'amant d'une femme mariée...

— Qui serait morte de faim sans moi.

— Faites-la vivre, et tenez-vous chez vous, alors vous pourrez parler de votre charité. Vous désespérez une enfant, Maïeul Jacquet, vous la tuez parce qu'elle a un cœur délicat, qui vaut mille fois le vôtre, et c'est moi, une femme, ici, sur la route, qui vous le dis, sans avoir peur de vous : vous êtes lâche, vous savez très bien quel est le devoir: il est de vivre honnêtement; il est de vous sacrifier; et vous ne le faites pas! Vous n'avez pas même pitié. Vous dites que vous aimez la petite...

— Bien sûr!

— Et vous faites tout, excepté ce que demande son pauvre cœur malade. Vous ne vous séparez pas de la mère, vous avez peur qu'on ne vous chasse : tout géant que vous êtes, je vous trouve faible et sans volonté... Je vous défends de me suivre. Bonsoir.

Elle rajusta sur sa tête et sur ses épaules son écharpe de tricot et, relevant sa robe, qui était courte, passant à côté de Maïeul, elle reprit le milieu du chemin, vers l'Ardésie.

L'homme, malgré sa demi-ivresse, avait tout compris. Les mots, dans sa tête, faisaient un voyage avant de rencontrer la partie claire de l'esprit. Il dit, après que l'adjointe eut fait dix pas :

— En voilà une petite femme!

Et, quand elle fut sur le point de disparaître dans l'ombre :

— Dites donc, la demoiselle, où donc que vous l'avez prise, votre morale?

Elle entendit, mais elle était déjà loin, et aucun bruit de pas ne sonnait plus en arrière, sur le chemin. La route s'abaissa un peu. Devant la porte de l'école, une ombre avait forme humaine. Elle se détacha de la muraille, hésita, vint au-devant de Davidée.

— Ah! enfin, c'est vous, mademoiselle! Comme vous rentrez tard! J'étais inquiète!

Mademoiselle Renée embrassa l'adjointe.

— Vous avez chaud! Vous tremblez! Que vous est-il arrivé?

Les deux maîtresses d'école fermèrent la porte de la cour, entrèrent dans la cuisine, et Davidée raconta sa visite à la maison des Plaines. Mais elle ne parla ni de la poursuite de Maïeul Jacquet, ni de la rencontre sur le chemin. Quand elle eut répété plusieurs des paroles qu'elle avait dites à Phrosine :

— Mademoiselle, dit mademoiselle Renée, c'est une histoire plus grave que vous ne croyez. Si vous voulez la paix, taisez-vous; voyez tout, et ne dites rien; prenez la morale comme une leçon à faire en classe, mais, hors de la classe, ayez l'air de l'oublier...

— J'aurai bien du mal!

— Il le faut. Je serais étonnée que votre affaire n'eût pas de suites.

— Parce que j'ai eu pitié d'une enfant? Parce que j'ai dit à une femme qu'elle avait tort, étant mariée, de vivre illégitimement?

— Quel mot! Comme vous y allez! Qu'est-ce que ça peut vous faire?

— A vous, rien?

— Rien. Des mots. La morale, c'est ce que je dis en classe, d'après des programmes qui changent; une leçon; la géographie des bancs de sable. C'est ce que voudra l'inspecteur, ce que voudra le ministre. Ils sont chefs de religion. Ça les regarde, ça ne me regarde pas. Ça fait partie de ma fonction de dire : amen. Mais je pense tout ce que je veux là-dessus. Je vis comme je veux, je laisse les gens vivre comme ils veulent. Ma pauvre petite adjointe, si vous avez des préoccupations morales pour tous les gens qui n'en ont pas, si vous avez un principe, cachez bien tout cela : ou vous êtes perdue!

Elle riait, satisfaite d'avoir retrouvé sa compagne. Davidée faisait bouillir de l'eau sur le fourneau à alcool. Elle ne répondait plus, elle disait des mots de subordonnée : « Croyez-vous? J'aurai du mal à être indifférente;... il faudra du temps, je le crains;... j'essaierai;... si vous aviez vu Anna Le Floch, si malade, et encore plus malheureuse!... »

Quand elle eut avalé une tasse de thé, elle essuya ses yeux que le grand air et un reste d'émotion avaient rendus humides

L'HOMME, MALGRÉ SA DEMI-IVRESSE, AVAIT TOUT COMPRIS.

Je ne dînerai pas.

Grande enfant!

Je suis énervée, c'est vrai. J'ai besoin d'être seule.

Mademoiselle Renée la considéra, en baissant le menton, comme elle faisait volontiers.

Seule, vous venez d'expérimenter que vous l'êtes terriblement... Allons, bonne nuit!... Savez-vous que vous êtes tout à fait jolie, émue ainsi, désemparée...

L'adjointe fit un signe d'adieu et monta.

La chambre était en ordre. Davidée eut plaisir à voir que la courtepointe du lit était bien tirée et sans plis: la chaise devant la table, et le siège caché sous les planches noircies: les deux autres chaises le long du mur qui fermait la pièce du côté du jardin: les deux vases de cristal aux deux coins de la tablette de la cheminée, le réveille-matin au milieu; l'étagère garnie de tous ses bibelots et de tous ses livres, ceux-ci en bas, ceux-là sur la planchette supérieure, ornée d'une balustrade en cuivre. Elle ne se demanda pas pourquoi elle éprouvait de la joie à constater que les chaises occupaient chacune la place qu'il fallait et formaient une harmonie. Elle eut l'impression d'être « à la sauve », posa la lampe à côté de l'encrier, s'étira, dénoua l'écharpe dont elle s'était coiffée et ne l'enleva pas, car la fenêtre du jardin, en toute saison, laissait passer une lame d'air, chaude ou froide, qui sifflait, chantait, coupait ou caressait les joues. « Je suis bien ici! songea-t-elle. Voilà mon refuge. Partout ailleurs, quelle contradiction et quelle impuissance! Quelle pourriture surtout! Je suis enveloppée par elle! Je la découvre mieux à mesure que j'avance dans la vie. C'est ce que je gagne à vieillir. Il y en a que je ne connais pas et que je devine. J'ai peur d'elle. » Davidée se regarda dans la glace pendue au-dessus du réveille-matin. Elle vit une image de jeunesse, un visage ardent, volontaire, quelqu'un qui était bien loin de la paix. Elle pensa à sa mère, qu'aucune idée générale, aucune théorie de M. Birot, maître de carrière, ne parvenait à émouvoir, probablement même à intéresser. « Je suis tout le contraire, murmura-t-elle: je crois que la misère morale, encore plus que l'autre, me trouble le cœur, et m'empêcherait d'être heureuse si elle était trop près de moi, si je ne pouvais pas la guérir, ou essayer de la guérir. »

Ses bandeaux noirs, détendus par la course, et par le vent, touchaient de leur arc la pointe de ses sourcils. Elle les rejeta en arrière, pour elle-même, pour qu'ils fussent aussi dans l'ordre, et elle s'assit devant sa table. Dans le tiroir, dont elle portait la clef attachée à sa chaîne de montre, elle prit un carnet vert, sur lequel elle avait coutume d'écrire,

lorsqu'elle avait besoin d'une amie, c'est-à-dire souvent. Le cahier vert voisinait avec d'autres, plus anciens, qu'elle avait rapportés de l'école normale de La Rochelle, avec des paquets de lettres, des images, des boîtes de plumes et des fleurs séchées, nouées d'un ruban. Elle écrivit :

« J'ai peur de douter de la vie que j'ai choisie. Je me sens peu faite pour l'effacement qu'on me conseille. Pourquoi ne pas suivre cet élan qui m'entraîne à secourir les âmes blessées, et pourquoi refuserais-je de les juger, si elles m'en prient? Presque rien, dans ce que je fais ici, n'est fait avec tout mon cœur, avec tout moi-même. On veut me brider. Tantôt, par hasard, j'ai parlé librement, et il paraît que j'ai dépassé mes droits! Cette Phrosine, je n'ai pas été chez elle pour surprendre ses secrets, je ne l'ai pas interrogée. C'est elle qui m'a parlé et j'ai répondu selon ma conscience. Je me suis sentie comme la sœur d'Anna. A sa place, je souffrirais comme cette petite. Voir sa mère vivre dans le mal; ne pas respecter et être obligée d'aimer; être, dans le cœur maternel, après l'homme qui n'a pas le droit de venir et de partager; acheter à ce prix-là le pain quotidien, ah! j'en mourrais comme elle! Je ne pourrai jamais me taire devant une douleur si naturelle et si touchante. L'incroyable, c'est l'assurance de Phrosine. On dirait que le devoir, pour elle, n'existe pas, qu'elle n'est soumise à aucune autorité, que l'amour et la pauvreté la libèrent de l'obligation d'être une honnête femme et une bonne mère.

Ayant écrit ces lignes, la jeune fille posa le porte-plume sur l'encrier de verre, et chercha, dans le tiroir, un gros calepin, fermé par une bague de caoutchouc, et qui contenait des notes prises, autrefois, au cours de mademoiselle Hacquin, professeur de psychologie à l'école normale. « Il faut que je repasse un peu ma morale puisque me voilà consultée et combattue », songea-t-elle. De sa main, habituée aux feuillets, elle tourna des pages et des pages d'une écriture nette, où les pleins étaient appuyés et les déliés très légers, d'une écriture personnelle et forte. Elle lut :

« Il y a quatre espèces de problèmes moraux : les *métaphysiques*, comme l'existence de Dieu, la vie future; les *formels* et *abstraits* comme la question du bonheur; les problèmes *réels* et *sociaux*; les problèmes *casuistiques*... Existe-t-il un Etre suprême? Quel est-il?... Idée infiniment abstraite, éloignée de la conduite humaine. Eliminons les hypothèses. Faut-il solidariser des idées vraies et nécessaires, comme les idées morales, avec des idées incertaines? Pourquoi établirions-nous une connexion entre des choses qui ne sont pas liées d'une manière rationnelle? On peut ainsi compromettre la morale.

Si on veut qu'elle soit solide, il faut adopter la dissociation de la métaphysique et de la moralité... »

Ah! voici ce que je cherche : le devoir... « Est moral dans une société, ce que cette société exige... A quoi reconnaîtrai-je que la société exige ceci ou cela? Je le reconnaîtrai à la sanction, à toute sanction, depuis celle de l'opinion jusqu'à celle des peines effectives. Le devoir, c'est la forme commune de toute activité, industrielle, économique, hygiénique, qui prétend ne pas recommencer indéfiniment les mêmes délibérations, sur des points de conduite vérifiés par l'expérience. Notre devoir n'est que notre vouloir dégagé de la sensibilité... La morale, dans son origine, constitue un phénomène social. Elle dépend des sociétés, de telle société qui peut rejeter certaines de ses habitudes anciennes... »

Davidée s'arrêta, émue d'une angoisse subite. Comment, c'était cela? Elle avait vécu d'une pareille doctrine? Faire comme tout le monde, voilà ce qu'on lui avait enseigné! Et on avait appelé cela une morale? Elle avait cru avoir une morale? En fait, non, elle avait vécu autrement, d'après des exemples d'honnêteté, de droiture, ceux de la maman Birot, du père quelquefois, de quelques êtres qu'elle savait justes. Mais, eux-mêmes, ces modèles secrets, où avaient-ils puisé? Ils n'étaient meilleurs que parce que, dans les occasions difficiles, ils se séparaient de la lâcheté commune. De quelle doctrine insuffisante l'avait-on armée, de quelle déraison? Suivre d'autres faiblesses, d'autres incertitudes, d'autres hommes et d'autres femmes, qui cherchent et se contredisent, et qui cèdent presque tous au conseil de l'attrait! Avoir pour soi l'opinion d'aujourd'hui et l'avoir contre soi demain, et, pour le même acte, être approuvée hier et blâmable aujourd'hui! Quelle morale était-ce là? Il semblait à la jeune fille qu'elle venait d'ouvrir un coffre où elle avait naguère enfermé une fortune, et qu'elle ne trouvait plus rien de son trésor.

Elle jeta le carnet dans le tiroir, et appuya son front dans ses mains. Mademoiselle Renée montait l'escalier. Les trois marches du milieu de la volée gémirent comme de coutume. L'adjointe eut peur un instant que la directrice n'entrât, et ne vît que l'inquiétude, le trouble,

ELLE CHERCHA DANS LE TIROIR UN GROS CALEPIN.

la fatigue avaient grandi. Elle devina que mademoiselle Renée faisait une halte sur le palier du premier, et qu'elle s'étonnait sans doute que la lumière fût encore allumée. Mais la porte de l'autre côté de l'escalier fut fermée et la maison d'école rentra dans l'harmonie de la nuit. Davidée, courbée sur la table, reprit la plume et écrivit : « D'ailleurs, quelle règle que celle de l'opinion pour toute la vie intérieure! Quel juge de l'intime pureté froissée! Quelle certitude peut-elle me donner ou donner à Anna Le Floch, et quelle consolation? Toute ma pensée, ma tristesse, mes sympathies, mon rêve, les soumettre à l'opinion? Comment l'opinion me fortifiera-t-elle contre la tentation, elle qui ignorera la tentation, la faute ou la victoire? Chacun livré à tous! Non, non! L'opinion de l'Ardésie, de la ville, du monde entier, non! je la rejette. Je ne suis pas prisonnière des habitudes, des préjugés, des passions d'êtres semblables à moi, s'ils n'ont à me dire que ceci : nous sommes le tourbillon, la poussière, le bruit, et nous vous approuvons, sauf à changer d'avis quand il nous plaira! Je ne comprends pas que les leçons de mademoiselle Hacquin aient eu sur moi une influence. Ont-elles dirigé un seul acte de ma vie? Je me le demande ce soir, pour la première fois, et je ne crois pas que je leur aie donné autre chose que l'assentiment d'une élève que l'examen préoccupe plus que la vérité. Il a fallu que le hasard me mît en face de l'amoralité la plus absolue. Alors j'ai vu que mon être profond, ce qui est en moi principe d'action, lumière, énergie, protestait. Je me suis emportée. Et ce soir, je découvre que je serais bien démunie d'arguments, si Phrosine savait faire un raisonnement en forme. Au fond, la manière dont elle vit en est un. Elle se soustrait aux devoirs qui la gênent, parce qu'elle les estime insuffisamment sanctionnés. Elle n'est pas maîtresse d'école, elle est très pauvre, elle aime cet homme, elle vit avec lui et par lui : que lui importe l'opinion? Et n'a-t-elle pas déjà une part d'indulgence autour d'elle? Ses voisines ne sont pas toutes sévères. D'après les doctrines de mademoiselle Hacquin, elle peut se réclamer de la morale. Ah! moi qui ai cru enseigner les autres, quelle assurance puis-je leur donner? Mademoiselle Renée a raison : je dois être prudente, je devrais l'être. Je ne le serai pas! J'agirai comme j'ai agi. Mais je me sens désemparée, et je n'ai personne qui puisse m'aider. Je n'ai pas confiance en celle qui est ma directrice. Elle n'a qu'une intelligence souple, assimilatrice et vulgarisatrice. C'est une receveuse d'idées faites. Elles lui sont indifférentes dès qu'elles lui viennent avec la marque « laissez passer ». Je ne la crois pas sûre. Ce soir, elle m'a embrassée avec un excès qui m'a déplu... Je suis jetée au milieu de difficultés que je ne prévoyais pas. Je n'ai, pour les vaincre, pour passer au travers, que l'instinct, que des exemples anciens, du temps que j'étais petite fille. Dans la nuit, je n'ai pas d'autre lanterne. J'irai quand même. Je ne changerai pas, je ne me tairai pas : seulement, j'ai de la peine. »

Un peu de temps encore, devant sa table, sous la lumière de la lampe, elle songea. Les menus événements de la journée se ranimèrent pour être jugés. Elle n'eut pas de regrets, mais le trouble ne la quitta pas. Comment sortirait-elle de ce drame qui commençait? Où était l'appui? Elle sentait bien que Davidée Birot, Phrosine, Anna Le Floch, Maïeul Jacquet, se retrouveraient, qu'il y aurait une suite aux paroles échangées, et que la destinée allait éprouver, peut-être légèrement, peut-être durement, l'âme seule, l'âme désemparée qui veillait sur les buttes bleues devenues toutes noires de l'Ardésie.

IV

LE TRIOMPHE DES GENÊTS.

Il se passa peu de chose pendant plusieurs semaines, si c'est peu de chose pourtant que le printemps qui vient.

Anna Le Floch reparut à l'école dès le lundi suivant. Le mal, les maux dont elle souffrait n'étaient pas diminués. Elle demeurait assise, pendant les récréations, dans le préau. Des camarades allaient chercher une chaise, et l'y faisaient asseoir avec les mêmes précautions qu'elles auraient eues pour une poupée; elles causaient toutes ensemble, afin de distraire, croyaient-elles, l'enfant qui ne pouvait jouer, puis, prenant prétexte d'une balle qui roulait, d'un cri, d'un regard, elles partaient au galop bondissant, et elles se donnaient beaucoup de mal, pour s'amuser plus que les autres et plus bruyamment, estimant qu'elles avaient droit à une compensation. La malade était habituée. Elle ne s'étonnait ni ne se chagrinait d'être seule dans le préau. Mais ses yeux sauvages, qui évitaient autrefois le regard des maîtresses, cherchaient maintenant celui de Davidée. Ils se pénétraient, pendant des minutes, sans changer d'expression, de cette image, lointaine ou proche, et on eût pu croire que la curiosité seule les orientait vers cette jeune fille qui se promenait avec les grandes ou prenait part aux jeux; puis, tout à coup, ils s'attendrissaient, ils se voilaient, ils disaient le secret de l'âme silencieuse. Davidée n'en savait presque jamais rien. Elle apercevait chaque matin

Phrosine. On se saluait par nécessité administrative, parce que les deux femmes dépendaient d'une troisième, qu'elles servaient dans la même école et qu'il ne leur était pas permis de s'ignorer l'une l'autre. On ne se parlait pas. Mademoiselle Renée, au contraire, était devenue si expansive qu'on l'eût dite bienveillante. Elle espérait de l'avancement. Des mots qu'on lui avait répétés, dans une réunion d'instituteurs et d'institutrices, lui faisaient espérer un changement de résidence, peut-être un poste dans une école de la ville. Quitter l'Ardésie, ne plus « végéter », comme elle disait, ne plus avoir à élever seulement ces filles de pauvres et de « sauvages », — c'était encore une de ses expressions favorites, — mais vivre dans la compagnie des petits fonctionnaires et des commerçants d'un quartier; pouvoir faire des visites et en recevoir; se promener sur le pavé et sur l'asphalte : elle aspirait à ces joies avec la même âpreté de désir que si elles avaient dû être pleines et éternelles. Pour les obtenir, il n'était rien qu'elle ne fût, d'avance, résolue à faire. Elle se persuadait, d'ailleurs, que son mérite, depuis longtemps, comblait la mesure. « Je ne vous oublierai pas, disait-elle à l'adjointe; je considère que vous êtes trop intelligente, et, laissez-moi le dire, trop jolie, trop sympathique, pour qu'on vous impose l'exil indéfini à la campagne. — Je vous assure, répondait Davidée, que je me sens casanière : j'ai déjà pris racine dans l'Ardésie. »

Maïeul Jacquet ne s'était pas vengé, comme il avait menacé de le faire. On ne l'avait pas revu à l'école, ou dans le chemin qui passe devant l'école. Une bonne femme qui accompagnait sa petite fille, quelquefois, jusqu'à la porte, avait dit à Davidée, un matin : « C'est drôle, je rencontrais souvent ce grand Rit-Dur, quand il allait à son atelier, et je ne le vois plus : il faut croire qu'il a changé son heure, ou sa route. » C'était la veille du jour où commençaient les vacances. Sans y manquer, depuis cinq ans, Davidée passait ses vacances de Pâques à Blandes. Elle fit comme de coutume. Elle vit son père, affaibli, fantasque, plus autoritaire que jamais; sa mère qui vieillissait; la belle maison neuve qui faisait envie à tout le bourg, et qui ne portait d'autre signe des hivers déjà subis que de minces rayures de moisissures vertes, en forme d'épées, comme des feuilles d'iris, montant du sol le long des pierres blanches des fondations. Pour la première fois, Davidée causa, avec sa mère, d'autres sujets que du temps, du ménage, de la difficulté de trouver une servante, et des rivalités renaissantes qui se levaient contre la fortune, la puissance, la rude discipline de Birot, et que Birot, d'un revers de main, une à une, brisait. Elle n'eut pas de peine à se faire raconter le dernier scandale de Blandes : une jeune femme trompée par son mari, la fuite du mari avec une autre.

— Que c'est vilain, tout ça! concluait madame Birot.

— Tant d'autres en font autant!

— Qu'est-ce que tu dis? Est-ce que tu l'approuves, par hasard? Quand tout Blandes lui donnerait raison, moi je la blâme, et nettement, et je dis qu'elle est une coquine!

— Tu me fais plaisir, maman, car c'est un gros mot pour toi.

— Oui, une coquine... Je puis bien te dire que j'ai été jolie, moi aussi, et jeune, et bien tournée...

En parlant, elle tirait les plis de sa jupe, qui s'étaient déplacés et grossissaient la hanche.

— ...On m'a regardée. On m'a fait entendre des musiques de mots, comme il y en a dans les vers que tu récites. Mais, Dieu merci, je n'ai pas à me reprocher seulement un coup d'œil de contrebande.

— Parce que tu es la meilleure des femmes, maman, et aussi parce que tu n'as pas aimé.

— Mais si, j'ai aimé ton père, comme on peut l'aimer, en me disputant avec lui, des fois.

— Je veux dire : pas aimé d'autre.

— Il n'aurait plus manqué que ça! Tu es folle!

— Qui te le défendait, puisque tu n'as pas de religion?

— Pas de religion! J'en ai un peu, tu sais bien,... ce que le père en permet : ça n'est pas beaucoup... Mais on n'a pas besoin d'être dévote pour être fidèle. Il y a...

— Il y a quoi?

— Il y a l'honneur!

— Ah! ma pauvre maman, j'ai vu des gens qui mettaient leur honneur à ne pas quitter la femme qu'ils aimaient, et qui n'était pas leur femme... Nous avons toujours des mots à notre service, vois-tu. L'important, l'angoissant, c'est de connaître leur vraie signification. Les hommes y mettent ce qu'ils veulent, et les femmes aussi.

Madame Birot, qui ne se sentait point armée pour les discussions d'idées, prit sa fille dans ses bras, et lui dit avec passion :

— Tu vois bien des tristes choses dans ton métier, ma fille, je m'en doutais; j'aurais voulu te garder près de moi, et tu n'as pas voulu! Dis-moi la vérité : est-ce le cœur qui est malade?

— Non, maman: c'est plutôt la tête.

Madame Birot ne chercha pas la réponse. Elle la trouva dans son cœur de mère, dans le rêve commun qu'elles font toutes. Elle dit :

— Pourquoi ne te maries-tu pas?

Et il ne fut plus question, entre elles, de morale ou d'idées.

Le printemps était venu. Quand Davidée rentra à l'Ardésie, il avait déjà renouvelé

le ciel, qui est le premier à fleurir, et il
verdissait la plus pauvre motte de terre.
Même l'ardoise avait son printemps.
Chaude, elle faisait danser l'air au ras des
buttes, elle relançait en grosses touffes les
rayons qui tombaient ; on aurait dit, sur
les pentes, qu'elle coulait en cascade, tant
le soleil la faisait vivre ; de près, on ne
voyait pas son grain, mais des mailles, de
toutes les couleurs de l'arc-en-ciel, qui
remuaient sur la pierre. Du fond des plaques de mousses, autrefois gonflées par
l'hiver et maintenant affaissées, des tiges
minces, hautes, dorées au bout, avaient
jailli. Les saules, dans les très vieux fonds
de carrières, levaient leur pelote verte.
Dans les creux, où le sol n'avait point été
envahi et recouvert par les déchets d'ardoises, les jardins, autour des maisons,
abrités et encerclés par les talus bleus,
tendaient au jour leurs plates-bandes bien
bêchées, leurs arbustes taillés, et leurs
lignes de groseilliers, ou de tulipes, ou de
giroflées au-devant des portes. Il n'y avait
point de matin sans chant de merle, ni
de nuit sans rossignol. Mais surtout la
fleur du genêt avait éclaté, et, par elle,
toute la contrée bleue était couverte d'or,
toute la pierraille était réjouie. Il est
maître des talus, des plateaux, des ron-
ciers, de ces lieux où la terre a été ensevelie sous la pierre, et la pierre brisée et
abandonnée. Il pousse dans la maigre poussière. Il est enveloppé par la chaude réver-
bération du sol. Son heure vient vite d'avoir
des bourgeons pâles sur ses balais verts,
d'avoir des carènes et des voiles jaunes
tout le long de ses branches, de la pointe
à la fourche, et d'ouvrir tout son trésor de
parfums. Oh ! qu'il est généreux pour le
vent nouveau qu'il embaume ! Avec les pri-
mevères, un peu d'aubépine, et les tiges de
menthe encore bien tendres et cachées, il
compose la divine senteur du premier printemps. Le genêt couvrait le désert que les
hommes avaient fait. Aux alentours des
fonds les plus anciens, entre les trous
énormes et remplis d'eau plus qu'à moitié,
c'est là que la genêtière était la mieux
fournie et c'est là qu'habitait Maïeul Jacquet.

Sa maison, la Gravelle, bâtie en long,
à la crête d'un remblai, était flanquée à
droite d'un pavillon muni d'un belvédère.
Plus exactement, le vieux maître maçon
qui l'avait construite, pour séparer le pavillon en deux logements, avait accolé à la
petite façade de l'Est un escalier extérieur, qui tournait à la hauteur du premier étage, s'appliquait en grosse verrue
carrée à la grande façade du Sud, et for-
mait une sorte de loge, de cour aérienne
que protégeait un toit avançant. Le logis
avait-il connu des hôtes bourgeois ou
nobles, au temps de sa jeunesse ? On l'assu-
rait, parmi les carriers. Il n'avait plus que
de pauvres locataires : deux familles bretonnes qui se partageaient le long rez-de-
chaussée, et le fendeur Maïeul Rit-Dur,
auquel appartenaient l'escalier de pierre,
et deux vastes pièces, à fenêtres très hautes
et très larges, avec le grenier au-dessus.
Toute cette Gravelle ouvrait au midi ses
fenêtres et ses portes. Elle voyait loin. Elle
dominait, comme un phare, tout le pays
ardoisier, et les terres qui s'abaissent vers
la Loire, et où la fumée des machines et le
brouillard s'en vont mêlés chaque matin.
En arrière, sur des remblais de la même
ancienneté, à une centaine de mètres, et
en contre-bas, il y avait encore une maison,
beaucoup moins importante, qui était celle
de la mère Fête-Dieu, et plus loin encore,
le fond du Lapin, celui de la Gravelle, et
à droite celui de la Grenadière. Nulle part,
dans la commune de l'Ardésie, la nature
n'avait repris autant de place et de puissance que sur les buttes délaissées qui
environnent la Gravelle. Tout ce sol feuil-
leté, creusé, fouillé, sonore sous le pied du
passant, donnait sa gloire avant les autres,
avant les terres lourdes à peine dégourdies
par le soleil nouveau. Et celui qui voyageait par là respirait de la joie.

C'est ce que pensait Davidée, le jeudi
22 avril, qui était le deuxième après
Pâques, en approchant du fond de la Grenadière, où une femme lavait, courbée au
bout d'une planche et parmi les roseaux.
Elle suivit le bord de l'étang, écouta le
bruit de l'eau qui coulait par la bonde et
se perdait sous des branches, puis elle
gravit un raidillon, et elle aperçut le pavillon de la Gravelle, dressé dans la lumière
à cinq cents mètres en avant, et l'or des
genêts qui descendait de là jusque vers
elle. En même temps, le vent qui balance
parfois et berce les parfums avant de les
emporter, l'enveloppa dans son souffle traînant. « Ah ! quelles délices, dit-elle ; tout le
printemps est en l'air ! S'il pouvait souffler
sur l'école ! S'il pouvait souffler sur mon
cœur ! »

Elle allait voir la mère Fête-Dieu,
comme elle l'avait promis avant les
vacances. Mais la pensée lui vint aussi de
Maïeul Jacquet. « Il passe pour un faiseur
de chansons et pour un beau chanteur.
Il ferait mieux de vivre honnêtement, et
tout au moins d'être poli. Quelle façon il
a eue, l'autre soir, de courir après moi sur
les chemins, et de crier mon nom ! J'ai
croisé vingt fois Phrosine, depuis lors, et
elle ne m'a pas parlé. Lui, il a changé de
route, pour gagner son atelier, et pour en
revenir. C'est tout ce que j'ai obtenu, d'elle
et de lui. » Elle se souvint que, depuis une
semaine déjà, elle n'avait pas revu Anna,
et qu'elle savait seulement, comme tout
le monde, que l'enfant était plus mal, et
ne sortait pas de l'enclos. Par la trace,
foulée çà et là et ailleurs couverte d'herbe
drue, qui serpentait à travers une pâture,
elle fut bientôt au milieu des genêts. Elle
inclina à droite, grimpa sur un talus, parmi
les tiges fleuries qu'elle écartait en mar-

chant et qui frôlaient son visage, et, dans un pli, elle découvrit un long toit évasé, sous lequel il y avait des murs très bas. Elle frappa à la porte. Une voix toute jeune répondit. Davidée entra. Dans l'ombre de la chambre, et venant à elle, elle vit la petite Jeannie aux yeux ronds, qui s'épanouit, et qui dit :

— Que vous êtes gentille! Grand'mère est là. Elle va mieux, vous savez?

— Ça va toujours mieux jusqu'à ce qu'on s'en aille! dit une voix faible au fond de la pièce.

Dans le lit, sous les rideaux de serge verte, la mère Fête-Dieu, à demi paralysée, était couchée. Elle avait encore un œil très bon et vif; l'autre était lent et voilé. L'œil très bon considérait Davidée Birot, et y prenait plaisir. Il la regardait comme si elle était un genêt fleuri, ou un géranium ouvert au soleil sur la marge de la fenêtre, comme si elle était, dans la pauvre chambre, un rayon de jour de plus. Il ne changeait pas d'expression, quand il cessait de considérer le visage aimé de la petite Jeannie et qu'il revenait, la paupière se soulevant un peu plus, au visage de l'adjointe, qui baissait la tête, souriait et demandait :

— Un si beau printemps! Vous allez guérir, mère Fête-Dieu!

La bonne femme suivait une autre idée.

— C'est donc vous, disait-elle, la nouvelle maîtresse?

— Mais oui. Depuis sept mois bientôt.

— Elle m'avait bien dit que vous étiez aimable. C'est fin, vous savez, ces petites-là! Ça devine les cœurs.

— Mais je vous assure, mère Fête-Dieu, que je n'ai pas le cœur meilleur qu'une autre.

— Oh! que si! Les yeux répondent pour lui : c'est jeune, ça veut bien faire. Asseyez-vous, mademoiselle. Qu'est-ce que tu fais donc, sacrée petite Jeannie, qui ne donnes pas une chaise à la demoiselle?

Elles se mirent à causer, la vieille racontant sa vie, la jeune faisant la charité d'abord d'écouter, puis écoutant sans effort, parce que la mère Fête-Dieu, ayant dit quelques dates et quelques noms, des naissances, des maladies, des morts, et sa dernière épreuve, le mal qui la tenait couchée depuis des mois, rendait grâces pour soixante-dix années, et ne se permettait qu'un tout faible gémissement pour les souffrances présentes.

— Je ne suis pas bien patiente, disait la bonne femme; le temps me dure quand Jeannie est à l'école; heureusement il vient des Bretonnes de la Gravelle, quelquefois, me voir comme vous venez. J'accomplis mon temps, je finis mon mérite : Dieu est au bout de ma peine.

Comme elle était un peu lasse, elle ferma les paupières. Elle perdit la notion du temps, et une souffrance plus vive venant à traverser son corps, elle rouvrit les yeux

brusquement; elle ne vit pas la visiteuse, déjà oubliée; elle regarda les poutres enfumées, et, rapprochant sa main vaillante de l'autre qui n'obéissait plus, elle dit :

— Mon Dieu, je souffre bien : je peux, tout de même, si vous voulez, souffrir un peu plus...

Elle se reprit, elle ajouta, baissant la voix :

— Un tout petit peu plus.

La maîtresse d'école était devenue toute pâle. Elle éprouvait ce même saisissement que lui causaient les belles paroles attribuées à des personnages illustres, et qu'elle faisait réciter aux élèves. Elle considéra un long moment l'infirme qui s'était assoupie, et elle s'en alla, sans faire de bruit, accompagnée par Jeannie, et par le chat qui se frottait au bord de la robe.

La Gravelle était droit en face, bien haute sur sa butte, plongeant la ligne dentelée de ses toits, de ses cheminées, de ses murs et de sa loge dans la splendeur de trois heures du soir. Mais on la voyait de dos, et ses fenêtres, ses treilles de vignes, ses Bretonnes avec leurs enfants, toute la vie de la maison pendait à l'autre espalier, du côté de la Loire. On n'entendait aucun bruit, si ce n'est celui des mouches affolées par le genêt. L'adieu même de la petite Jeannie se perdit dans leur bourdonnement qui n'empêchait pas le silence.

« Comme je serais attrapée, songea Davidée, si Maïeul descendait la butte et venait à moi! Je crois que j'aurais peur! »

Elle avait le projet de revenir par le village de la Martinellerie et par celui de l'Ardésie. Elle prit donc à droite, au travers des genêts, longea et tourna la butte, et elle allait déboucher dans un chemin qu'on trouve là, un chemin que personne n'entretient et qui ne vit que par l'usure, lorsque, devant elle, à quelque distance, debout et l'attendant, elle aperçut Maïeul Jacquet.

Le carrier était en habits du dimanche. Il avait sa jaquette bien brossée, ses souliers sans clous, sa chaîne double au gilet, sa cravate verte et la moustache tortillée et relevée, comme s'il allait aux noces. Quand il vit Davidée, il se découvrit, et il eut l'air si intimidé qu'elle n'eut pas peur. Elle pensa seulement : « Je passerai devant lui, je le saluerai d'un petit signe de tête, et il comprendra que je n'ai pas gardé bon souvenir de notre rencontre dernière. Comment ce garçon est-il ici? M'avait-il vue sortir de l'école, lui dont l'atelier n'est pas très éloigné? En montant sur un mur, ou sur un tas de pierres, peut-être est-il possible, quand on a comme lui des yeux vifs de guetteur, d'apercevoir la porte de la maison. Alors, il se serait dépêché, prenant au plus court, tandis que je flânais le long de la Grenadière, et il aurait changé d'habits pendant que je faisais visite à la mère Fête-Dieu. Et qu'a-t-il à me dire? S'il croit qu'il suffit, pour me faire oublier qu'on m'a manqué, de se mettre sur mon passage ! »

Elle eut le temps de penser cela et plusieurs choses encore, car elle avait ralenti le pas pour ne point paraître effrayée. Elle venait, baissant à demi les paupières à cause de l'ardente lumière, les relevant aussi pour regarder le chemin. Mais en regardant le chemin, elle voyait l'ouvrier, qui était à gauche le long du dernier genêt, et qui tenait son chapeau à deux mains devant lui. Elle le trouva drôle, et sourit involontairement. Et comme elle reprenait sa physionomie digne et un peu apprêtée :

— Mademoiselle, dit Maïeul, je n'ai pas bien agi avec vous !

— C'est vrai.

Elle ne s'arrêta point.

— J'ai été malappris, je ne savais ce que je faisais, j'en ai honte.

— Je vous remercie de me le dire, monsieur Maïeul.

Elle continua d'avancer. Elle dépassa le genêt et l'homme, et commença de tourner.

— Il n'y a pourtant pas une seule personne, sur la paroisse, — il trouvait le vieux mot parce que son cœur parlait, — pas à une seule à qui je serais plus fâché de faire de la peine.

Davidée s'arrêta.

— Pourquoi donc, monsieur Maïeul?

— Parce que vous m'avez dit mon fait, oui, et joliment.

— Moi, j'ai pensé que j'avais eu tort d'être aussi franche.

— Non, par exemple !

— A quoi ai-je servi, puisque rien n'a changé?

Elle le regarda, un peu hautaine, et toute rouge de visage. Il réfléchit un moment.

— Changer, dit-il, c'est plus dur que de parler, ou que de trouver que vous avez raison. Mais si je changeais, tout de même?...

Il n'acheva pas son idée, mais il regarda pour la première fois, bien en face, la petite jeune fille fière qu'il avait attendue un quart d'heure dans cette genêtière. Et elle n'eut pas de doute sur ce qu'il avait voulu dire.

— Alors, je vous estimerais davantage, fit-elle.

Et à cause de ce mot qui n'était pas une condamnation définitive, et qui était rude pourtant, il se mit à marcher à sa gauche et à peu de distance, car elle avait repris sa route. Et pendant qu'elle descendait, et qu'elle détournait la tête, pour qu'on ne la crût pas trop attentive aux paroles de cet homme, il disait, lui-même levant les yeux au-dessus de l'Ardésie, et comme s'il s'adressait à toute la vallée :

— Je n'ai pas eu d'instruction comme vous, je n'ai eu ni mère, ni sœur, ni personne qui m'ait parlé comme vous pour mon salut et mon paradis.

— Ai-je nommé le paradis?

— Non, mais on ne s'y trompe pas !...

J'ai des amis qui vivent comme moi... Les voisins, ça leur est égal... Le compteur d'ardoises n'a pas à s'en mêler, le directeur non plus... N'y a que le curé : il dirait comme vous, mais je le connais pas.

Davidée ne répondait rien. Elle arrivait à un carrefour où sont bâties quelques maisons, des très anciennes. Maïeul se hâta de dire :

— Je vois bien que ça vous déplaît de causer avec moi. Je n'ai pas voulu vous offenser... Vous n'êtes pas si parlante que l'autre jour. Moi je voulais vous dire aussi que la petite Anna crie après vous. Allez la voir, mademoiselle... Vous ferez mieux de ne pas entrer... Mais vous la verrez par-dessus la haie.

Ils firent encore trois pas.

— Au revoir, mademoiselle.

— Adieu, monsieur Maïeul.

Il descendit vers la gauche, pour retrouver le chemin de sa carrière ou celui de la Gravelle; Davidée remonta vers la droite. Sans le dire, elle avait résolu d'aller jusqu'à la maison des Plaines. « Oh! songeait-elle, comme chacun de nos actes est plein de conséquences, et chacune de nos paroles de retentissement! Pour une indignation que j'ai eue, me voici placée comme un juge, entre une enfant, sa mère et l'amant de sa mère; voici un cœur attendri, celui d'Anna; un cœur troublé, celui de Maïeul; un cœur ennemi, celui de Phrosine. Même si je voulais, je ne détruirais pas le changement que j'ai causé, les sources que j'ai ouvertes, les mésintelligences que j'ai approfondies, le bien ou l'inutile trouble que j'ai fait. Car je ne sais pas pourquoi j'ai eu tant de sévérité. J'ai agi comme ma mère aurait agi, et je ne puis me défendre qu'en disant : mon instinct m'a poussée; quelque chose en moi a été plus fort que les leçons de mes maîtresses. Ceux que j'ai blâmés savent mieux que moi au nom de quoi j'ai parlé : l'unique, l'unique puissance. »

Elle se sentit une pauvre fille; elle vit, de l'autre côté du mur de gauche, bas et écroulé par endroits, des fendeurs qui travaillaient à l'abri des tue-vent. Ils se détournaient, les plus jeunes du moins et les plus rapprochés, et ils la suivaient du regard, gouailleurs, disant entre eux des mots qu'elle n'entendait pas. Les vieux avaient l'air bien indifférents au passage de cette jeunesse, comme ils l'étaient au vent doux qui descendait des buttes et qui traversait les chantiers. De son pas alerte, l'adjointe allait sur le chemin. Dans le champ tout bleu, elle voyait la ligne des tue-vent, les ardoises posées sur champ, rangées et empilées, les blocs devant l'ouverture des abris, puis une autre ligne, une autre, une autre encore; à droite le chevalement de la carrière, et partout des hommes qui avaient des mouvements calculés, sans hâte, guidés par l'habitude du travail et mesurés. Quelques visages étaient farouches ; la plupart n'étaient que sérieux : bien peu reflétaient la gaieté, la paix, la santé qui se moque de la besogne. « Je voudrais élever pour vous, pensait l'adjointe, des petites qui entreraient dans vos maisons comme le printemps auquel on ne songe pas et qu'on respire. Je leur apprends à lire, mais c'est pour elles ; à écrire, mais

de l'enclos où était la maison de Phrosine. Doucement, elle s'approcha de la haie vive, toute feuillue à présent et qui tendait encore au vent de la route, parmi des feuilles pressées et luisantes, de courtes grappes de fleurs blanches. Les maraîchers ne travaillaient pas. Des pies faisaient cercle autour d'une chouette posée sur une

LA MALADE ÉTAIT LÀ, A MOITIÉ COUCHÉE SUR DEUX CHAISES.

c'est pour elles : et je leur dis d'être bonnes, et c'est pour vous. Mais le plaisir parle aussi. De combien d'entre elles obtiendrais-je qu'elles renoncent à acheter un chapeau neuf ? »

Quand elle passa dans la rue qui porte le nom de village de la Martinellerie, Davidée rencontra plusieurs élèves de la classe élémentaire, qui vinrent, et l'entourèrent un moment. Des mères, derrière les vitres, firent signe : « bonjour ! » ; mais elle prit un chemin qui coupait le village, puis, par des sentiers, elle gagna les abords

motte. Elles seules remuaient, dans le champ montant, elles seules avec les tiges de blé d'une large planche, qui se courbaient à chaque souffle de brise, mêlant leurs reflets, plongeant de la pointe, frémissant, jouant ensemble à l'eau qui coule. La porte de la maison était fermée. Davidée se demanda si Anna Le Floch n'allait pas apparaître, soutenue par Phrosine, et revenant d'une promenade. Elle s'avança de quelques pas, jusqu'auprès de la barrière à claire-voie. La malade était là, à moitié couchée sur deux chaises, à l'ombre d'un des pruniers, la tête appuyée sur un oreiller, les jambes protégées et réchauffées par une descente de lit dont les deux bouts traînaient à terre. Elle dormait. Elle était si pâle qu'on pouvait la croire morte: sa poitrine, en respirant, ne soulevait pas le pauvre corsage, et les deux bras, abandonnés, pendaient, frôlant la pointe de l'herbe. Toute apparence de vie avait quitté cette forme frêle et usée, payeuse innocente pour les vices de plusieurs, qui mourait de l'alcool bu par le père, et qui était le terme des débauches anciennes. Cependant, comme si, à travers la distance et le sommeil, les âmes pouvaient se faire signe l'une à l'autre, et se rendre visite, et se faire reconnaître d'une manière non douteuse, Anna ouvrit les yeux; son visage s'illumina; la vie et la joie y reparurent ensemble; les mains, comme si elles portaient une gerbe, se relevèrent lentement, d'un même geste égal, puis se joignirent, et l'enfant dit:

— Je pensais à vous!

— C'est le printemps qui m'a conseillé de venir.

La malade répondit, indifférente à tout ce qui l'écartait de son hymne d'amour:

— Oui, il fait assez beau...

Elle reprit son air de ravissement:

— Vous êtes venue... Depuis plusieurs jours, j'attendais votre visite... Je ne suis pas très bien sur la chaise. Mais vous ne pouviez pas venir à la maison... Non, il valait mieux ne pas entrer chez maman. Je pensais que vous ne voudriez plus entrer. Alors, j'ai demandé à être portée dehors. Le premier jour je ne vous ai pas vue, ni le second, ni le troisième : mais vous voilà!... N'ayez pas peur, mademoiselle, maman ne peut pas entendre ce que je vous dis. Et puis, elle est très bonne pour moi, ces jours-ci... Que je voie votre chapeau?

Regardez, est-ce comme ceci qu'il faut me tourner?

— Oui, il est joli.

— Si j'étais plus près de vous, je vous l'essayerais...

— Oh! non! Vous êtes plus jolie;... moi, c'est inutile...

Elle n'acheva pas, elle disait cela comme en rêve.

L'adjointe, espérant la distraire, commença à raconter plusieurs choses de l'école. Mais aux premiers mots, Anna s'assombrit; la lumière intérieure se retira des yeux, du front, des deux mains rapprochées: il sembla que la jeunesse de cette petite diminuait et que l'âme d'une femme inquiète, attendrie, éclairait et modelait à présent ces traits menus de toute jeune fille.

— Mademoiselle?

— Que voulez-vous, ma petite?

— Je voudrais savoir de vous, parce que vous êtes bonne, parce que vous venez me voir...

Elle s'interrompit, oppressée: le vert de ses yeux devint profond comme celui des grandes vagues.

— Faut-il que je prie?

— Oui.

— Mademoiselle, n'est-ce pas qu'il y a un bon Dieu?

L'adjointe eut un petit frisson que seule put surprendre la haie d'épine noire sur laquelle elle s'appuyait. Elle pensa : « Est-ce que je peux dire non? Est-ce que j'ai le droit de la désespérer? Est-ce que je sais, moi qui ai négligé volontairement...? » Elle répondit, tutoyant Anna, sans s'en apercevoir, parce que l'intimité des mots échangés le voulait ainsi, parce que l'inégalité de l'âge et des conditions s'évanouissait :

— Anna, ma petite enfant, je t'aime bien.

Elle se sentit cruellement lâche de n'avoir pas répondu.

La petite dit :

— Moi aussi, mademoiselle, je vous aime bien.

Davidée se hâta d'ajouter :

— Je reviendrai. Je réapparaîtrai ici. Mais il faut que vous me promettiez de dormir, comme si je ne devais pas venir.

La petite tête pâle se souleva un peu, et retomba sur ses mèches de cheveux roulées et dures.

— De ne pas même penser à moi?...

Sur l'oreiller, la petite tête s'agita pour dire non. Et en même temps les lèvres eurent un sourire d'enfant, si pur, si tendre, et qui refusait si bien de ne plus penser à elle, que Davidée se recula pour ne pas pleurer.

— Au revoir, mignonne!

La haie cacha bientôt la malade.

Du cahier vert : « Me voici seule dans la maison où le vent jette sa fleur invisible de genêt. J'ai ouvert au vent la fenêtre de ma chambre du côté de la cour. Il m'apporte la poussière de la cour piétinée par les élèves, celle des chemins et des chantiers de travail, et son parfum ne risque pas d'enivrer : il est mêlé comme la vie. Je suis troublée de me sentir faible dans un rôle que je n'ai pas voulu d'une volonté nette, qui devient plus grand, plus complexe, qui va m'obliger à des résolutions et à des paroles auxquelles je suis mal préparée. Je ne crains plus la vengeance de Maïeul Jacquet, mais autre chose, une passion que je n'ai pas provoquée, qui me révolte. Je l'ai aperçue, dans son regard, dans son geste, dans le soin qu'il a pris de mettre ses beaux habits, dans le choix de cette place où il m'attendait, loin des témoins, dans sa voix. Quelle injure! Me parler comme il a fait, à moi qui sais comment il vit, et avec qui! Et cependant, l'indignation que j'ai éprouvée, c'est à peine s'il a dû en être bien assuré. Pourquoi l'ai-je laissé continuer? De quelle faiblesse suis-je faite, malgré l'apparence?

Comme mademoiselle Renée se moquerait de moi, si elle pouvait tout connaître ou deviner! Mais j'ai été bien autrement lâche quand Anna Le Floch m'a interrogée. Ce qu'elle me demandait, c'est tout, c'est l'énigme de sa vie et de la mienne. Sa raison a grandi dans la souffrance et la solitude. Elle a cherché un appui. Elle a toyée pour dire oui. Je lui ai dit de prier, parce que cela ne compromet rien. Prier qui? Devant la grande peine, j'ai eu la moitié de la réponse d'une chrétienne que je ne suis pas. Pauvreté! Contradiction! Mais pauvreté surtout! Je ne sais pas ce que je suis venue faire en ce monde. Et depuis que je suis mêlée à la vie réelle, je

voulu savoir s'il y a un consolateur, un lendemain à la vie qu'elle sent s'échapper, et elle m'a choisie pour donner la réponse. Je suis sa maîtresse. Il n'est pas possible que la maîtresse ignore s'il y a un paradis? L'enfant voulait croire mieux afin de souffrir mieux. Elle avait préparé la question; elle y songeait, tandis que je l'entretenais d'autre chose. Et elle n'a pas eu de réponse. J'ai eu peur de dire non: je n'ai pas été assez brave ou assez api- vois qu'il n'y a point de science égale à celle-là. Tout est là : savoir de qui nous venons, et à qui nous allons.

» Je ne sais pas. Ma petite amie s'en ira. Elle fermera ses yeux verts. Je n'aurai pas répondu à la question qu'elle avait préparée... Voilà trois ans que j'enseigne. Ces petites, quand elles auront passé dans ma classe et dans celle de mademoiselle Renée, après quelques années, deviendront femmes d'ouvriers, de journaliers ou de

fermiers. De quelle force les aurai-je
munies? Je ne sais pas. Je doute, ce soir,
de moi, et d'elles. Je me demande si je
n'aurai pas appesanti des cœurs et fourni
de la pauvreté morale au monde de la
misère matérielle. »

Dans l'espace de dix jours, Davidée
retourna deux fois à la maison des Plaines.
Elle aurait voulu y aller plus souvent,
mais les devoirs à corriger, des visites de
parents qu'il fallait recevoir, le conseil
aussi de mademoiselle Renée qui disait :
« Vous sortez trop », la retinrent à l'école.

La première fois qu'elle revint aux
Plaines, Davidée s'attendait bien à ne pas
voir dehors son amie malade. Il tombait,
par moments, de ces averses courtes,
chaudes, limitées à une demi-douzaine de
champs, et que les orages lointains lancent
comme des obus à travers le ciel libre.
Anna était là, cependant, la tête abritée
sous un parapluie que Phrosine avait sus-
pendu aux branches. Elle respirait mieux;
elle avait un peu de rose aux joues. A
peine eut-elle salué son amie, que la petite
demanda :

— Je vous en prie, vous ne m'avez pas
répondu l'autre jour?

Davidée, qui avait prévu l'insistance
de l'enfant, répondit :

— Avez-vous fait votre première communion?

— Bien sûr.

— Moi aussi. Vous voyez! Priez Le
donc, puisque le désir vous y porte.

— Oh! que faites-vous? Prenez garde!

Davidée, d'un mouvement soudain,
avait ouvert la barrière; elle s'avançait,
dans l'herbe, ses deux mains relevant
sa robe, de peur du bruit des feuilles
frôlées. Elle vint jusqu'à l'enfant, elle la
baisa sur la joue, et tandis qu'elle était
là, courbée, elle sentit l'odeur de la fièvre,
et elle se redressa vite. Aussitôt elle
pensa, — et l'idée lui sembla étonnante — :
« Si j'avais la foi, je me pencherais de
nouveau, souriante. » Elle demeura droite,
mais elle dit, avec beaucoup de douceur :

— C'est vous qui me faites du bien, Anna.

La malade, dans la joie, avait fermé
les yeux. Elle les ouvrit. Elle fit signe
qu'on ne devait pas rester, qu'il y avait
un danger.

— Il a fallu bien demander pour qu'on
me laisse dehors malgré la pluie, mais je
suis contente, contente!

— De ce que je viens de dire?

— Surtout de ce que vous avez dit
avant. Contente comme une reine.

— Comme une reine!

La petite murmura, tandis que s'éloignait Davidée :

— Bien-aimée mademoiselle Davidée!

Un moment encore, par-dessus la haie,
les yeux de la maîtresse d'école purent
apercevoir l'enfant. Ils virent qu'elle avait
le **visage** rayonnant, que les lèvres
remuaient et disaient toujours :

— Bien-aimée! bien-aimée!

Elle conserva ces mots dans son cœur,
et beaucoup de pensées en naissaient.

Davidée revint le 2 mai, qui était un
dimanche. Les vêpres avaient fini de
sonner au clocher de l'Ardésie. Il faisait
un soleil vif. Anna, le corps ployé en
deux, couchée sur les deux chaises et le
visage un peu relevé seulement avait
perdu tout le rose de ses joues, et la
vivacité de son regard. Au moment où
l'adjointe arrivait, — le bruit des pas
avait-il été entendu? — Phrosine entr'ouvrit la porte de la maison, au bout de
l'allée de pruniers. La voici qui se penche
au dehors. Son visage, habituellement
dur, devient hostile. Elle ne veut pas
que l'adjointe s'appuie à la barrière; elle
va la chasser, l'injurier, s'avancer jusqu'au chemin et emporter dans ses bras
l'enfant qui ne doit pas entendre parler
de sa mère par cette étrangère. La petite,
qui ne peut se retourner, qui n'a pas la
force de crier, a vu, dans les yeux de son
amie, que la mère était là, en arrière,
et que, chassée, Davidée ne reviendrait
pas. Elle a étendu le bras par-dessus sa
tête, et, de sa main, qui est comme un
petit sceptre d'ivoire, elle a fait un signe,
à plusieurs reprises : « Retirez-vous!
Laissez-moi ma dernière joie! » Et Phrosine n'a pas ouvert la bouche. Elle a obéi
au commandement de l'enfant. Sans quitter l'expression de colère et de mépris
qu'elle veut que l'on connaisse et qu'on
retienne, elle se redresse, puis elle se
retire à l'intérieur de la maison.

Anna comprend que le danger est passé.
Elle ne sera pas ramenée de force dans
la maison. Elle se recueille, les paupières
abaissées. La maîtresse a peur de la
fatiguer. Elle s'éloigne un peu de la
porte à claire-voie. La malade s'en aperçoit. Elle fait signe : « Revenez. » Elle met
ses deux mains sur ses lèvres; elle jette
son âme, dans un baiser, à cette demi-
inconnue qui va disparaître, et bien ten-
drement, comme une prière, comme une
volonté dernière, elle dit :

— Je vous donne maman.

La jeune fille a ouvert la porte, elle a
couru jusqu'à la malade, elle s'est age-
nouillée dans l'herbe, et elle a embrassé
l'enfant. Cette fois, elle ne s'est pas
redressée. Elle a senti, contre sa poitrine, battre un cœur épuisé qui se ranimait sous la douceur des mots, car elle
répondait :

— Anna, je te promets, j'accepte, je
t'aime à jamais!

Quand elle revint de la maison des
Plaines, ce 2 mai, elle se sentait l'âme
écrasée et vide de sa joie comme un
grain de raisin qui sort du pressoir. Des
hommes et des femmes sortaient de l'é-
glise, des ouvriers fermes de visage, résolus, tranquilles. Ils venaient d'assister au
salut. C'était une élite, ancienne dans le

pays, des gens établis depuis des générations en bordure de la vallée, des fendeurs de vieille lignée ardoisière, et, mêlés à eux, quelques Bretons, demeurés fidèles dans le pays où les clochers ne sont pas à jour. Ils passèrent. Elle ouvrit la porte de l'école, de « chez elle », et, comme mademoiselle Renée, au bruit du loquet retombant, apparaissait sur la dernière marche du seuil :

— Ah ! mademoiselle, dit Davidée, je suis bien malheureuse !

La blonde mademoiselle Renée, qui avait encore son beau chapeau sur la tête et enlevait les épingles ornées de strass, répondit, tout occupée d'autres pensées :

— Vraiment ?

— Nous allons perdre la petite Anna Le Floch ! Je l'ai vue : elle ne peut plus vivre !...

— Je m'y attendais.

— Vous ne souffrez donc pas comme moi ?... Cela ne vous fait rien ?

— Dans quel état vous êtes, ma pauvre mademoiselle Davidée ! Vous n'êtes aucunement raisonnable ! Venez.

La directrice prit la jeune fille par la main, l'emmena dans le « salon », la fit asseoir sur une chaise, et s'assit tout près d'elle, dans le fauteuil unique, qu'on offrait deux ou trois fois l'an à l'inspecteur en tournée.

— Vous êtes beaucoup trop sensible !

— Mais je vous dis qu'elle meurt !

— D'abord, vous ne pouvez en être sûre. Elle est si jeune ! Et puis, vous ne serez pas institutrice de vingt ou trente enfants sans qu'il vous arrive d'en perdre... On meurt à tout âge.

Elle parlait d'une voix agréable, et qui voulait plaire, mais qui ne plaignait pas. Pour toute réponse, Davidée fondit en larmes, et, instinctivement, laissa pencher sa tête sur l'épaule de la créature humaine qui aurait pu consoler. Mademoiselle Renée l'embrassait, elle lui caressait les cheveux, et il y avait, dans sa caresse, une admiration pour cette souple chevelure sombre, une complaisance extrême.

— Ne pleurez pas, ma petite, vous vous faites du mal, vous vous épuiserez. Et personne ne vous en saura gré. Quand on a votre âge, on ne pleure pas ; on cherche à jouir de la vie. Chassez ces pensées tristes. Parlons d'autre chose : tenez, racontez-moi le commencement de vos amours avec Maïeul Rit-Dur.

Davidée se dégagea, se leva, et, repoussant la directrice :

— Que dites-vous là, mademoiselle ? Je ne permets pas... Vous m'insultez... Je n'ai d'amour pour personne, je n'en ai pas surtout pour cet homme-là... Mais si j'avais un jour une confidence à faire, je vous jure...

La directrice, elle aussi, s'était levée.

— Continuez, mademoiselle, mais continuez donc !

— ... Je vous jure que ce n'est pas à vous que je la ferais !

L'adjointe était près de la porte, elle l'ouvrit. Elle entendit derrière elle un éclat de rire.

— Vous êtes énervée, mademoiselle ! Ah ! je vous trouve aussi ridicule qu'il est possible de l'être ! Regardez-moi, je vous prie. J'ai le droit de commander ici.

Davidée tourna la tête. Elle vit un visage furieux, des rides creusées par la colère dans une chair devenue pâle, des yeux ardents de haine, et cette femme encore vêtue comme pour une visite qui tendait le poing, et qui disait, à mots entrecoupés :

— C'est fini, vous entendez bien ;... j'ai été trop indulgente... Ah ! vous me traitez de la sorte ! Vous verrez !... Il y aura une suite !... Je vous en réponds !... Pour le moment, je vous avertis que votre intimité avec cette Phrosine est parfaitement inconvenante... Votre vertu, mademoiselle, a besoin de leçons. Elle en donne, mais elle en recevra... Vous vous compromettez... Et vous ferez bien aussi de ne pas causer sur les chemins avec Maïeul Jacquet, votre jardinier en attendant mieux... Vous pensez que je ne sais rien... Je sais tout ce que vous faites : prenez garde !

L'adjointe ne répondit pas. Elle gagna sa chambre. Elle ne pleurait plus. Devant sa fenêtre, les yeux perdus dans le lointain, le sang brûlé par la fièvre, elle repassa les événements des dernières semaines. Ils traversaient en tumulte son esprit. La crainte n'avait aucune part dans l'émotion qui la tenait, tremblante, oppressée, mais qui la laissait parfaitement maîtresse de sa raison et de sa volonté. La jeune fille cherchait à reconnaître les motifs qui l'avaient fait agir, à se rappeler les mouvements de son âme, en chaque rencontre avec Maïeul, avec Phrosine, avec Anna, les imaginations qui l'avaient occupée. Elle aurait voulu qu'un secours extérieur lui vînt, et l'assurât qu'elle n'avait pas cédé à une irritation excessive, peut-être à une antipathie secrète et jusque-là cachée, lorsque, tout à l'heure, elle avait rompu avec mademoiselle Renée. Désormais, l'hostilité de la directrice était déclarée. Elle serait implacable. Cependant, Davidée ne regrettait rien. Ses paroles et son geste de colère, qu'était-ce autre chose que de l'honneur, peut-être ombrageux, mais qu'on ne peut désavouer ? Elle ne céderait pas.

À l'heure où la nuit va tomber, souvent les enfants revenaient d'un village à l'autre, par petites troupes. Le dimanche surtout, celles qui avaient passé la journée chez une amie ne manquaient guère de rentrer pour le souper. Davidée descendit ; elle alla s'asseoir sur une pierre, à quelques mètres de l'entrée de l'école. Le soir était dur et froid. Le vent qui, tout le jour, avait été printanier, léger, tiède, soufflait en courtes rafales, qui faisaient frissonner les derniers promeneurs disséminés dans la campagne. La jeune fille serra ses bras dans les plis d'une pèlerine qu'elle avait jetée sur ses épaules. Elle levait la tête, elle avait le visage accablé et ensommeillé de ceux qui sortent d'une peine intérieure et, n'ayant plus toute l'angoisse, n'ont pas de consolation et n'ont plus de force. Elle regardait du côté de l'Ouest, le ciel qui s'assombrissait, et elle pensait à Anna Le Floch. Elle ressemblait à une mère retenue loin de son enfant, et qui

TROIS MARMOUSETTES S'EN VENAIENT...

la voit partout. Une ou deux étoiles commencèrent à cligner entre deux mauvais saules ébranchés qu'il y avait en face, dans la pâture. Il y eut un bruit de claquette, vers les buttes des carrières, plus près, plus loin, à gauche, à droite des maisons vieilles, on ne savait trop, un bruit qui s'approchait, qui s'enfuyait, qui revenait, à croire que par là tournait la roue d'un moulin.

Trois marmousettes, trois ombres qui se tenaient, s'en venaient de la région des buttes; les sabots claquaient, les ombres hésitaient, entre le mur de l'école et la haie mal fournie et mêlée de tant de pierres levées. Elles avaient peur de cette forme accroupie, immobile, coiffée de blanc. Mais une voix connue appela, si doucement, que pas un oiseau ne s'échappa des buissons :

— Louise Tastour? Lucienne Gorget? Jeannie Fête-Dieu?

Alors la saboterie fut déchaînée, la peur s'en alla par-dessus le chevalement de la Fresnais, les trois enfants coururent comme en plein jour. Elles entourèrent la maîtresse qui était assise. Louise Tastour avait un chapeau orné d'une plume d'autruche qui avait dû être arrachée à une dinde; Lucienne Gorget une toque de feutre avec des fleurs tout autour; Jeannie Fête-Dieu allait nu-tête, mais elle avait, selon sa coutume, son petit palmier de cheveux dressé au-dessus du front. Elles étaient si heureuses de rencontrer une amie, dans ce passage désert où elles craignaient de s'engager, qu'elles furent désappointées, toutes les trois, en voyant que la maîtresse avait pleuré. Pleurer? Quand on commande! Quand on n'a pas de leçons à apprendre! Qu'avait-elle? On ne pouvait pas le lui demander, si ce n'est avec les yeux qui ne parlent qu'à moitié bien, dans la nuit, même quand on se penche, même quand on est tout près.

— Votre camarade Anna Le Floch est très malade, mes enfants.

Alors, elles comprirent très bien pourquoi mademoiselle avait pleuré, et elles devinrent un peu tristes, mais beaucoup moins qu'elle.

— Oui, mademoiselle.

— Je crains bien que vous ne la revoyiez pas...

Il y eut un petit sanglot, d'une de celles qui écoutaient, mais on n'aurait pu savoir laquelle des trois avait le plus de chagrin, car elles baissaient la tête, et elles avaient le menton sur la poitrine.

La maîtresse eut envie de dire :

— Priez pour elle, votre amie.

Elle n'osa pas. Elle ne prononçait pas ce mot-là devant ses élèves, ni ailleurs, ni dans son cœur. S'il lui venait à l'esprit ce soir, c'est que la petite malade, elle-même, l'avait dit. Elle demanda :

— Vous l'aimez beaucoup, n'est-ce pas?

Les trois têtes se relevèrent et se rabattirent ensemble.

— Oui, mademoiselle.

— Pensez à elle, n'est-ce pas?

Une seule comprit ce que l'adjointe voulait probablement faire entendre : Jeannie Fête-Dieu, dont les yeux ronds brillèrent comme ceux d'une bonne petite chouette grise. Elle seule dit, cette fois encore, et avec gravité :

— Oui, mademoiselle.

De ses deux mains, Davidée, comme elle aurait poussé deux brebis, sans force et la main dans la laine, écarta Louise Tastour et Lucienne Gorget. Elle retint Jeannie.

— Penchez-vous pour que je vous parle à vous toute seule? Encore plus?... Vous allez faire une commission... Mais vous ne direz pas qui vous l'a donnée?... A personne?

— Non, mademoiselle.

— Vous me le promettez?

— Oui.

— Écoutez bien.

Elle murmura plusieurs phrases à l'oreille de l'enfant, qui se redressa, faisant des signes menus d'intelligence, et si contente que la peine qu'elle avait éprouvée, en apprenant qu'Anna Le Floch allait mourir, était oubliée.

— Allons, mes petites, reprit tout haut la maîtresse, rentrez vite. Je vais écouter claquer vos sabots jusqu'à ce que vous ayez tourné au bout du chemin. Mais, j'y songe, Jeannie Fête-Dieu, comment avez-vous fait pour quitter si longtemps la grand'mère?

— Quelqu'un la gardait, vous comprenez, dit l'enfant en levant les yeux : sans ça!...

— Qui donc?

La petite se mit à rire, comme elle riait en arrivant :

— Un homme! un voisin! Monsieur Maïeul!

Elle se dépêcha d'ajouter :

— Depuis plus de huit jours il ne quitte plus la butte. Dimanche, lundi, il était là : on ne l'a jamais tant vu. Tous les soirs, à présent, il les passe à la butte. Alors il a promis aux Bretonnes, vous savez, les Bretonnes de la Gravelle, qu'il descendrait au moins deux fois de chez lui, pendant qu'elles seraient absentes et moi aussi, pour avoir des nouvelles de grand'mère. C'est gentil! Bonsoir, mademoiselle!

Les trois enfants s'éloignèrent. Le bruit des sabots diminua, avec des reprises subites et des retours inattendus, comme il avait grandi. La jeune fille s'était penchée en arrière; elle avait appuyé sa tête au revêtement de chaux du mur, et elle connaissait qu'une joie était née dans son cœur douloureux, une joie comme celle des mères qui sentent leur enfant vivre. Était-il possible? Pour le pauvre courage qu'elle avait eu, de sortir de l'apathie, d'être la vierge qui parle de pureté, de prononcer le nom de la loi éternelle, — n'avait-elle pas dit quelque chose comme cela, dans le trouble, sans bien savoir ce qu'elle disait? — voici que des âmes abîmées se soulevaient et qu'elles obéissaient, une au moins obéissait. Quelle lutte contre soi-même! Et quelle force les avait aidées? Quelle mystérieuse puissance s'était entremise, pour que le mot d'une jeune fille, et la plainte d'une enfant, eussent ainsi raison, même une fois, même pour un temps, de la passion, de l'habitude, de la pitié même qui se met si vite à pleurer auprès de notre amour? Cela ne pouvait s'expliquer et cela était beau. La singulière expression de joie, l'espèce de ravissement d'Anna Le Floch avait là sa source cachée. La petite n'avait rien dit. Qui donc avait mis cette pudeur dans cette âme que l'exemple, les hérédités, les conversations, l'abandon, l'absence de culture auraient dû pervertir,

ou rendre toute grossière et insensible? Quelle miséricorde s'était préoccupée des vœux de cette pauvresse malade? Y aurait-il par le monde une tendresse vigilante et relevante qui écoute les plus pauvres âmes, et seconde les plus légers mouvements de la charité, du repentir, du doute, du désir de purification, de la simple lassitude d'être mauvais et lourd à soi-même? Davidée songeait. Elle avait le cœur pénétré de la présence de l'obscure destinée. Et mystérieusement, ce soir, elle sentait grandir en elle la provision d'espérance qu'il faut à chacun de nous pour traverser la vie.

Les étoiles avaient monté au-dessus des branches des saules. Elles luisaient, elles, les premières apparues, presque au-dessus du chemin. « Tous les soirs à présent, il les passe sur la butte. » Davidée regarda du côté où la Gravelle et la maison de la mère Fête-Dieu reposaient dans le même lambeau de l'ombre immense.

V

LE CORTÈGE D'ANNA.

Le 3, le 4, le 5 mai, les nouvelles de la maison des Plaines furent mauvaises. Le 6, mademoiselle Birot distribuait des livres de la bibliothèque scolaire. Plusieurs élèves et quelques grandes filles du bourg, déjà sorties de l'école, étaient venues à onze heures, parce que c'était le premier jeudi du mois. Elles rapportaient les livres qu'elles avaient lus : elles en demandaient de nouveaux. L'institutrice se tenait devant la petite bibliothèque en sapin verni, où étaient rangés, sous la protection d'un grillage en fil de fer et d'un rideau de lustrine verte, deux cents volumes reliés en toile. Elle connaissait la plupart de ces livres, et elle savait où il fallait prendre, quand l'élève arrivait, saluait, disait : « Je voudrais un roman, quelque chose de rigolo. » Ce mot-là, que de fois elle l'avait entendu! Avec quel dépit! Elle venait de l'entendre encore, et c'était la grosse Lucienne Géboin, qui l'avait dit. Davidée voyait les grandes s'en aller en lisant, et les petites en galopant, le livre dans la poche ou sous le bras. Elle allait fermer le meuble et regagner la maison, lorsque Ursule Morin entra. Ursule, mince comme un brin d'avoine, indolente, secrète, mais qui riait tant aux moindres compliments. Elle était triste.

— Comment, vous, Ursule? Vous vous mettez à lire? Qu'est-ce que je vais vous donner? Un journal de modes?

La maîtresse avait parlé avant d'avoir vu ce visage long, de jeune chèvre rétive, qu'Ursule Morin portait incliné de côté, comme d'habitude, mais tout rayé de larmes mal séchées. Trois pas de plus et elle demanda :

— Qu'y a-t-il? Anna Le Floch est plus mal?

Ursule, les lèvres serrées, baissa la tête.

— Très mal, alors?

L'enfant baissa de nouveau la tête.

— Elle meurt? Je veux la revoir! J'y vais!

— Non, mademoiselle; c'est pas la peine d'y aller; c'est trop triste : elle est morte.

Ce fut une après-midi très cruelle, très longue, comme les fait une peine non partagée. Mademoiselle Renée, en apprenant la nouvelle, — l'apprenait-elle par l'adjointe? — pensa tout de suite au cortège.

— Que voulez-vous, mademoiselle, c'était à prévoir, n'est-ce pas? C'est une délivrance pour la mère.

— Oh! mademoiselle, dites un remords, un coup terrible, qui va tout changer!

— Vous les connaissez mal. Peu importe. Je vous charge de surveiller les enfants, le jour de l'enterrement. Vous aurez soin de faire mettre une robe blanche, si elles en ont, aux enfants du cours supérieur. Pour aujourd'hui, je suis retenue ici, j'ai la migraine. Il ne convient pas, d'ailleurs, que nous allions, vous ou moi, vous entendez, dans cette maison de Phrosine... Si vous allez vous promener du côté de la ville...

— Mais je n'en sais rien : je n'ai pas de projet...

— Je dis simplement que si vous allez de ce côté, vous ferez bien de commander une couronne. Mes enfants donneront pour cela. Je suppose que les vôtres en feront autant. Quelque chose de convenable, sans excès : pas d'exaltation, n'est-ce pas?

Davidée ne répondit pas. Dès qu'elle put quitter l'école, elle sortit, et, pour bien montrer qu'elle ne se rendait pas chez Phrosine, remonta par la Maréchère et le village de Malaquais, jusqu'à la route des Justices, où elle devait trouver le tramway. La pensée d'Anna l'accompagnait. L'enfant était plus présente que le paysage et que les hommes ou les femmes qui travaillaient dans les jardins, battaient du linge dans les étangs, ou marchaient sur le même ruban de route. L'enfant avait disparu d'entre les images visibles. Mais se pouvait-il qu'elle fût anéantie? Ne s'être pas épanouie, pas une heure, et mourir! Quelle injustice, si la compensation ne lui était pas donnée à présent, et à jamais, assurée, éternelle! Ces courtes destinées malheureuses, comme elles exigent une survie! La pensée qui occupait l'âme de Davidée n'était pas cruelle, il s'y mêlait une consolation, une persuasion qui agissait dans les profondeurs abritées de l'esprit, et qui créait des mots, toute une suite de paroles que la jeune fille écoutait en elle-même, et qu'elle sentait s'élever sans qu'elle eût conscience d'un effort, d'une volonté, d'une activité personnelle. « Je n'ai pas perdu mes jours; la peine est passée; elle a été féconde. J'avais été mise auprès d'âmes en péril, celle de ma mère, la vôtre, d'autres peut-être. Toute l'explication de ma vie est dans sa pureté. J'ai eu un amour mystérieux pour la loi que je connaissais à peine; j'ai souffert pour cet amour, j'ai été immolée par lui, et à cause de lui je suis victorieuse. Victorieuse pour moi, et peut-être pour la femme qui avait formé mon corps et dont j'aurai sauvé l'âme, si vous le voulez, ma maîtresse, et si elle le veut. Je vous donne maman. Ne la regardez pas comme font les autres, à travers son péché, mais à travers ma peine. Essayez de la relever. Elle pleure, aujourd'hui. Mademoiselle Davidée, continuez l'œuvre que nulle autre que moi ne pouvait commencer. N'écoutez pas les répugnances; ne vous rebutez pas. »

Davidée avait des élans de tendresse qui étaient sa réponse.

Dans la banlieue, elle s'arrêta, quittant le tramway, et entra chez un marchand de couronnes funéraires.

. . . .

Le surlendemain matin, l'adjointe conduisait une quarantaine de petites filles, entre les murs déjà chauds, du côté de la maison des Plaines. Elle n'en avait pas plus de quarante en partant de l'Ardésie; mais, à chaque carrefour, à la barrière d'un champ, à la porte entr'ouverte et bientôt tout ouverte d'une maison, une enfant habillée de blanc, ou de noir et blanc, ou de bleu, apparaissait, et se joignait au cortège. De crainte d'un scandale, les deux institutrices avaient convenu qu'on n'irait pas jusqu'à la maison, qui était d'ailleurs l'une des plus éloignées de l'Ardésie. Il eût été fâcheux qu'on vît Maïeul dans l'enclos, comme chez lui, donnant des ordres, ou recevant les invités. Une femme avait passé dans les villages, la veille, ayant à la main un rectangle de papier sur lequel, d'une grosse écriture, étaient écrits ces mots : « La sépulture de mon enfant aura lieu demain samedi à dix heures. Vous êtes prié d'y assister. — La mère Le Floch. » Qui viendrait? Quelle sorte de considération ou quelle pitié obtenait cette femme qu'on ne voyait guère hors de l'école ou de la maison des Plaines? Au second carrefour, non loin du lieu qui se nomme le Cloteau, et comme les enfants étaient rangées le long du mur qui donnait une ombre courte, à leur mesure, Davidée étant la plus rapprochée de la maison des Plaines, le chant essoufflé du chantre de l'Ardésie s'éleva dans la campagne ardente. La croix de métal blanc portée par un enfant de chœur apparut, à l'angle du chemin et de la route, et elle jeta un éclair en tournant, puis le curé, précédé de son chantre, monta le petit raidillon, puis le cheval noir, traînant un corbillard sans ornement d'étoffe, ni franges, ni lettre initiale. Mais quelle étrange décoration, tout de même! Toutes les petites filles avaient allongé la tête hors de l'ombre, dans le soleil. « Qu'est-ce que c'est?... Il y en a partout, à droite, à gauche; ça retombe; ça reluit;... c'est joli :... quand ça sera tout près, on verra bien ce qu'ils ont mis autour d'elle. » Au pas lent du cheval, la voiture approchait: on entendait le cahotement léger de sa toiture et de ses roues, quand finissaient les mots psalmodiés par le chantre. Et bientôt on put voir et nommer la fleur qui fleurissait le cercueil de la petite Anna. Autour du drap blanc, c'étaient des gerbes de genêt, les plus belles quenouilles d'or, les plus fournies, qui formaient une couronne plus somptueuse que celles des marchands, plus éclatante que celle qui était pendue à l'arrière et que nouait un ruban blanc. Oh! l'étonnante parure de printemps qu'avait la petite morte! Quelqu'un avait dû courir à travers les buttes, tout un jour, et fourrager dans les buissons, et choisir les tiges où rien n'était fané. Quelqu'un avait sans doute payé les employés de la mort pour que la permission fût donnée de laisser les genêts autour de celle qui les avait aimés.

Derrière le char, il y avait une femme, la tête couverte d'un grand voile noir, une autre femme âgée, une voisine, qui lui donnait le bras, et un homme, le père Moine, un ancien aussi, d'au moins quarante-cinq ans, qui avait connu le père autrefois. Il avait son chapeau de soie. Personne au delà. Les enfants de l'école se mirent deux par deux, à la suite des femmes et de l'homme. Elles ne pensaient guère à la compagne qui avait ri avec elles, joué avec elles, écouté les mêmes leçons. Les deuils sont d'une minute à ces âges-là. Elles ne parlaient pas entre elles d'Anna Le Floch, mais, à petits mots, sachant qu'il fallait bien se tenir et qu'elles étaient observées, des perreyeurs qu'elles nommaient, qui se redressaient au passage de la voiture noire et levaient leur casquette, tous émus, debout, les vieux, les jeunes, devant leurs claies de paille; ou encore elles parlaient des femmes qui se signaient, — non pas toutes, — derrière les vitres et qui songeaient à plus de choses que les hommes, et surtout à la mère endeuillée. Elles disaient encore : « Voici les cloches qui tintent. On nous a vues du haut du clocher. » Elles se donnaient rendez-vous pour le lendemain qui serait dimanche. Les genêts ployaient au mouvement de la voiture. La volée de martinets, dont ce n'était pas, pourtant,

l'heure de sortie, tournait autour de l'église. Et Davidée qui était la dernière, et qui voyait monter ce petit cortège, murmurait entre ses lèvres : « Il n'y aura plus que la mère et moi, demain, pour nous souvenir. » Elle approuvait Maïeul, non seulement de n'être pas venu, mais de ne s'être pas montré. « Quelle grande puissance que la mort! Comme elle tient en respect les affections qui n'ont pas le droit de s'exprimer comme les autres et de la saluer! Je vous remercie, monsieur Maïeul, pour la petite enfant qui ne peut plus le faire. »

C'était la première fois, depuis qu'elle habitait l'Ardésie, que l'adjointe assistait à l'enterrement d'une élève. Elle avait pris, avant de partir, dans le tiroir fermé à clef, le seul livre de piété qu'elle eût jamais eu, le paroissien relié en maroquin fauve et doré sur tranche. Quand elle fut dans l'église, elle ouvrit le livre, et plusieurs des petites filles, poussant du coude l'une ou l'autre voisine, montraient en riant la maîtresse qui lisait la messe.

Davidée ne lisait guère. Elle abaissait vers le texte ses yeux, et les relevait. Quelques mots, quelques phrases de l'office liturgique ramenaient aussitôt sa pensée enrichie, vers l'enfant qu'elle revoyait si nettement, et qui avait là, une dernière fois, rassemblée autour d'elle, toute la vie d'une cour de récréation, toute la vie ordinaire un peu remuante, et moins bruyante. Laquelle des élèves priait? C'était si jeune! si peu habitué au recueillement! Peut-être une ou deux avaient-elles récité un *Ave Maria*, au commencement de la messe. Phrosine, courbée, assise au premier rang à droite, était si parfaitement étrangère aux cérémonies du culte, qu'il fallait que sa voisine la prît par le bras, pour lui indiquer qu'il fallait se lever, se rasseoir, s'agenouiller. L'homme, l'ami du père, devait attendre, au cabaret, la fin de la messe. Et la jeune fille, alors, émue par cette détresse des morts, se sentant l'unique amie implorante, s'associait, de tout son cœur, à des idées qui lui semblaient belles, et qu'elle retrouvait là, dans le paroissien peu familier. Était-ce une prière? A qui s'adressait-elle? C'était le cri d'une grande pitié et d'une grande amitié qui n'avaient plus aucun moyen humain de s'exprimer et de servir, et qui cherchaient au delà. « Ne la livrez pas aux mains de l'ennemi, et ne l'oubliez pas éternellement, mais ordonnez qu'elle soit reçue par vos saints anges... Nous ne voulons pas que vous ignoriez ce qui regarde les morts, afin que vous ne vous attristiez pas, comme les autres qui n'ont pas d'espérance... Le Seigneur lui-même descendra du Ciel, et ceux qui seront morts en Jésus-Christ ressusciteront les premiers... Je suis la résurrection et la vie. Celui qui croit en moi, vivra... Que l'éternelle lumière luise pour elle! » Les plus grandes paroles qui eussent retenti dans le monde soulevaient jusqu'au paradis le souvenir d'une enfant et le nom qui revenait dans les prières : Anna! Anna!

Quand la messe fut finie, l'humble cortège se reforma, et n'eut guère plus de deux cents mètres à faire. Le cimetière de l'Ardésie était un champ en longueur, et où, à l'abri des remblais de pierre, tout revêtus de soleil, de mousses, de ronces, de genêts aussi, des chênes verts avaient poussé. Les croix se levaient parmi eux, couvertes jusqu'à moitié, en cette saison, par le fumeterre rouge et le bouton d'or. Il y avait des sentiers dans l'herbe drue, et des endroits où l'on s'était agenouillé.

C'est là qu'on mit le cercueil de la petite Anna. Le chantre et le curé psalmodièrent un dernier chant. La mère, au bord de la fosse, jeta un grand cri, sauvage, et se pencha, en sanglotant, sur l'épaule de la femme qui ne l'avait pas quittée et qui l'emmena, vite, à travers le champ, en disant : « Pauvre! Pauvre! » Davidée pensa : « Je voudrais être celle qui la secourt. » Elle surveilla le défilé des élèves qui aspergèrent d'eau bénite, l'une après l'autre, devenues graves un moment, le drap blanc, la terre ouverte, et qui se détournèrent. Puis, sur la route, on reprit l'ordre accoutumé, deux par deux, les petites en avant. Le bruit de l'acier taillant l'ardoise, dans l'air léger, comme chaque jour volait et s'en allait.

Davidée avait tant de chagrin, elle se sentait si fortement retenue par l'enfant dont le corps allait descendre dans la terre, qu'ayant donné le signal du départ, elle se détourna, afin de revoir encore le chêne vert, les herbes foulées, et la boîte de bois recouverte du drap blanc. Et à ce moment, le curé de l'Ardésie sortait du cimetière, ayant sur la tête sa barrette, et sur le bras son surplis empesé qui faisait comme un arc et pliait à chaque pas. Jamais elle ne lui avait parlé. Dans les chemins, on s'était salué, quelquefois : elle, prenant soin de montrer, par la rapidité et la raideur du geste, qu'elle saluait un adversaire de l'enseignement public, et lui ne pouvant cacher entièrement le déplaisir qu'il éprouvait à rencontrer une des deux femmes qui instruisaient des enfants, ses enfants de l'Ardésie, sans croire aux âmes, et probablement,   il le supposait,   avec le secret dessein de les détourner du salut. Il ne pouvait voir mademoiselle Renée ou l'adjointe sans songer qu'il était trop pauvre pour avoir une école libre, sans regretter, sans envier, sans souffrir. Et comme en aucune occasion, il n'avait échangé une seule parole, soit avec l'une, soit avec l'autre institutrice, il ne pouvait que les confondre dans une même suspicion. C'était un homme qui commençait à vieillir, haut de taille, extrêmement maigre, qui avait les cheveux rouges, les sourcils rouges, le visage ravagé

par la peine de vivre dans la contradiction, les lèvres gercées et pâles, habituées au silence et au pain dur, et des yeux d'une limpidité extraordinaire. Dans l'ombre des arcades fortement creusées, luisaient des yeux bleus dont il se défiait toujours, et qu'il tenait le plus souvent baissés, des yeux d'enfant par la sincérité, et d'homme par la gravité, des yeux qui auraient voulu que le monde fût beau, et qui ne se posaient sur les choses et sur les humains qu'avec précaution et à petits coups. Quand il parlait de Dieu, on ne pouvait pas ne pas voir ce que la fidélité à la grâce ajoute au plus ingrat visage. Mademoiselle Birot n'avait jusquelà observé que le geste gêné du salut de l'abbé, et que sa soutane déteinte; elle les vit de plus près, mais il lui sembla que ce serait une grossièreté de ne pas dire un seul mot à ce prêtre qui venait de bénir la tombe d'Anna, qui s'était hâté, dès le dimanche soir, elle le savait, d'aller à la maison des Plaines.

— Je vous remercie, monsieur, dit-elle.

Il eut un petit sursaut, en entendant cette voix inconnue et inespérée.

— D'avoir été administrer la petite? Mais, c'est moi qui vous remercie, mademoiselle. Vous m'avez fait prévenir, dimanche, par Jeannie Fête-Dieu... C'est très bien... C'est même admirable;... positivement... admirable.

— Que voulez-vous, monsieur, je connaissais les sentiments d'Anna, et je l'aimais bien.

— Martyre, mademoiselle; il y en a qu'on ne soupçonne pas, beaucoup, beaucoup. Ils montent tout droit.

Davidée regarda l'abbé, et l'abbé regarda l'adjointe, et chacun d'eux s'aperçut que l'autre avait une larme au bord des paupières. La jeune fille fut touchée; elle dit, vivement, voulant retrouver les enfants qui s'éloignaient :

— Pouvez-vous quelque chose pour la mère?

— Humainement, rien, mademoiselle. Elle ne m'a reçu, dimanche, qu'à cause de son enfant. Mais je prierai pour elle demain matin, à ma messe... C'est admirable, positivement.

Davidée fut tentée de rire, malgré sa peine, mais, en même temps, elle vit, dans le visage de l'abbé, le rayonnement d'une pensée qui tenait toute l'âme épanouie et vibrante, comme la lumière d'été qui possède l'air pur. Elle salua, et se mit à marcher très vite, son livre sous le bras, car les élèves avaient déjà dépassé les maisons qui sont autour de l'église, et une voiture aurait pu s'approcher et surgir tout à coup au tournant du chemin.

Toute l'après-midi, Davidée pensa, tantôt à Anna, tantôt à Phrosine et à Maïeul Jacquet. Qu'allait devenir cette femme, qui n'avait pour vivre, si elle avait vraiment rompu avec Maïeul, que la somme infime votée chaque année par le conseil municipal, « pour le balayage des classes et locaux scolaires » ? Davidée se sentait bien neuve dans le rôle de conseillère qu'elle avait pris; elle prévoyait que le conseil de la misère serait vite plus fort que le sien, que le souvenir de l'enfant diminuerait, que la vie mauvaise recommencerait, avec l'un ou l'autre. Comment cette femme arriverait-elle à gagner le pain, et le vêtement, et le loyer? C'était un gros problème. Laver le linge, dans les ardoisières abandonnées? Non, Phrosine n'accepterait pas tant de fatigue. Coudre dans les fermes, pour les fermières empêchées? Les lingères étaient déjà nombreuses à l'Ardésie; chacune avait sa clientèle; il fallait être jeune pour s'engager sous les ordres et à l'ombre de quelque maîtresse déjà mûre, en possession de la confiance rurale. Il y avait, d'ailleurs, des chômages. Que faire? Entrer comme ouvrière à la fabrique d'allumettes, ou dans quelque grande usine de la ville? Quelle aventure, pour une femme d'un tel passé, et qui n'était pas laide encore, non, pas assez, il s'en fallait! Ces projets et quelques autres traversaient l'esprit de l'adjointe, qui ne sortit pas, jusqu'au soir, de l'école, ayant des devoirs à corriger, et les classes de la semaine à préparer. Cependant, la limpidité du jour était invitante.

Dans le jardin de la cure, qui était à peu près inculte, car la terre y manquait et la cosse abondait, le curé achevait de réciter son bréviaire. Il était assis sous une tonnelle de vigne sauvage, qui avait de petites feuilles poilues sur des sarments énormes. De son pouce, glissé entre les pages du livre, il marquait l'endroit où, tout à l'heure, il reprendrait la leçon interrompue. Au-dessus des très vieux poiriers moussus, et de l'arête du mur assouplie et vallonnée par les herbes, il regardait la belle lumière répandue au-dessus de son Ardésie. Occupé du soin et du souci de son médiocre troupeau, il soupirait, en abaissant les yeux vers les cheminées ou les pignons qu'il pouvait apercevoir, vers les pointes de cerisier qui lui rappelaient une maison invisible et le nom du locataire. Et il disait : « Mon Dieu, je m'attriste trop, je me tourmente trop, je me fais trop de mauvais sang. Dans nos plaintes sur la méchanceté des hommes, dans nos prévisions, nous oublions que vous êtes Dieu, et que vous êtes là, et que vous nous aimez, et qu'il y a vous partout, et par conséquent espérance partout. Vous me le montrez. L'enfant que vous avez retirée à vous était une espèce de colombe, une sainte qui avait la belle horreur de l'impureté. Qui eût pu le croire? Rien ne l'avait munie contre la vie. Mais vous glissez votre grâce avec une habileté admirable. N'est-ce pas admirable encore, que cette laïque ait eu l'inspiration de m'envoyer quérir? Cela lui sera compté, n'est-ce pas? Orientez son âme. Soutenez la pauvre mienne, qui est par trop sensible à l'ampleur du mal, à son épais aveuglement. Ils m'enlèveraient la charité si vous ne la remplaciez par une autre toute neuve, à tout moment. Je ne me plains plus. Je ne veux plus. La cloche qui chante a passé par le feu. Je chanterai un jour. Il faut que j'oblige mon esprit à ne pas s'assombrir. Comme le ciel est clair! Le remède premier contre la misère matérielle est dans le développement du surnaturel. Il y a de la graine de paradis encore, de quoi ressemer tout un champ,

toute ma paroisse, toute la France. N'ai-je pas des consolations? Cette mère Fête-Dieu : exemplaire fatigué de l'Évangile éternel!... Le soir est doux. La nature est comme les hommes, tantôt dans le péché et tantôt dans la grâce. Le délicieux sommeil de l'enfant tombe sur le monde. L'air a bon goût. Le jour meurt bien. *Magnificat!* »

VI

CONVERSATION AVEC PHROSINE.

Phrosine, le lendemain de l'enterrement, revint à l'heure habituelle, et commença de faire l'ouvrage de chaque matin. Elle n'avait plus ses vêtements de deuil, mais la livrée de tous les jours, couleur de poussière. Davidée, qui la vit entrer dans les classes, et qui l'en vit sortir peu après, fut émue par ce visage, si violemment fouillé et pâli par la douleur que les enfants, prenant la souffrance pour de la colère, s'écartaient, et ne disaient pas selon leur coutume : « Bonjour, madame Phrosine. » Elle ne cessa d'y songer, pendant la récitation des leçons. Il lui sembla qu'elle était lâche si elle ne parlait pas à cette peine dont personne ne prenait soin, et elle s'inquiéta de le faire. Les enfants étaient dissipées, et la maîtresse était énervée. Quand elle sortit de la classe,

au moment de la petite récréation qui coupe en deux la matinée, elle vit venir à elle mademoiselle Renée, entourée d'élèves bourdonnantes, et qui lui dit :

— Votre amie madame Phrosine demande à vous parler, mademoiselle.

Les élèves riaient de l'intention, qu'elles ne pouvaient saisir entièrement, que la directrice avait mise dans ces deux mots : votre amie.

— Elle vous attend au fond du jardin. Allez-y : je surveille.

L'adjointe traversa la cour, ouvrit la barrière du jardin, et, au bout de l'allée, sur le banc, elle aperçut la femme que Maïeul avait quittée, la mère qui avait perdu sa fille. Elle était pâle aussi, et faisait effort pour ne pas montrer qu'elle tremblait. Car Phrosine la regardait, le corps ployé, les coudes sur les genoux, le menton sur ses deux poings rapprochés, et il y avait, dans ces yeux fixes, dans cette figure immobile, une sorte de folie

de douleur, mais une haine aussi qui ne s'égarait point, et qui blessait le cœur jeune, le cœur mal assuré de la maîtresse d'école. La jeune fille arriva jusqu'auprès de Phrosine, sans que celle-ci eût bougé, ou dit un mot, ou cessé de lever les yeux à mesure que Davidée avançait. L'adjointe s'assit à droite, sur le banc, et dit :

— Vous voulez me parler, Phrosine?

— Oui, vous dire que je vous déteste, vous et vos bigoteries. Vous m'avez fait tant de mal que j'aurais dû, tenez...

— Quoi faire?

— Mettre le feu chez vous!

— Je n'ai pas de chez moi.

— A l'école, donc! Si vous croyez que je n'aurais pas eu trois marlous résolus pour m'aider, si j'avais voulu! Mais je ne suis pas aux hommes, pour le moment, je suis au chagrin. Je vous déteste, entendez-vous?

— Dites-le, si cela vous apaise; répétez-le : il me suffit à moi de ne pas avoir mérité vos injures, Phrosine.

— D'abord, ne m'appelez pas Phrosine : je ne suis plus la balayeuse de vos classes. Fini, le métier. Fini entre nous. Je suis madame Le Floch, lâchée par son mari, et, à cause de vous, lâchée par son amant. Je suis surtout une mère à qui vous avez pris l'amour de son enfant, et puis toute la joie de son enfant, et puis la vie de son enfant.

— Moi?

— Vous! pas d'autre que vous! Dites donc, c'est bon aux prêtres de mépriser et de condamner les femmes qui vivent avec un amant. Ils ont leur évangile, leur bon Dieu, leurs prières. Mais vous, est-ce que ça vous regarde? Où donc avez-vous pris qu'on n'est pas maître de son corps, comme vous le dites?

— Dans la loi.

— Laquelle? Celle que vous faites et que vous défaites? Je connais ceux qui la font, la loi. C'est du beau monde! Et ils se gênent, oui, quand leur loi les gêne! Vous êtes, vous sûrement, et celles qui vous ressemblent et, peut-être, la directrice, des hypocrites. Vous n'aviez pas à me juger. Vous avez appris à mon enfant à me juger.

— Non! Elle vous a jugée d'elle-même.

— Et vous l'avez encouragée, vous, mademoiselle Birot, et elle est morte, morte, morte! Et il y avait longtemps que je n'avais que son corps dans mes bras quand je l'embrassais. Je vous déteste pour tous les baisers vides qu'elle m'a donnés! pour toutes les larmes qu'elle a pleurées sur ma joue!... Sans vos leçons, Anna vivrait.

— Hélas! elle avait d'autres raisons pour mourir!

— Quoi donc?

— Le sang qu'elle avait reçu. Mais si j'ai pu lui faire l'âme plus pure, je ne le regrette pas, même si elle a souffert, même à présent que vous me le reprochez. Je voudrais que toutes mes filles de l'école fussent semblables à elle.

— Vous voyez! Vous l'avez soutenue! D'ailleurs, vous me l'avez dit chez moi, à moi, que j'avais tort. Il faudra que vous changiez, la laïque, sinon!

— Sinon?...

— Il y a des gars qui n'ont pas peur, ici : ils parleront à vos chefs. Vous filerez!

Elle disait cela sans bouger, d'une voix basse, mauvaise, sans cesser de regarder la cour, d'où venaient les cris des compagnes vivantes d'Anna. Elle avait le cœur tout plein de sanglots qu'elle retenait, et l'effort secouait par moments, d'un tressaillement bref, sa tête qui reposait sur ses poings, et ses cheveux ardents, à moitié défaits, traversés de soleil. Davidée, pour ne pas céder à un mouvement d'indignation, répondait le moins de mots possible. Elle sentait ce qu'il y avait de douleur, mais aussi de révolte contre tout et de misère morale, dans cette colère et ces menaces de Phrosine. Ces deux femmes, pour qui les voyait de loin, comme mademoiselle Renée, avaient l'air de causer calmement, l'une lasse et courbée et l'autre droite, dans la lumière belle du matin. Davidée, quand elle s'entendit menacer, — quelle générosité mystérieuse s'était donc glissée en elle? — fut émue de pitié. Elle se pencha, et dit :

— Madame Le Floch, — puisque vous ne voulez plus que je vous appelle Phrosine, — je suis une pauvre fille qui ai voulu enseigner les autres. Je ne sais pas tout; je doute de beaucoup de choses; ce que j'enseigne est peut-être chrétien, bien que je ne sois guère chrétienne : mais je suis très sûre qu'il n'y a pas de bonheur dans le désordre, et c'est cela, voyez-vous, qui m'a fait parler. J'ai aimé votre enfant, j'ai deviné pourquoi elle souffrait; ce n'est pas moi qui lui avais mis dans l'âme la souffrance qui la minait : mais personne ne pourra me faire dire qu'elle avait tort... On me fera filer, comme vous dites; on ne me fera pas désavouer ma petite amie qui voulait que sa mère n'eût pas d'amant.

Phrosine l'interrompit :

— Vous me ferez vivre, alors?

— Si je le pouvais! Je partagerais plutôt avec vous.

Les yeux verts s'ouvrirent grands et se tournèrent vers Davidée. On y vit l'esprit désennobli, défiant de tout bien et confiant en soi seul. Phrosine se mit à rire, et leva les épaules :

— Innocente! Je ne suis pas de celles que vous conduirez. N'essayez pas de me faire du bien. C'est assez d'avoir endoctriné l'enfant. Moi, je suis dure. Je ne crois pas aux mots, et je ne suis pas venue pour vous demander l'aumône. Mais je veux que vous sachiez autre chose encore que ce que je vous ai dit. Vous avez réussi à séparer de moi Maïeul Jacquet. Vous croyez que c'est une belle victoire?

— Pour lui, peut-être.

— Détrompez-vous : il m'aime encore. C'est lui qui a voulu me quitter, je ne le cache pas. Moi, je l'ai laissé aller, à cause de l'enfant qui était si malade. Mais si j'avais voulu! Jamais il ne m'aurait laissée! Il m'avait dans le sang!

— Je ne vous demande pas vos secrets.

— Si j'ai envie de vous les dire? Et aujourd'hui encore, je n'aurais qu'un signe à lui faire. Si je reviens un jour...

— Vous partez?

— Si je reviens, et si je le veux, je n'aurai pas même besoin de faire un signe : je n'aurai qu'à le regarder d'un bord à l'autre du vieux fond de la Grenadière. Il reviendra à moi comme un chien qu'on appelle.

— Pourquoi me dites-vous cela?

— Vous êtes avertie.

— Je n'ai pas besoin de l'être.

— Je sais ce que je dis. Oui, je m'en vais. Vous n'entendrez plus parler de moi, d'ici un peu de temps. Peut-être même jamais. Je ne peux pas me passer d'enfant. Ma fille est morte : je veux mon fils. J'irai jusqu'à ce que je retrouve Le Floch, et je lui demanderai ce qu'il a fait de Maurice.

— Comment vivrez-vous?

— J'aurai toujours le moyen de gagner vingt sous à balayer une maison comme ici, n'est-ce pas?... Ne recommencez pas à me faire de la morale. C'est un bon débarras pour vous, que le départ d'une femme comme moi. Je vais chercher mon premier enfant, celui que le père m'a volé. Adieu, mademoiselle!

Elle se dressa debout, et Davidée lui prit la main.

— Vous n'avez pas réussi à me blesser. Dites-moi où vous allez?

— Devant moi.

Mais elle ne se dégagea pas. Sa main resta dans la main de la jeune fille. Les enfants de l'école se remettaient en rangs pour entrer en classe.

— Avez-vous au moins, madame Le Floch, des raisons de croire que votre mari est vivant et qu'il travaille ici ou là?

— J'ai su quelque chose par l'homme que vous avez vu à l'enterrement de la petite.

— Avez-vous de l'argent pour la route?

— Je travaillerai.

— Quand partez-vous?

Elle ne répondit pas.

— Je veux vous revoir. Quand partez-vous?

La femme, sans se détourner, dit :

— Demain, au petit jour.

Puis elle quitta l'adjointe, et se dirigea

vers l'école. Davidée la suivit. Elle traversa la cour en diagonale et entra dans la classe, tandis que la servante, vêtue de sa robe de misère, et coiffée d'or par le soleil, ouvrait la porte du chemin et disparaissait.

Du carnet vert : « Que cette journée a été rude pour moi! J'aurais voulu avoir la liberté de réfléchir, de juger ce que j'ai dit ce matin à Phrosine, de décider ce que je dois faire. Et la fin de la matinée s'est traînée dans l'ennui des récitations, dans le bruit des conversations qu'il fallait interrompre; j'ai dû punir; j'ai entendu des réponses d'élèves, d'où il ressort clairement que les parents se désintéressent de l'enfant; que je suis presque tout dans l'éducation de ces petites, et que j'ai devant moi des esprits sans discipline et des instincts non combattus, déjà puissants. Mademoiselle Renée, à qui j'ai dit cela, — je lui parle à peine à présent, — s'est moquée de moi. Que de natures grossières! Que de mauvais sentiments dans ces âmes d'enfants! Et si je blâme, je sens que je ne touche pas. On me craint. C'est tout. Mes paroles sont sans force. Elles se heurtent soit à une indifférence morne, soit à une sorte d'ironie et de défiance qui semble née avec ces enfants, qu'elles apportent du dehors, qui ressemble au rire de Phrosine. Quelques-unes, il est vrai, sont affectueuses. Elles m'ont entourée, après la classe, et au retour à l'école, l'après-midi. Hélas! que pèsera l'affection qu'elles ont pour moi, dans dix ans, ou deux ans? Même si je parvenais à me faire beaucoup aimer d'elles, que leur aurais-je donné qui les rendît meilleures? J'ai rêvé, comme d'autres, de survivre dans mes élèves. Je me suis dit, autrefois surtout : « Ma pensée, ma force, mon jugement vivront, anonymes mais bienfaisants, dans l'esprit de ces femmes et de ces mères. » Quelle pensée? Quelle force? Et quelle autorité vraie aura le jugement de Davidée Birot, lorsque l'intérêt leur conseillera d'agir ou que la passion les entraînera?

Phrosine va partir. Qu'a-t-elle voulu dire, quand elle s'est vantée de conserver sur Maïeul un pouvoir que personne ne saurait vaincre? « Je n'aurai qu'à le regarder, d'un bord à l'autre du vieux fond de la Grenadière. Et il viendra à moi comme un chien qu'on appelle. » Pourquoi m'a-t-elle dit cela, à moi? Il faut croire que des commérages ont déjà couru sur les buttes, et que j'ai été mêlée à de misérables médisances. Ah! quelle bassesse dans tout cela! Il faut cependant que je revoie Phrosine. Qu'importent ses menaces? Que je ne la laisse pas, tout au moins, partir sans lui donner une preuve d'intérêt! J'ai promis. Elle est encore plus seule que moi, puisqu'elle a été quittée. J'ai là, dans le tiroir, vingt francs de mon mois. Je les lui donnerai. Je quêterai maman. Demain matin, à quelle heure? Je laisserai mes contrevents ouverts : c'est le jour qui m'éveillera. »

VII

DÉPART A LA CLOCHE DE BOIS.

A l'aube, par temps pur et frais, Davidée a quitté l'école. Rien ne bouge encore, sur les buttes ni dans les chemins. Le seul rappel de l'industrie des hommes est le bruit de soufflet d'une pompe d'épuisement, qui lance régulièrement son jet de vapeur blanche, là-bas, vers Trélazé, à l'entrée d'un puits de mine; les champs reposent, et les herbes sont lourdes d'eau et de sommeil. L'institutrice marche vite. Voici le toit long; voici la haie vive. Les maraîchers n'ont pas encore repris le travail, dans l'enclos aux pentes rayées et souples. Un moineau piaille sur la cheminée : on n'a pas fait de feu ce matin chez Phrosine. Comme le silence est grand, autour de celle qui s'en va! Les brumes s'amincissent en haut du ciel, le bleu transparaît, le soleil doit se lever. On entend le hennissement d'un cheval qu'on lâche dans les prés. Des volets, poussés par une ménagère, heurtent les murs on ne sait où. Et Davidée ouvre la petite barrière de la maison des Plaines. Elle fait trois pas, puis elle s'arrête. Devant elle, sortant de la chambre, Phrosine attire la porte, et tourne la clef deux fois. Elle ne tient plus à ce pauvre logis que par ce morceau de fer qu'elle retire de la serrure, lentement, lentement. Enfin elle s'éloigne; elle a sa clef dans la main droite, et, pendu au bras gauche, un gros panier d'osier blanc, dont le double couvercle est soulevé. Car il y a de tout, dans le panier, des vêtements, des provisions, une paire de souliers, des souvenirs de l'enfant. Et elle aperçoit l'adjointe. Alors son visage, qui était triste, reprend sa dure expression. Elle vient. Elle a jeté un coup d'œil sur l'enclos qui est toujours muet.

— Faites pas de bruit, dit-elle. J'ai pas prévenu. Le proprio vendra ce qu'il voudra : je n'ai pas de quoi le payer... Je lui écrirai, pour lui faire prendre patience.

Elle a mis sa robe noire, dont le col est fermé par une broche d'or, la broche de ses noces. Tous les jours elle allait nu-tête dans les chemins de l'Ardésie, et ce matin, comme de coutume, elle n'a mis ni chapeau ni coiffe. Elle sait que ses cheveux sont beaux et que la lumière est belle. Davidée ne peut s'empêcher de l'admirer : « Comme elle est bien ainsi! Comme elle a l'air jeune! Et que c'est dommage! » Elle dit à demi-voix :

— Je vous accompagnerai un bout de chemin. Laissez-moi porter le panier avec vous.

Elle s'est mise à droite; elle a pris l'anse du panier, et, s'écartant un peu, tirant l'une et l'autre sur le fardeau qui remonte, les deux femmes s'en vont sur la route. Elles se dirigent du côté de la ville. Phrosine détourne la tête au passage, pour n'être pas reconnue par les fermières qui habitent les anciens logis. La route tourne autour des vergers. Davidée demande :

— Êtes-vous sûre de retrouver votre mari?

— Non.

— Et votre fils?

— Pas plus. Mais je veux les retrouver. Quand je devrais faire le tour de France et entrer dans toutes les maisons où il y a un fils de quatorze ans, je reverrai mon fils.

— Vous ne le reconnaîtrez pas!

— Il me ressemblait. Est-ce que je ressemble à d'autres?

— Vous allez à la gare. Mais ce soir, où serez-vous?

Phrosine monte un peu de temps sans répondre. Elle entend venir une voiture derrière elle. Une femme passe, dans une carriole chargée de pots à lait.

— Est-ce que vous voulez que je vous emmène, mère Le Floch et la compagnie?

— Merci, répond Phrosine, je vais pas loin.

Elle se tourne vers Davidée, et dit, avec volubilité :

— Il y a deux ans, il a retiré le fils de l'Assistance publique: il a été à Paris pour ça, et il ne peut pas le nier, non, car ceux de l'Administration, pour avoir des renseignements sur lui et sur moi, ont écrit au père Moine que vous avez vu à l'enterrement de ma petite. Mon mari, en ces temps-là, était à Orléans, ou pas bien loin. Je prendrai un billet pour Orléans, et puis je chercherai... Ne racontez cela à personne.

— Je vous le promets, madame Le Floch.

La femme haussa les épaules :

— Appelez-moi toujours Phrosine, allez : vous n'avez pas longtemps à le dire.

Elles sont parvenues à ce point de la montée où l'air, qui coule horizontalement au sommet des collines, touche déjà le front du voyageur. Et de sentir cet air vif de l'autre pente, ouverte sur la Loire, sur les routes plus grandes, sur la vallée immense, et par elle sur le monde entier, il vient, aux deux femmes, une subite faiblesse. Elles déposent le panier dans la poussière.

— Oh! dit Davidée, voici que nous ne sommes plus dans l'Ardésie.

— Le vent ne sent plus le genêt. C'est fini : je m'en vais ce matin plus loin que je n'ai jamais été.

Elle levait ses yeux durs, ses yeux résolus du côté de la vallée, qu'elle ne pouvait pas voir.

— Allons! reprit-elle, faut pas mollir. Je pense que c'est le pays qui est si lourd dans le panier. J'en ai le bras comme de la laine. Si je pouvais tout laisser là!

Les deux femmes se baissèrent, et repartirent, le fardeau se balançant en mesure, au bout de leurs bras. Elles firent ainsi trois cents mètres encore, et elles arrivèrent devant la grille rouillée d'un château rouge, tout fermé, qui regardait jadis la vallée. Les deux femmes éprouvaient sans doute la même émotion, à respirer dans ce large paysage, et elles suivirent du regard la vallée du côté du matin, par où le fleuve vient de l'autre bout de la France. Elles virent le coteau de Saint-Saturnin, qui fait seul figure de montagne, et les berges boisées qui le continuent, et qui étaient comme des fumées bleues au-dessus des brumes éclatantes. Phrosine demanda :

— Orléans, c'est par là?

Davidée fit un signe affirmatif.

— Si je pouvais seulement retrouver mon fils!

— Oui, dit Davidée avec ferveur, le retrouver!

— Et l'enlever à mon homme! Je ne veux pas qu'il l'ait, lui! Dire pourtant que je ne reverrai pas Maurice, si mon homme ne m'en donne pas le moyen!

Elle disait cela avec une colère ancienne, nourrie dans la solitude, et dont l'expression est prête à tout moment.

— Fallait-il qu'il fût méchant! M'enlever mon petit qui n'avait pas trois ans, partir avec lui dans la nuit, un soir que j'avais tardé à rentrer parce que la laverie était forte, et que je recommençais à être enceinte.

— Il n'avait pas menacé?... Rien? Pas une scène?

— Non. Des scènes, on n'est pas marié sans en avoir. Mais il n'avait pas menacé : il avait dit seulement, quand je lui annonçais ma grossesse : « Deux gosses, ah! mais non! » Et quand je suis rentrée, moi qui étais si lasse, j'ai trouvé la maison, tenez, comme elle est à présent : avec la cendre qui m'attendait.

— Quel lâche!

— Comme ils sont tous, un peu plus, un peu moins.

Phrosine se mit à rire tout haut, elle montra ses dents saines, et elle secoua ses cheveux dorés.

— J'étais une belle fille, pourtant, je vous assure. Il m'avait fait la cour; il avait dépensé, pour nos noces, comme si j'avais été une reine : mais il y en a, par le monde, des reines pour deux ans!

Je ne sais pas pourquoi je vous dis ça : il me semble que je vas le revoir, là, au bout de la ruette, et qu'on va se tuer l'un l'autre, en se revoyant. Je l'ai tant maudit! Il est cause de tout! de tout!

Davidée étendit la main vers les collines qui bordent la Loire.

— Qui sait, Phrosine? Il a peut-être changé?

— Oh! que non!

— IL VAUT MIEUX, POUR VOUS, QUE JE NE REVIENNE JAMAIS.

— Si vous alliez le trouver malheureux?

— Lui? Il fait la noce avec une autre : j'en suis sûre comme de vivre!

— S'il était touché de vous revoir? Si vous le rameniez?

— Que pensez-vous? Le ramener?

— Mais oui: essayez.

— Ma pauvre demoiselle, il faudrait avoir le cœur plus neuf que nous! On se déteste, à présent, moi, lui, tous deux.

— Même si vous reveniez avec l'enfant tout seul. Voyez, ce serait le salut pour vous. Vous commenceriez une vie nouvelle, soutenue par votre enfant, même un peu aidée par moi, si vous voulez. On me défend de vous voir; je vous verrais quand même. Vous ne seriez plus désespérée comme vous êtes. Bien des gens vous entoureraient...

Phrosine écoutait. Le même rire de moquerie douloureuse tordait ses lèvres molles. Elle ne connaissait guère le son des paroles de pitié. Elle ne l'aimait pas. Elle s'en défiait. Se moquait-on? La vallée s'emplissait de lumière, et la brume s'ouvrait sur des villages nouveaux.

— Allons, mademoiselle Davidée, ne faites pas l'innocente : vous n'avez pas d'intérê à vous occuper de moi; au contraire!

— Je ne vous comprends pas.

— Suffit. Vous ferez mieux de vous occuper de vous-même...

— J'aurai le temps, quand vous serez partie.

— ... De votre position. Vous êtes dénoncée.

— A quel propos?

— Je vous préviens. Vous l'êtes : je le sais.

— Eh bien! je me défendrai.

— Prenez garde à cela d'abord. Et puis, ne désirez pas mon retour. Il vaut mieux pour vous que je ne revienne jamais!

— Pourquoi, Phrosine?

La femme se baissa, saisit l'anse du panier, et, tandis qu'elle se redressait, et qu'elle marchait, le regard devant elle, vers les maisons du faubourg commençant, elle dit :

— Je ne vaux pas cher. Défiez-vous de moi aussi. Je ne suis pas de votre espèce. Si je revenais, n'en doutez pas, vous regretteriez de m'avoir connue... Causons d'autre chose. Voici la grande route, là-bas.

La réponse ne vint pas tout de suite.

— Vous ne m'aimez pas. J'en suis persuadée à présent. Si vous aviez besoin de moi, appelez-moi quand même.

Phrosine haussa les épaules. Elles étaient à l'endroit où le chemin débouche sur la grande route. Le tramway arrivait, roulant, se démenant et ronflant sur les rails, comme un bourdon accroché à un fil d'araignée.

— Je vous remercie, dit Phrosine. Ce que vous avez fait, c'est en souvenir de la petite, je le sais bien.

Elle fit arrêter la voiture qui passait, monta, et, quand elle eut placé le panier sur la plateforme de l'arrière, accoudée sur la balustrade elle cria :

— Il vaut mieux pour vous que je ne revienne pas! Adieu!

Il y eut une gerbe de poussière tout autour du tramway, et cependant, au travers, Davidée reconnut, longtemps, les yeux de Phrosine encore tout pleins de l'Ardésie.

VIII

L'AFFUT DE LIÈVRE

Dénoncée! Le mot est vite dit, et l'inquiétude en demeure un peu de temps dans l'esprit. Rien cependant ne venait confirmer l'avertissement donné par Phrosine, le matin du départ. Une période de chaleur accablante avait succédé à une semaine de pluie froide et de giboulées. L'orage était le maître du ciel, qui demeurait fauve tout le jour, fatigant à regarder, saturé d'une lumière rompue et devenue poussière. Mademoiselle Renée ne disait plus un mot à l'adjointe, et montrait, dans ses mouvements et ses regards, une irritation sans trêve. Les médisances entre voisines se prolongeaient, le soir, d'un seuil d'ardoise à l'autre, tout le long des morceaux de rues bâtis çà et là dans la campagne, et qui constituent l'Ardésie. On recommençait à parler de la grève. Dans sa maison de la Gravelle, Maïeul Jacquet songeait, tard, accoudé au mur d'appui de son belvédère, au-dessus du sol remué, percé, fendu, qui ne dort jamais tout à fait. Il n'avait pas le goût du cabaret. Non pas qu'on ne le vît jamais entrer « à la Petite Pologne », ou chez « le Père Pompette », les jours des grands règlements, qui ont lieu deux fois l'an et qu'il faut bien fêter, ou les samedis d'acompte lorsque chacun des compagnons passait au bureau de son ardoisière. Mais une certaine aversion pour la dépense, une idée d'amasser « quelques sous » et d'acheter un jardin, où l'on se retirerait, un jardin qui aurait une chambre à l'un de ses bouts, s'était maintenue, chez ce petit-fils de paysan. Il n'avait ni l'allure, ni le verbe rural, il ressemblait, pour la démarche, et le coup d'œil, et la repartie, à un cavalier démonté; mais le fond terrien survivait. Et Maïeul, en cette période du milieu de mai, où l'électricité se mêlait au sang des hommes et l'épuisait de fièvre, au lieu de s'asseoir sur les bancs des cafés, restait en haut de son escalier. N'ayant pas de ménagère, et comme il était soigneux de ses hardes, il raccommodait une veste ou un pantalon troué, recousait un bouton, — choses très longues et difficiles, qu'il faisait depuis son retour du service, — ou bien il attachait des hameçons à une corde, en se baissant plus bas que le mur d'appui, car il n'aimait pas que l'on sût qu'il préparait des cordeés et qu'il irait les tendre, ici ou là, dans les nuits qui enveloppent la fête de l'Ascension. Les femmes disaient de Maïeul Rit-Dur : « Il ne perd pas ses paroles, il ne perd pas son argent, et il ne perd pas son temps : ça en ferait-il, un homme, s'il voulait! Mais il ne veut pas! »

Le mercredi soir, veille de l'Ascension, les femmes ayant, à leur coutume, appelé le locataire du pavillon, ne reçurent pas de réponse.

Il était à cent pas de la Gravelle, dans la combe aux genêtières défleuries qui cachait presque entièrement la maison de la mère Fête-Dieu. Il se tenait assis, devant l'entrée, sur une pierre levée, et il était découvert, à cause de la chaleur, et aussi par respect pour la vieille infirme,

JMAÏEUL ÉTAIT SOIGNEUX DE SES HARDES...

qu'il avait aidée à se traîner jusque-là, et à s'asseoir, toute vêtue de jupes et de châles emmêlés. Les petits yeux gris de la malade ne cessaient de parcourir les espaces du ciel, qui étaient tout le paysage visible, et où les étoiles luisaient à peine, très pâles. A trois pas d'elle, en équilibre sur la chaise basse qu'elle avait fait basculer, la tête appuyée au mur, près du cep de la treille, les pieds pendants et ne touchant pas le sol, la petite Jeannie Fête-Dieu regardait Maïeul, sa grand'mère, les balais sombres des genêts dressés au bord de la combe, les trois touffes de giroflée, le chat frôleur et très peu le ciel.

— Voilà du temps à faire essaimer les abeilles, disait la mère Fête-Dieu. Dans ma jeunesse, on les guettait, dans le chaud

du jour, et, quand elles avaient pris leur
vol, c'est moi qui courais le mieux après
l'essaim, mes deux mains dans mes deux
sabots levés en l'air et claquant, fallait
voir! A l'Ascension, tout remue dans
l'air, tout remue dans l'eau : je peux dire
même que tout remue dans le cœur.

— Ça peut se dire, répondit Maïeul.

— Les bêtes elles-mêmes ont une manière de chômer la fête de Notre-Seigneur
montant au paradis. Elles y manquent
moins que plus d'un chrétien!

La bonne femme jeta un petit coup
d'œil au fendeur d'ardoises, qui se mit à
rire, puis elle reprit :

— Et alors, monsieur Maïeul ira poser
ses cordées dans l'étang de la Grenadière?

— Vous n'y êtes pas! Je ne sors pas
mes cordées, ça sera pour plus tard : je
sors mon fusil.

En même temps, il faisait un signe de
tête, désignant Jeannie qui se balançait
sur la chaise renversée. La grand'mère
dit aussitôt :

— Petite Jeannie, ma belle, si tu allais
pour un moment, droit sur la butte, voir
si les voisins sont couchés?

L'enfant se leva, d'un air boudeur,
commença de suivre le petit sentier dallé
qui remontait les parois de la combe.

L'homme, qui ne pouvait rapprocher
le siège sur lequel il était assis, se pencha
en avant, et ses yeux, qu'il avait clairs,
devinrent si graves et lourds d'inquiétude, que la femme se retrouva toute
vieille et maternelle devant eux.

— Mère Fête-Dieu, je voudrais tuer
un lièvre, pour mademoiselle Davidée
Birot, l'adjointe d'ici. Et ce n'est pas le
lièvre qui est difficile à tuer, mais comment l'acceptera-t-elle, quand je l'aurai
tué?

— Elle ne l'acceptera pas.

— Ah! vous êtes comme moi! Vous trouvez qu'elle est une demoiselle?

— Mieux encore, Maïeul Jacquet, une
personne qui a le cœur tout à fait haut...
Alors, dites donc, c'est pour elle que vous
êtes venu?

— Oui.

— Mon pauvre garçon!

Elle soupira. Puis elle joignit ses mains
sur les châles qui l'enveloppaient, comme
si elle voulait calmer son cœur battant
trop vite. Et elle se tut pendant un long
moment. Et le monde entier se taisait
autour d'elle. Il y eut des étoiles qui
écoutèrent, et Jeannie écoutait aussi à
la bordure des genêts.

— Maïeul, c'est un grand bien tout de
même, si vous êtes dépris d'avec l'autre!

Il ne répondit pas: il était comme ceux
qui écoutent leur sentence, la bouche
ouverte et les yeux fixes, épiant les lèvres
qui parlent et qui n'ont pas achevé. Que
va-t-elle ajouter, celle qui a droit de
juger, parce qu'elle est déjà bien loin,
bien haut au-dessus de la vie?

— Vous avez fauté, et donné l'exemple
mauvais.

— C'est vrai.

— Il se peut que Dieu vous pardonne,
quand vous le lui demanderez; mais elle,
la Davidée, qui n'est qu'une femme, vous
pardonnera-t-elle?

— Je ne la connaissais point, quand
j'étais dans ma faute. Et puis je suis
jeune, mère Fête-Dieu; et faible;... et
l'autre, l'autre elle est comme un sort
qu'on n'évite pas.

— C'est toujours facile à dire. Vous
avez encore de ses cheveux sur vos habits,
pas vrai?

— Ça tient dur dans la laine, répondit
l'homme.

— La reniez-vous au moins dans votre
cœur, cette Phrosine?

— Je ne la renie pas. Il faudrait être
une espèce de saint. Je peux seulement
vous répondre que c'est fini.

— Parce que vous l'avez quittée?

— Non.

— Parce qu'elle est partie? Ah! mon
pauvre, vous êtes jeune, en effet! Si elle
revenait? Quel pauvre cœur que le nôtre!

— Non, mère Fête-Dieu : parce qu'il y
a la petite morte, entre nous. Je la vois
toutes les nuits.

— Petite Anna, oui... oui...

— Ne parlez pas d'elle. Elle est mon
regret. Je vous dis que c'est fini à jamais.

— Ainsi soit-il! Écoutez, Maïeul, c'est
tout sacré ce qu'on dit à une jeune fille
qui a gardé son cœur, comme la demoiselle de l'école.

— Je le pense, mère Fête-Dieu.

— Elle est pure : cela se devine. Elle
a de la bonté toute promise : cela se lit
dans ses yeux.

L'homme ajouta, très bas, comme s'il
rêvait :

— Aussi dans ses mains.

Et la vieille eut un petit rire, parce
qu'elle ne comprenait pas qu'on pût
admirer des mains. Elle trouvait ce Maïeul
bien amoureux, et je ne sais quoi de maternel et d'attendri la pressa de faire encore
l'éloge de Davidée, et de s'assurer que
ce jeune homme n'avait que d'honnêtes
intentions.

— J'en ai connu plusieurs de son métier,
ici, à l'Ardésie. Mais pas une n'avait
seulement l'air de son ombre. Elle est
bonne, tenez, dans les mots qu'elle sait
inventer, à l'un ceci, à l'autre cela.

— Même quand elle gronde, j'en sais
quelque chose.

— Oui, dans sa voix, dans son air, et
ceux qui l'ont vue entrer chez eux l'ont
regrettée quand elle est partie.

L'infirme, lentement, tourna et retourna
sa tête douloureuse.

— Vous voudriez ses amitiés, n'est-ce
pas? Vous n'en êtes pas digne.

— Je l'ai pensé avant vous.

— Eh bien?

— Je peux le devenir!

Elle ne répondit rien.

— Croyez-vous que je peux le devenir, mère Fête-Dieu?

Il tendait vers elle sa tête ardente, il s'était levé à moitié, elle voyait frémir ses prunelles dans le bleu clair de l'iris. Une vague de vent coula jusqu'au fond de la combe et remua les feuilles de la treille, qui égratignèrent le mur, pendant que la vieille femme, les mains tout agitées par l'intime effroi de ce qu'elle allait dire, réfléchissait une fois encore, la dernière. Enfin la mère Fête-Dieu dit gravement :

— Je crois qu'il faudrait bien des choses.

— Je les ferai toutes! J'ai même pensé à plusieurs.

On eût dit que Maïeul venait de demander la main de Davidée, et qu'il n'avait pas été refusé tout à fait. Il s'était mis debout, et toute sa jeunesse était sur son visage. Pourtant, la femme qui avait parlé n'était qu'une étrangère, sans droit, et qui n'avait vu qu'une petite heure, dans toute sa vie, la jeune fille qu'elle défendait ainsi. Les vieux ont de ces autorités mystérieuses. A ce moment, une voix claire, nette, passa :

— Grand'mère, ils vont dormir! je reviens!

Le galop d'une chevrette sonna sur les buttes creuses. Et, sautant par-dessus une touffe de bruyères et de genêts, Jeannie accourut.

— Je ne peux pas vous raconter ce que je ferai, reprit Maïeul; il y a plus d'un projet que j'exécuterai tout seul, sans avis ni conseil, et parce que c'est mon idée. Vous verrez bien. Pour cette nuit, si j'attrape un lièvre, aurez-vous un commissionnaire pour faire la commission?

La vieille fit signe que Jeannie qui venait, Jeannie qui marchait maintenant avec précaution, tâchant d'entendre la fin de la conversation, serait prête, et qu'elle avait un panier.

La main de l'infirme dessinait dans l'air la forme arrondie de l'anse.

— Oui, oui, compris, dit la voix de la petite; j'ai un panier, mais il faut que monsieur Maïeul le remplisse. A qui la porterai-je, votre chasse?

— Chut! mon enfant, tu le sauras. Les gendarmes font souvent des rondes. Il vaut mieux ne pas dire les noms.

Jeannie riait tout bas d'une si pauvre crainte. La vieille essayait de se soulever pour regagner son lit. Maïeul disait :

— Appuyez-vous. J'ai le bras solide.

Maïeul rentra dans sa maison, et en sortit bientôt, chaussé d'espadrilles, portant un fusil d'ancien modèle, d'un seul canon, il se glissa dans les genêts et s'en alla bien loin, jusqu'au bois des Bouleaux, où les guetteurs de lièvre ne sont pas rares.

Au grand clair de huit heures, la petite Jeannie grimpe le raidillon qui conduit de chez la grand'mère au sommet des buttes si bien engenêtées. Elle est grave plus qu'à l'ordinaire. Elle porte, au lieu du petit panier de vannerie noire, — de quoi mettre une tartine, deux pommes ou une poignée de cerises, — un gros panier qui pèse à son bras, un de ceux qui n'ont pas de couvercle, et qu'on tresse avec de l'osier, pour la récolte des pommes de terre. Il est plein de luzerne et de trèfle qui retombent par-dessus les bords. Jeannie se dépêche, gagne la route, passe devant l'église.

— Comme tu vas vite! Il n'est pas l'heure de l'école.

— C'est que je suis pressée.

— Que portes-tu là?

— De l'herbe pour les lapins.

Elle va si vite que les compagnes n'ont pas le temps de chausser leurs bottines ou leurs sabots : elle est déjà loin. Elle arrive, aussi rouge que son trèfle, dans la cour où trois élèves seulement l'ont précédée. Toutes trois galopent, déjà penchées, les mains tendues.

La petite fait un crochet. Elle secoue la tête. Elle court vers le perron.

Et la voici qui appelle dans le couloir, qui appelle de toutes ses forces mademoiselle Davidée qu'elle n'aperçoit pas. Elle est là, cependant, mademoiselle Davidée, au milieu de l'escalier, et elle descend, fraîche et de ses deux mains boutonnant son corsage.

— N'appelez pas si fort, ma mignonne! La maison n'a pas dix étages! On dirait une marchande de mouron. Qu'est-ce que c'est?

— Un cadeau pour vous, mademoiselle!

— Qui l'envoie?

— Je ne dois pas le dire.

— Je veux voir aussi! dit en entrant cette grande blonde mademoiselle Renée. Il paraît que ce n'est pas pour moi : mais je suppose que vous n'avez pas de secrets, mademoiselle?

L'adjointe fait un signe : « Aucun secret. » Jeannie regarde les deux maîtresses, l'une après l'autre, rougit encore plus, entre dans le petit salon, et pose le panier sur la table du milieu. Mademoiselle Renée a vivement retiré le tapis bleu soutaché. Elles sont là devant le panier, la petite entre les deux grandes, toutes les trois embarrassées.

— Mais osez donc, puisque c'est pour vous, mademoiselle! L'heure de la classe va sonner.

Du bout des doigts qui battent comme pour tourner des pages, Davidée rejette les brins de luzerne et de trèfle. Des touffes de poil blanc apparaissent, une tache de sang, des poils fauves. Il n'y a plus de doute : chacune a deviné le braconnier. Davidée est devenue pâle et se mord les lèvres.

Mademoiselle Renée rit tout bas, en répétant : « Joli! Joli! »

— Il est beau, le lièvre, n'est-ce pas, mademoiselle? dit Jeannie qui reprend ses esprits. C'est grand'mère qui l'a

ne laissent pas de doute sur les sentiments que vous inspirez, que vous partagez, sans doute...

— Je vous en prie!...

— Mais, comment donc! Rien n'est

arrangé dans le panier, mais c'est moi qui ai cueilli toute l'herbe!

La directrice, avec précaution pour ne pas toucher le sang, la main disposée en râteau, achève de découvrir le lièvre. Elle est toute vibrante de méchanceté émue. Elle se contient à peine. A cause de l'enfant, elle prend une voix nuancée, qui peut faire illusion à une innocente.

— Je vous félicite, mademoiselle Davidée. Vous êtes l'objet d'attentions qui

plus honorable. Seulement, la chasse n'est pas ouverte. Vous irez faire votre petite cuisine ailleurs, n'est-ce pas? Moi, je suis fonctionnaire, je n'ai pas le droit... Dites-moi, Jeannie, ne racontez à personne ce que vous avez fait là, mon enfant; ne dites pas ce qu'il y a dans le panier, ne dites pas le nom du... monsieur?

Jeannie lève les mains, les paumes en l'air.

— Oh! non, mademoiselle!

Davidée, qui ne veut pas répondre,

prend, dans son porte-monnaie, une pièce de cinq francs, et la met dans une des mains de l'enfant. Elle est très décidée, cela se voit.

— Tenez, petite, vous donnerez ceci à la personne qui vous envoie.

Jeannie, qui est rurale, comprend la gravité de l'offense. Payer celui qui fait un cadeau! Elle hésite. Elle ne referme pas les doigts sur l'argent.

— Faites ce que je vous dis, et allez en classe!

La petite a relevé sa jupe; elle a fait couler la pièce de cinq francs dans une poche de lustrine noire, puis elle est sortie. Les deux maîtresses ont passé derrière elle, et Davidée, la dernière, a emporté la clef de la maison.

Du cahier vert. — « Je ne puis plus douter. Ce Maïeul Jacquet a levé les yeux sur moi. J'en ai frémi toute, ce matin. Je me suis sentie offensée par cet amour qui ne choisit guère d'abord, et qui choisit trop vite ensuite. Ce n'est pas l'ouvrier qui me ferait honte, ni son peu de culture. Je vois trop ce que valent les autres, bien souvent. Mais je ne suis pas Phrosine. Je travaille. Je ne suis pas nécessairement touchée par un compliment qu'on me fait, ou par un cadeau. Qu'a-t-il pensé? Comment a-t-il pu croire que j'accepterais? Et quelle imprudence! Dans un bourg comme celui-ci, les nouvelles sont des médisances. Jeannie n'a pas parlé, j'en suis sûre, de la commission qu'elle a faite; mademoiselle Renée n'a rien dit; la mère Fête-Dieu ne reçoit pas de visites : et cependant tout le bourg, tous les villages s'entretiennent ce soir de la chasse de ce fendeur d'ardoises: mon nom est prononcé; on me prête des mots, des intentions, des aventures, et peut-être des fautes, si bien que mademoiselle Renée semble avoir raison contre moi, qui n'ai rien à me reprocher. La réponse que j'ai faite a irrité ce jeune homme qui ne doute de rien. Je ne soupçonne pas, j'en suis sûre. A six heures, c'est-à-dire à l'heure où les fendeurs reviennent des carrières, nous étions, mademoiselle Renée et moi, dans le petit salon; nous n'avons pas de plaisir à nous trouver ensemble, et nous corrigions des compositions, ou plutôt, je l'aidais à corriger les compositions de ses grandes : je tâche de ne pas lui donner trop de raisons de me détester. Il faisait chaud, nous avions laissé la fenêtre ouverte, mais nous avions fermé la porte du chemin, — je l'avais fermée moi-même. Tout à coup, un bruit sec: une vitre tombe en éclats sur le carreau. Je me lève, je crie : « Mais c'est affreux, on nous jette des pierres! » Ma directrice me retient par le bras, et me montre un objet qui roule et qui va heurter la plinthe. « Non, mademoiselle, ce sont vos cent sous qui vous reviennent. Vous

avez un amoureux bien élevé. » Je n'ai pas pu m'empêcher de répondre : « En tout cas, il a un certain honneur à lui; je l'ai humilié, il n'accepte pas : j'aime mieux cela. Pour le reste, vous savez que monsieur Maïeul Jacquet ne m'est rien, absolument rien. Je ne suis pas libre, malheureusement, d'empêcher les gens de me rechercher ou de me tourmenter. — Et que feriez-vous si vous aviez ce pouvoir-là? — Je les prierais tous de ne pas s'occuper de moi et de laisser en paix votre adjointe. »

IX

Du cahier vert. — *6 juin, dimanche de la Trinité.* — « Je ne pouvais plus supporter cette vie d'hostilité. Nous avons eu un petit congé à la Pentecôte. J'ai couru dans la Charente-Inférieure. Mon frère était là. Il se plaignait de l'humeur de ses chefs et de plusieurs passe-droits qu'il a dû subir, paraît-il. Ma mère se plaignait de la solitude où elle avait vécu depuis des mois, où elle allait revivre après notre départ. Elle se plaignait encore de mon père, qui passe la moitié de ses jours au café. Lui, il se plaignait de sa santé, compromise, je le crains; de ses amis politiques dont les égards se ralentissent, et — ce que mon père ne pardonne pas, — qui ne craignent plus autant leur maître vieillissant. Dans cette maison si jolie et si peu gaie, j'aurais pu apporter mes ennuis, moi aussi. J'aurais aimé à le faire. Une certaine lâcheté gémissante nous est naturelle. Mais non, je me suis retrouvée l'enfant; j'ai oublié; j'ai été celle que tous réclament : « Viens te promener? Non, reste avec moi? Regarde-moi? Console-moi? Travaille à côté de moi, même en te taisant? » J'ai employé toutes mes facultés à maintenir la paix entre ces êtres fatigués et énervés. Ils veulent le bonheur désespérément, et ils ne savent où le prendre. Cela m'a fait beaucoup réfléchir. J'ai été ce bonheur-là, mais pour peu de temps, et avec quelle peine! Avec quelle certitude que je ne pourrais pas tenir longtemps ce rôle, qui demande plus de force et plus de provisions que je n'en ai. Je me sens pauvre dans une vie difficile, qui oblige à la grande et continuelle dépense de soi.

« Dans les cas où j'ai gagné une partie plus rude contre l'égoïsme, la lourdeur, le sommeil moral de tout ce monde où j'ai vécu là-bas, où je vis ici, je l'ai fait au nom de vérités nobles que j'affirmais, que je ne pourrais appuyer de raisonnements, qui sont instinctives chez moi, ou venues je ne sais d'où.

» Aujourd'hui les enfants de l'Ardésie ont fait ou renouvelé la communion. J'assistais, en arrière, après les parents et à cause d'eux, à cette cérémonie. J'ai vu mes enfants, mes toutes petites de moins de dix ans, qui revenaient les mains jointes, les yeux baissés, pénétrées d'une joie que nous ne pouvons pas leur donner, qui ne ressemble pas à celle que nous leur donnons. Elles n'avaient pas toutes cet air transfiguré, ce corps qui n'est plus que l'enveloppe de l'adoration et l'abat-jour d'une lampe allumée. La plupart seulement. J'étais très émue. Je pensais : « Catholiques, vous allez être obligés d'abaisser les tables de communion : les petites lèvres quelquefois ne pouvaient pas se hausser jusqu'à la nappe blanche; le prêtre était plié en deux. Si j'étais des vôtres, que cela me semblerait beau : abaisser les barrières, multiplier la visite divine, mettre l'amour dans la prison nouvellement bâtie, et intacte! »

» Je pensais : « Il y a une convenance indéniable, entre ces âmes qui s'ouvrent et ce prodige qu'on propose à leur foi. Elles, si faibles, qui ont tant de misères d'origine, si peu de méditation, si peu d'instruction religieuse, elles ont un même vol, ce jour-là, et jusqu'où? »

» Je pensais : « Et moi? Que suis-je dans ce qui les relève ainsi? Je n'ai pas détruit de la foi, comme Barrentier qui ne peut voir un crucifix sans écumer, comme Judemil, qui fait chanter à ses élèves : « Le Christ à la voirie!... » comme des compagnes à moi, qui ont la haine secrète, sèche et érudite. Non, je ne les ai pas détournées, mes petites : mais je n'ai rien fait pour qu'elles croient. Je ne les ai pas amenées dans les régions voisines où je pouvais les conduire. J'ai dit des paroles vaines. Je sens que je suis une semeuse de graines vides, qui ne germent pas la joie. »

Elles m'aiment cependant, ces jeunesses, parce qu'elles espèrent encore. On leur a dit que je possédais, comme toutes les maîtresses d'école, un secret pour être heureux. Elles croient, elles doivent croire que ce que j'enseigne suffit à la vie. Les mères aussi le croient, et les pères, et plusieurs de ceux qui sont mes chefs. Mademoiselle Renée le croit aussi, avec son pauvre esprit borné, jardin tout clos de murs. Non, cela ne suffit qu'au commerce. Je ne fais pas des femmes. Je n'ai pas tout le secret. Il y a autre chose, et qui est le principal, et que je n'ai ni pour elles, ni pour moi-même, et que je soupçonne seulement. J'ai été persuadée, pendant longtemps, qu'on pouvait appeler du nom de paix l'état où je vivais, con-

finée dans mes occupations professionnelles, vivant pour ma classe, de la vie de nos livres et de nos cahiers, inattentive aux conséquences. J'ai été jetée dans le mal et dans le bien, ils m'environnent, ils me pressent, ils exigent que je me décide, et je le fais, mais, en agissant, je m'aperçois de ma pauvreté. La mère Fête-Dieu est une riche; quelques-unes de mes enfants sont des riches évidentes aujourd'hui, et je ne leur ressemble pas; Phrosine que je sens coupable, que je vois si dénuée moralement, si désemparée, n'a eu qu'à me rappeler ma morale des conventions humaines et qu'à s'en moquer, pour que j'eusse la certitude qu'elle avait raison contre moi, mais que nous avions tort, toutes les deux, devant une autre morale, celle qui est forte, celle qui a le droit de commander ce monde en perpétuelle révolte que nous sommes, celle qui peut opposer une autre puissance à notre insatiable et très cruel amour de nous-mêmes, celle qui peut, seule, parler de pureté. J'ai vu des visages purs. Ils m'ont troublée. Être propre, c'est si loin, si loin de cette merveille : être pur!

» Je me demande si le bonheur, le vrai, ne plonge pas sa racine dans cette force secrète? Cela aiderait à comprendre pourquoi il est rare. Et moi, comment protégerai-je le mien? Qu'est-ce que je dirai à Maïeul Jacquet s'il vient me faire une vraie déclaration d'amour? Je ne suis pas de celles qui, pour dire oui, n'attendent pas la fin du premier couplet de tendresse, et je l'ai prouvé. Mais si je cherchais à lui demander une preuve de regret du passé, mieux qu'une parole, que lui demanderais-je qui fût une assurance pour moi? N'aurait-il pas son cœur d'hier, le même qui a aimé Phrosine? Où puis-je trouver appui, en dehors de moi-même, de mes yeux qui passeront, de mes lèvres qui se faneront, moi qui voudrais être aimée toujours? Je songe à cela et n'ai point de réponse.

» Lundi, mardi, mercredi, comme il faisait très chaud et que j'avais la gorge brûlée par des heures de lecture, de dictée, de réprimandes à haute voix et par le passage de l'air qui a déjà servi à d'autres poumons, j'ai reconduit un groupe d'enfants jusqu'auprès de l'église. J'ai même été un peu au delà, et je suis entrée, seule, — le premier jour, — dans l'enclos du cimetière. Le genêt d'Espagne à côté de la porte était fleuri. Le mur est bas. J'avais le dos appuyé au mur, et le bras allongé sur l'arête chaude des pierres. La tombe d'Anna, devant moi, était comme un tout petit guéret dans le fouillis des herbes, des croix, des chênes verts. Je la regardais. Celle de mes enfants qui demeure le plus loin, là-bas, était rentrée chez sa mère, et j'avais entendu le bruit du loquet retombant. Rien ne pouvait m'avertir qu'il y eût quelqu'un près de moi. Cependant, je fus certaine que j'étais observée. Je tournai à peine la tête, et je le vis, lui, de l'autre côté du chemin. Il était en costume de travail, tête nue, les manches de sa chemise relevées en bourrelets, et je continue, encore maintenant, de voir son regard tout plein de reproches passionnés. Il ne parla pas. Le lendemain, j'ai aperçu Maïeul de l'autre côté de cette mare verte et profonde qui est près de l'église, le long de ce même chemin. Et le surlendemain aussi. Je crois que ce sombre et passionné Maïeul ne travaille plus guère, à cause de moi. »

A la même heure, où Davidée écrivait ces lignes sur son carnet, Maïeul revenait d'une réunion d'ouvriers qui avait eu lieu à Trélazé. Il avait injurié et menacé, comme les autres, un compteur accusé d'avoir, à coups de bottes, écrasé plusieurs rangées d'ardoises devant le tue-vent d'un fendeur. Personne ne savait au juste qui avait fait cette mauvaise action. Au petit matin, le mécanicien d'une des carrières, qui allait prendre son poste dans la chambre des machines, avait passé près de la hutte et remarqué le dégât. Il n'y avait point de preuves certaines. Mais le compteur était détesté : il avait, cinq ans plus tôt, et cela en public, piétiné des centaines d'ardoises qu'il déclarait pourries, des ardoises que l'ouvrier devrait remplacer. La mémoire tenace des fendeurs n'avait pas oublié. On accusait l'homme du méfait nouveau, afin de le punir du méfait ancien. Il niait. Pendant deux heures, prisonnier de deux cents camarades entassés dans une salle longue et basse de plafond, acculé contre la muraille, il avait essayé de défendre sa place conquise par quinze ans de travail, son pain, sa famille, son droit de résider dans les villages bleus, où il avait un jardin, des amis, l'habitude de vivre. Devant lui, les hommes n'étaient pas restés dix minutes assis sur les bancs. Aux trois phrases brèves d'un meneur, qui avait dit : « C'est lui! » ils s'étaient levés; ils s'étaient formés en une masse pressée, hérissée de mains, hurlante, qui n'occupait plus que les deux tiers de la salle, et qui remuait, comme les vagues, avançant, heurtant les murs, reculant, revenant contre la victime qui était debout sur une chaise, les bras en croix, la bouche ouverte, criant des mots que personne n'entendait plus. Les coups pleuvaient sur lui, sournois ou directs. Il n'essayait pas de les rendre. Il ne retenait pas ses habits en lambeaux. Son gilet, dont les boutons étaient arrachés, laissait voir, par l'ouverture de la chemise, la poitrine velue; le pantalon descendait à la moitié des hanches; l'homme n'avait plus de cravate, et, de ses poignets de manche, il ne restait que des lanières qui pendaient comme une barbe, et qui tremblaient quand il criait, à bout de souffle : « Ce n'est pas moi! Lâches! ce

n'est pas moi! » Après deux heures de supplice, comme il n'avait pas cédé, on avait décidé la grève, pour obliger la Commission des Ardoisières à renvoyer celui qui ne voulait pas démissionner. Il était sorti, entre deux haies vivantes qui s'abattaient sur lui et le fouaillaient de leurs pointes. Enfin, poursuivi par une dernière huée, il avait trouvé la nuit, l'air, l'espace libre devant lui, et péniblement, seul, le long des murs qu'il tâtait de la main gauche, il avait suivi la rue, ombre reconnue par les femmes énervées, qui guettaient le retour des hommes, et qui, voyant passer la silhouette courbée, tordue, lamentable, ouvraient plus grande la fenêtre, se penchaient et criaient : « Cochon! Vendu! » Et elles crachaient dans la rue, derrière le traître.

Maïeul revenait; il était hors du bourg, hors des chemins qui coupent des villages sur les buttes dont les lamelles d'ardoise se brisent sous les pieds avec une petite plainte de grillons. Il pensait à la femme qui le rejetait. Il imaginait Davidée endormie, comme elle devait l'être à pareille heure. Une puissance d'émotion plus grande que l'habitude était en lui ce soir-là. Il était mécontent de lui-même. Il avait éprouvé autre chose que de la pitié, vers la fin de la réunion, quand le compteur était devenu pâle, et que, sur cette figure de cadavre, le sang avait coulé sous les gifles, très peu, lentement, comme si les veines étaient taries. Il s'était arrêté de crier à ce moment. La honte, le remords avaient grandi. C'était le souvenir de sa vie lâche qui se levait du fond trouble de son âme, et qui la remplissait. « Est-ce beau ce que tu fais? Tu t'es mis avec deux cents autres contre cet homme, vous l'avez à demi assommé, il n'a plus qu'une seule pensée et qu'un seul cri, et vous le regardez souffrir, là, parce que vous n'avez pas l'audace de le tuer. Quelle volonté as-tu? quelle énergie? Tu ne résistes pas aux camarades qui t'appellent. Ils disent que tu as du caractère : oui, parce que tu te mets en colère facilement, mais pour quelles raisons te fâches-tu le plus souvent? Sont-elles belles? » La pensée de Davidée se mêlait à tout le reproche de la vie ancienne. « Tu fais l'étonné, parce que la mademoiselle de l'école te méprise. Mais elle a raison. Qu'es-tu près d'elle, Maïeul? Toi qui as aimé sa servante? Elle a un cœur comme celui de la petite Jeannie Fête-Dieu. C'est fier. Et toi tu n'es pas grand'chose devant elle. »

La chaleur était insinuante. Elle pénétrait les tiges et les feuilles de l'herbe et des ronces mêmes, qui pendaient. Un orage devait gronder au loin, car, vers le Sud, les éclairs se succédaient rapidement. Lorsque Maïeul eut monté les marches de l'escalier extérieur, et qu'il eut, une dernière fois, regardé du côté de l'école, la résolution qu'il avait pétrie et roulée en lui-même, se mit à lever comme une pâte qui fermente. Il poussa la porte, d'un coup d'épaule, reçut au visage tout l'air glacé de la chambre déserte, alluma la lampe à essence, ouvrit la fenêtre, et, parmi les moucherons qui dansaient, se mit à composer une lettre pour Davidée Birot.

X

LA CHANSON DE MAÏEUL

Elle n'était pas longue, la lettre, elle disait :

« Mademoiselle, je serais très honoré de vous parler. Je ne peux pas vous demander à l'école, parce que l'autre institutrice me ferait un affront. Pourtant, il faut que je vous voie. Il y a une chose que je veux faire. Mais je voudrais, avant de la faire, savoir de vous si c'est bien. Si je vous rencontrais, je serais bien heureux. Toute la peine de vous déplaire m'emplit le cœur. Je suis, mademoiselle, avec respect, votre serviteur.

» MAÏEUL JACQUET. »

Davidée reçut la lettre par la poste. Elle la lut deux fois. La première fois elle eut un mouvement d'impatience. La seconde, elle songea sur cette ligne : « Toute la peine de vous déplaire m'emplit le cœur. »

A plusieurs jours de là, Davidée revenait de l'extrémité du village, où elle avait reconduit une troupe de « ses enfants ». Le soleil chauffait dur, et faisait de la poudre avec la vieille boue de l'hiver. L'adjointe marchait au milieu de la route. Le bas de sa robe était devenu gris. Elle n'était pas loin de l'école, quand elle s'arrêta tout à coup.

— Mademoiselle Davidée?

Du côté où il n'y avait pas de maisons, la route était séparée des pâtures et de quelques jachères pierreuses par des lambeaux de haie que reliait un fil de fer rouillé, débris de câble cloué sur des poteaux de fortune. C'est de là que l'appel venait. Davidée connut d'abord que la voix était de Maïeul Jacquet, et elle vint. Il était là, debout, en contre-bas du chemin, et obligé, pour regarder celle qui venait, de lever la tête. Oh! quel pauvre visage! Quels yeux creusés, où s'était retirée la jeunesse ardente et douloureuse! Il dit :

— Mademoiselle, il y a du nouveau, et il faut bien que vous le connaissiez.

— Quoi donc?

— Je vais quitter le pays à cause d'elle.

La jeune fille détourna la tête, et se redressa, comme celles qui ont donné à un pauvre, et se remettent en route.

— Vous allez la retrouver?

— Non, par exemple! Mademoiselle Davidée, ne vous fâchez pas comme vous faites contre moi! Ne vous en allez pas! Ne rentrez pas encore à l'école! Je suis assez malheureux.

Davidée était déjà un peu au delà de Maïeul, et ses yeux ne regardaient plus que la maison d'école, et la vie de tous les jours.

— Dites vite ce que vous avez à me dire. Je suis attendue.

— Moi pas! Personne ne m'attend, ni ici, ni ailleurs. Là où je vais, à plus de dix lieues d'ici, au pays de Combrée, je ne connais personne. C'est moi pourtant qui ai demandé à être embauché à la carrière de la Forêt, parce que je ne peux plus tenir ici... Je ne veux pas vous offenser, mais, voyez-vous, à l'Ardésie, maintenant, tout seul, je suis embocagé dans mes souvenirs. Je ne travaille plus bien. Je n'ai plus le goût à l'ardoise. Les compagnons me disent : « Tu étais moins triste, Maïeul, au temps de la maison des Plaines! »

— Et c'est vrai?

— Oui. Vous ne pouvez pas comprendre. Vous êtes une jeune fille. Mais tout de même c'est vous qui nous avez séparés. J'ai voulu vous dire que je m'en vais; que je ne vous en veux pas; que je suis même content au fond du cœur; que je ne l'aime plus, non, plus du tout. Mais...

— Eh bien?

— J'ai encore peur d'elle.

Il crut qu'elle allait s'éloigner sans répondre. Il la voyait perdue. Il dit bien vite :

— Vous savez tout à présent. Et vous me méprisez.

A sa surprise, elle ne l'abandonna pas. Elle demeura au milieu de la route, et, inclinant son visage, elle considéra, non sans douceur et sans pitié, l'homme qui s'humiliait. Elle ne voulait pas être dure. Elle avait coutume de relever les enfants qui s'accusent. Et elle dit:

— Vous vous trompez. Je ne vous méprise pas. Je crois que vous faites bien.

— Puisque vous le dites, j'aurai plus de courage. Depuis que j'ai perdu père et mère, personne ne m'a repris quand je faisais mal. Vous avez été la première. J'ai plus de chagrin de l'enfant mort que je ne peux vous le dire.

Et comme Davidée ne s'en allait pas, comme elle était encore devant lui pour une petite minute, et qu'elle avait les yeux de la bonté qui écoute, il s'enhardit :

— Voilà que je m'en vas. Mais quand je serai guéri d'elle, est-ce que je pourrai vous revoir? Mademoiselle Davidée, je n'ai point connu votre pareille.

— Est-ce étonnant? Je ne suis pas d'ici.

— Quand vous passez, les arbres vous saluent d'amour.

— Non, monsieur Maïeul : c'est le vent qui les courbe.

— Les enfants, dans les chemins, du plus loin qu'ils vous aperçoivent, envoient leur cœur devant eux.

— Moi je fais de même : je leur appartiens.

— On sait que vous n'aimez qu'elles. Vous ne ressemblez pas aux autres maîtresses d'école...

Et comme elle demeurait immobile, il osa répéter :

— Quand j'aurai fait ma preuve d'honnête homme, est-ce que je pourrai vous revoir?

Elle ne répondit pas. Mais elle devint toute blanche, et elle continua son chemin, avec plus de lenteur qu'elle n'était venue.

Toute l'après-midi, Davidée fut très occupée; elle dut faire la classe, recevoir des parents, préparer des chants pour une fête qu'on voulait donner, éplucher les légumes pour le dîner, car elle était de semaine. Le soir, toute lasse qu'elle fût, elle n'avait pas sommeil. Longtemps elle resta, devant sa fenêtre ouverte, à songer au départ de Maïeul, et à des mots qu'il avait dits. Plusieurs étaient nouveaux pour elle. Mais, à peine s'y complaisait-elle, que d'autres mots lui venaient en mémoire, des mots cruels, qu'il avait dits également : « J'ai encore peur d'elle. » Et toute la douceur mourait. Le ciel était clair dans les hauteurs, mais sans lune, et une brume d'été, légère, voyageait sur les champs. Davidée distinguait malaisément, tant leurs limites étaient mêlées par l'ombre, le jardin de l'école, celui de la maison voisine et, au delà, une vigne misérable, qui enfonçait dans la nuit ses rangées de ceps comme des sillons de labour. Mais cela suffisait pour que toute l'Ardésie lui fût présente à l'esprit, tous les champs et les chemins, tous les villages, tout le travail et les visages familiers. Quelqu'un allait quitter ce coin du monde où la paix n'était plus pour lui, à cause d'une parole ancienne. Que de brisements! Elle essayait de compter. Elle ne pouvait se défaire d'une idée, insistante comme un refrain : « Voici les dernières heures pour lui. Comme Phrosine, il partira au jour levant. » La terre, pénétrée de rosée, avait son odeur d'après la pluie. Et le silence était si grand, qu'on entendait les gouttes d'eau tomber du bout des feuilles.

Avant le jour, en effet, à l'heure où les choses étaient encore toutes sombres sous le ciel déjà plus pâle, Davidée, qui s'était jetée sur son lit, se leva en sursaut. Elle avait reconnu une voix; elle entendait un homme qui chantait. Vite, sans bruit, elle écarta les volets; elle se pencha dans les demi-ténèbres. La voix n'était pas toute proche, et elle était d'un voyageur en marche, et elle disait :

Celle en qui j'ai mis ma pensée
N'a jamais eu d'pensée pour moi ;
C'est pour elle que je m'en vas,
Toute ma jeunesse est passée.

Je m'en vas le cœur en tourment,
Mon cœur emporte son idée,
Elle est après lui attachée,
Comme un furet qui boit son sang!

Oh! que l'air était triste! Cela ressemblait à la chanson lente des bouviers, qui reviennent des guérets et qui ne s'arrêtent point. La voix s'éloignait déjà, peut-être dans la vigne, peut-être dans les terres vagues, qui sont au delà. Elle chanta encore des paroles qui ne vinrent pas toutes jusqu'à la fenêtre. Puis elle se tut. Et ce fut le commencement du jour.

Une seule femme avait compris la chanson, si plusieurs l'avaient entendue. Mais quand le soleil fut levé, du haut de la butte de la Gravelle il vint une autre musique qui était maigre dans le vent, et qui s'en allait avec lui, bien loin, et elle devait dire une âme, car les âmes furent émues, chacune selon son ordre. Les enfants, à la limite des genêts, éveillés de bonne heure, dans les lits trop chauds des maisons basses, se mirent à rire et ils éveillèrent les parents : « Écoutez, père! C'est le flutiau de Maïeul! Oh! le joli! Qu'il y a longtemps qu'il n'a parlé! » Mais ils n'allèrent point au delà de l'amusement que leur esprit recevait de la danse des notes. Les fendeurs d'ardoise, qui faisaient leur toilette dans les jardins, et, demi-nus, se débarbouillaient au-dessus des cuviers pleins d'eau claire, s'émerveillèrent les seconds, et dirent en riant : « A quoi pense donc Maïeul Rit-Dur? » La vieille mère Fête-Dieu joignit les mains et murmura : « Seigneur, ramenez-le avec une âme guérie et un flutiau qui ne pleurera plus. » Et elle était ainsi toute seule à bien entendre, toute seule avec une maîtresse d'école, une jolie, déjà émue, faible de cœur et qui disait : « Cela m'aime encore; c'est de l'amour triste et qui s'en va. »

Le flutiau qui sonnait, sur les buttes de la Gravelle, parut bientôt si faible de voix qu'il devint sûr que l'homme voyageait dans les combes et sur les chemins bordés de haies : avant que la lumière fût ardente, il ne sonnait plus que comme un moucheron. Dans le jour, on apprit que le fendeur Maïeul Jacquet avait quitté le pays.

XI

MONSIEUR L'INSPECTEUR

Après la journée du 10 juin, et bien que la grève fût comme morte d'avoir répandu le sang d'un homme, tous les parents eurent peur pour leurs enfants. Même les plus violents disaient : « Il y a du monde de partout sur les buttes; faut pas s'y fier. » Les classes étaient donc à peu près vides, le mardi matin : celle de mademoiselle Renée n'avait que huit élèves; celle de mademoiselle Davidée en avait neuf. Les enfants présentes habitaient presque toutes dans le groupe de maisons qui enveloppent l'église, ou dans celles qui forment une place, sur la terre bleue et en pente, à droite de l'école. Au moment où elle entrait, avec les petites, dans la salle n° 2, l'adjointe remarqua que mademoiselle Renée avait fait toilette, et qu'elle était fort excitée.

— Est-ce que vous m'avez rendu toutes les compositions corrigées, mademoiselle?

— Mais oui.

— Et les travaux à l'aiguille sont-ils dans le meuble de ma classe, à côté du tiroir de minéralogie?

— Oui encore.

— Tant mieux. Je vais voir si vous n'avez pas oublié de les ranger...

A neuf heures, on sonnait à la porte du chemin. D'habitude, lorsque la femme de journée avait quitté l'école, mademoiselle Renée envoyait une des élèves ouvrir la porte. Elle sortit elle-même, et Davidée, un moment après, entendant une forte voix d'homme répondre au soprano voilé de mademoiselle Renée, eut la certitude que la directrice était allée recevoir monsieur l'inspecteur. La preuve ne tarda pas. Le bruit d'un pas coulant, le bruit d'un gros pas écrasant le sable, le roulement discret et continu d'une bicyclette moulant sa petite ornière, accompagnèrent les mots qui entraient par la baie ouverte.

— C'est vrai, mademoiselle, j'ai chaud terriblement. Quelle poussière! Quelle chaleur! Mais c'est un four votre Ardésie!

— Je n'aurais pas osé le dire, monsieur l'inspecteur, mais je le pense depuis six ans.

— Six ans! A l'Ardésie? Vous avez donc demandé à être maintenue?

— Mais non, monsieur l'inspecteur; monsieur l'inspecteur veut-il se rafraîchir?

— Jamais, mademoiselle! Je n'accepte jamais! Je suis en service! Mais c'est égal, moi qui suis du Midi, je n'ai pas souffert de la température chez moi autant que chez vous... Voici votre classe?... Passez donc... après vous.

La voix appartenait à l'espèce du Midi, scandante et déclamante, et pour qui un seul auditeur c'est déjà le forum. L'entrée dans la grande classe fut bruyante.

Davidée, pendant ce temps, dictait aux petites une page d'un manuel d'instruction civique.

C'était un plaisir d'entendre, à travers la cloison et la porte qui séparaient les deux pièces, les moindres notes de ce baryton paternel, qui interrogeait les élèves, — la réponse trop timide demeurait ignorée, — et félicitait ensuite l'enfant et la maîtresse.

— Très bien, cette différence entre les lépidoptères et les diptères! quatre ailes, deux ailes! L'histoire naturelle fait chérir la nature... Indiquez-moi les méthodes pour séparer l'oxygène de l'eau d'avec l'hydrogène?... Parfait! Voilà une future ménagère qui saurait expliquer, j'en suis sûr, le phénomène de l'ébullition. Quelle est la profession de son père, mademoiselle?

Le fausset surveillé de mademoiselle Renée répondit :

— Marchand de porcs, sauf votre respect, monsieur l'inspecteur.

— Très bien. L'orthographe laisse encore à désirer. Mais la mémoire est bonne. Faculté maîtresse, mademoiselle.

— Oui, monsieur l'inspecteur.

— L'une des joies de la vie!

— Oui, monsieur l'inspecteur.

— Et que vous cultivez heureusement. Montrez-moi le cahier rotatif des devoirs quotidiens?... Vous ne savez pas ce que c'est? Je le comprends. Je vous excuse. J'avais proposé ce nom-là au ministre de l'instruction publique, que je connais beaucoup, pour désigner ce que vous nommez peut-être le cahier de classe, ou le cahier de roulement. Moi, j'avais trouvé rotatif, un mot qui vibre! Rotatif ajoutait au sens : rotatif faisait image : rotatif était de mon cru... Le ministre m'a dit, depuis : « Je le regrette. » Merci, mademoiselle. C'est bien cela.

Davidée, dictant à voix ménagée, guettait le mouvement du bouton de cuivre de la serrure, le bruit des pas géminés qui, en grossissant, annoncerait l'arrivée de l'inspecteur et de la directrice. Elle avait disposé les plis de sa robe, pour pouvoir se lever plus vite. La visite se prolongeait. A neuf heures un quart, l'adjointe entendit les pas, mais qui s'éloignaient. Et pendant dix minutes, dans la grande classe, il y eut seulement des fusées de rire, des chuchotements, quelques coups discrets de porte-plume tombant sur le plancher : d'où les élèves et leur maîtresse conclurent que monsieur l'inspecteur et mademoiselle Renée se promenaient dans la cour, ou dans le jardin. A neuf heures et demie, ils entrèrent, l'inspecteur le premier, qui ouvrit la porte comme s'il pénétrait dans une cage aux lions, le geste rapide, la tête un peu inclinée, les yeux sur ceux du fauve. Le fauve, c'était l'adjointe qui s'était levée, dans la chaire. S'étant ainsi fait connaître, il interrompit le courant magnétique, passa en revue les bancs déserts, et sourit aux neuf présentes. Puis il redevint grave, et s'assit dans une chaise que, derrière mademoiselle Desforges, portait une élève de la grande classe.

— Voyons cette dictée?

Il prit la copie la plus voisine, approuva.

— Une page de Souchet-Lapervenche? Un de nos meilleurs prosateurs... Je déclame souvent, dans les salons, du Souchet-Lapervenche. C'est d'un grand effet... Pas assez de ponctuation, mademoiselle. Comment voulez-vous qu'une élève comprenne ce qui n'est pas ponctué? Dictez-vous la ponctuation?

— Non, monsieur.

— C'est un tort. Écoutez ce morceau ponctué, mes enfants, et remarquez mon point virgule; reconnaissez mes deux points.

Il se mit à réciter, mademoiselle Renée admirant, mademoiselle Davidée respectueuse et résignée, les élèves regardant cette bouche en arc, d'où s'échappait une voix de chantre qui lit, et ces joues grasses, rasées, et ce menton qu'une forte barbiche en pointe, d'un noir bleu, allongeait. L'inspecteur, qui n'était dans le département qu'en remplacement d'un collègue malade, appartenait à cette race qui ne se rassasie point d'elle-même. Il jouait, où qu'il fût, plus que son rôle officiel, par besoin de prouver que son talent dépassait la mesure de ses fonctions présentes. Il avait l'attitude de la conviction, le regard direct, loyal, impérieux, quelques intimes du café d'Auch avaient même dit : impérial. Ce mot-là, il y pensait tout le temps. C'était sa trouée des Vosges. L'inspecteur ne discutait jamais un ordre, et l'obéissance qu'il exigeait lui semblait embellie et sacrée par son propre exemple. Cauteleux avec des formes rudes, il avait l'art de glisser les yeux, en se détournant vers le subordonné ou la subordonnée, et d'insinuer ainsi : « Vous voyez, je suis bon enfant, je puis sourire, protéger, user en votre faveur d'un crédit qui me fait des jaloux, qui peut vous en faire. » Rarement, ce regard, dans le service, allait au delà de ces suggestions professionnelles. Quelques très jolies adjointes avaient bien, ici ou là, compris que M. l'inspecteur était un connaisseur. Mais il lui suffisait de laisser soupçonner sa sensibilité, de provoquer une rougeur, un étonnement, un refus mental dont il triomphait avec un lourd esprit et des propos salés, affirmant qu'on ne le prendrait jamais à courtiser une subordonnée, et il disait vrai. Toutes ses sévérités étaient pour les scrupules de conscience. Il voyait une injure personnelle dans la timidité; il en voyait une autre dans le respect d'une autorité qui n'était point d'État.

M. l'inspecteur aimait ses fonctions, qui lui faisaient voir du pays, « des représentants de races différentes et toutes françaises pareillement », il était exquis prononçant cette formule, — et qui lui valaient, en ce moment, de remplacer, à l'Ardésie, le titulaire, « mon cher collègue empêché ».

Quand il eut, minutieusement, examiné les divers cahiers, communs ou individuels, jugé la portée de deux maximes de morale civique, déclaré que mademoiselle Birot lui semblait un peu idéaliste, interrogé quelques enfants :

— Mademoiselle, dit-il, j'ai confessé tout à l'heure mademoiselle la directrice. C'est votre tour. Voulez-vous bien sortir avec moi? Nous serons plus libres de causer dans le jardin.

— Dois-je vous accompagner, monsieur l'inspecteur? demanda mademoiselle Renée.

— Inutile, mademoiselle.

L'inspecteur et l'adjointe firent en silence le chemin, assez court, de la classe au jardin, et là, le fonctionnaire, ayant jeté un coup d'œil vers sa bicyclette, pour s'assurer que personne n'avait touché la machine, s'assit sur le petit mur qui protégeait les légumes et les fruits de l'école, et, de ses deux bras écartés et rassemblés ensuite, fit signe à Davidée de s'asseoir de l'autre côté de la barrière. Elle resta debout, à trois pas de l'inspecteur. Il répéta le geste, et l'odeur de la sueur s'échappa des habits gonflés et dégonflés. L'adjointe eut l'air de ne pas comprendre. Il contracta les sourcils, regarda le ciel au-dessus de Davidée et dit, goûtant ses mots :

— Je ne voudrais pas faire de peine à une jeune adjointe, qui a besoin de confiance dans l'avenir. Cependant je dois vous avertir de plusieurs reproches qu'on vous fait.

— Mademoiselle Renée?

— J'ai dit « on ». N'aggravez pas votre cas, en chargeant vos supérieurs. Nous avons dix façons de savoir ce qui se passe dans une de nos écoles. Je ne m'étends pas sur les familiarités déplacées que l'on vous attribue.

— Conversations, oui; familiarités, non. Je n'accepte pas qu'on parle ainsi d'une honnête fille!

— Oh! mademoiselle, les expressions aussi pourraient bien être déplacées; j'ai le droit, je l'aurais de juger votre conduite privée...

— Prenez-le, monsieur, mais ne me jugez pas sans m'avoir interrogée.

— Précisément, je n'ai pas l'intention de vous interroger là-dessus. Je le répète, je pourrais le faire.

— Mais, faites-le!

— Que vous êtes vive! Il est vrai que vous êtes toute jeune. Eh bien! non, mademoiselle, je me refuse à discuter, avec chacune de mes institutrices, les principes de la morale personnelle qu'elles adoptent, qu'elles pratiquent. A moins de scandale, je n'interviens pas, dans le Midi : je n'interviendrai pas davantage ici, dans le Nord.

Il cessa d'observer les premiers nuages blancs qui commençaient à dépasser la ligne des murs, en face de lui, et abaissa son visage impérial, et ses yeux qui étaient du même noir, chargé de bleu, que sa barbe et ses cheveux, vers la jeune fille qui attendait ce geste, et qui n'évita pas ce regard destiné à la faire trembler. On pouvait aller loin dans le regard de Davidée Birot. Elle se tenait droite, le long de la barrière, les mains cachées dans les poches du tablier de coton à pois rouges, qu'elle avait jeté par-dessus son corsage et sa jupe. Un rayon de soleil l'éclairait à gauche, et la faisait à moitié châtain.

— Ce que je vous reproche, comme un manquement professionnel, c'est votre attitude vis-à-vis du curé de l'Ardésie.

— Je vous demande pardon, monsieur l'inspecteur, je ne saisis pas bien l'accusation : depuis que je suis ici, je n'ai mis qu'une fois les pieds à l'église, pour...

— Je le sais! Vous ne m'apprenez rien.

— J'ai été élevée dans une famille où la pratique religieuse est à peu près nulle. Je ne juge pas mon père et ma mère. S'ils m'avaient élevée autrement, je vous le dirais. Je n'aurais aucune crainte de vous le dire.

Un sourire aigu, bref, détentit le masque sévère.

— Bravo! J'aime la sincérité. Mais, voyez, d'après votre propre aveu : vous ne savez pas si vous avez tort ou raison de vous abstenir de toute pratique confessionnelle?

— C'est vrai. Je n'ai pas eu le temps de me préoccuper...

— Je souhaite que vous ne l'ayez jamais. Questions vaines.

— On m'a enseigné : suprarationnelles.

— Parfaitement! Ah! vous avez suivi le cours de mademoiselle Hacquin, un de nos grands penseurs, et cependant une primaire! Mais, précisément parce que vous n'avez pas un parti pris très net, vous êtes entraînée. Innocemment, je le veux bien, mais gravement. Car il y a l'exemple, mademoiselle! Car vous conduisiez vos élèves et vous étiez en fonctions officielles, quand vous avez eu, à l'entrée du cimetière, voilà plusieurs semaines, ce long entretien avec monsieur le curé.

— Une minute environ. Je le remerciais. J'aimais la petite morte.

— Vos élèves erraient par les chemins, abandonnées.

— Oh! monsieur!

— Abandonnées, lorsque le bruit d'une voiture vous a enfin tirée de votre oubli, de votre conférence avec le prêtre... De

plus,... laissez-moi achever, je vous prie!... de plus, vous portiez ostensiblement, sous le bras, un énorme paroissien...

— Oh! monsieur!

— Provocant!

— Je l'aurais préféré petit : je n'en ai pas d'autre.

Elle s'arrêta un instant, et l'humeur du père Birot, qui n'était pas commode, apparut dans la physionomie de sa fille, dans le ton de sa voix, dans le mouvement de ses deux mains qui secouèrent le tablier à pois rouges.

— De sorte que vous me défendriez, si j'en avais le désir, d'entrer dans une église?

Un rire d'une bonhomie dédaigneuse lui répondit :

— Non, mademoiselle! La liberté...

— Vous me défendriez, en tout cas, d'emporter un paroissien? Le seul que j'aie? Je n'aurais pas le droit de faire ce que tout le monde fait, et de prier pour mes morts? Je vous prie de me dire nettement ce que vous appelez mon devoir, monsieur, afin que je m'y tienne, si cela est possible. Je vous demande de préciser..

Ce fut à l'inspecteur de prendre un temps de réflexion.

Il parut s'intéresser de nouveau aux nuages qui montaient, et, à présent, couronnaient la maison d'un glacier fulgurant.

— Je ne veux pas porter atteinte à la liberté, mademoiselle : je démentirais toute ma vie publique. Ce que je vous ordonne, ou ce que je vous conseille, ce qui est à peu près la même chose, c'est de ne pas vous promener avec un gros livre, un livre qui est une manifestation, et c'est de causer le plus brièvement possible, et le moins souvent avec le curé, et, s'il y a un vicaire, avec le vicaire. Vous comprenez? Il y a là des nuances. Je ne puis qu'indiquer... Non, je vois que vous vous obstinez à ne pas comprendre. On vous dit intelligente. Vous l'êtes : prenez garde de vouloir juger trop de choses.

Il sauta, d'une brusque pesée de ses grosses cuisses, à bas du petit mur où il était assis, et reprit le ton, qu'il appelait d'homme du monde, en faisant raconter à l'adjointe les principales scènes de la grève. La directrice, qui l'observait, sortit pour le reconduire jusqu'au chemin.

Il fut très cordial dans les promesses qu'il fit à mademoiselle Renée, d'obtenir pour elle un avancement. Ses expressions furent moins nettes quand il assura de sa particulière bienveillance « une adjointe encore un peu indépendante, mais pleine de bonne volonté, et qui avait de l'avenir, dans l'enseignement ».

Davidée se sentit condamnée à bref délai.

— Eh bien! ma petite, demanda made-

moiselle Renée, quand elles furent seules :
vous êtes contente?

— Enchantée.

— J'ai fait, pour vous, tout ce qu'on
pouvait faire. Nous avons eu quelques
malentendus : que ce soit oublié, n'est-ce
pas?

— Oui, mademoiselle.

Davidée fit sa classe du soir en songeant à chacun des mots entendus le
matin. Elle ne pouvait douter de la dénon-
ciation qu'avait annoncée Phrosine; ni
de la disgrâce qui serait le plus certain effet
des promesses vagues de l'inspecteur. Elle
avait des ennemis, elle, petite jeunesse
qui n'était pas entrée à l'école normale
par besoin, pour subvenir à la vie, comme
tant d'autres, mais qu'une grâce maternelle, un goût tendre pour l'éducation
de l'enfant, l'ambition de servir, avaient,
plus que tout le reste, déterminée. Elle
se disait : « Je ne veux pas être empri-
sonnée, ou, comme l'a dit Maïeul, *embo-
cagée*. Je sortirai de ces difficultés en
allant à elles, en ne craignant pas. Et
d'abord, ce soir-même je verrai ce curé,
qui sera peut-être interrogé; qui peut,
en tout cas, si j'en suis réduite à ces
défenses misérables, témoigner des propos que nous avons tenus. Qu'on me
regarde comme si faible, si basse, que
j'accepte de ne pas rencontrer, dans
une rue du bourg, un curé, ou Maïeul, ou
Phrosine, ou un autre, n'importe lequel
des excommuniés, dont les listes me seront
dictées, cela me révolte! »

Les joues de Davidée Birot étaient
presque aussi rouges que ses lèvres, lorsque, après six heures, s'étant coiffée de
sa campanule blanche, elle alla rendre
visite à la mère d'une des petites, qui
demeurait en face de l'église. Sans expliquer pourquoi, elle s'attarda un peu. La
veuve trouvait que cette jeune adjointe
était bien aimable. Elle faisait des frais,
expliquant la peine de son métier de
laveuse, qu'elle avait commencé à quatorze ans, et qui, à près de soixante, lui
gerçait encore les mains.

— Ça vous tient plus qu'on ne croit,
l'eau des lavoirs. Qui a commencé laveuse,
finit laveuse. Encore, les femmes qui
trempent le linge dans les rivières, elles
causent avec le courant. Elles lui disent :
voilà que tu galopes, tu frises comme une
dentelle, et d'autres choses. Mais ici, des
trous où l'eau ne s'échauffe jamais, et ne
sait pas ce que c'est que de courir : le
métier est moins gai. Il ne l'est pas assez
pour des jeunesses. Pourtant, les premières
fois...

Davidée savait répondre, parce que,
chez elle, le cœur était toujours attentif.
A des mots, à des signes, à des petites
pitiés d'une seconde, la laveuse avait
compris que des tiédeurs subites passent
dans les hivers. La jeune fille, contente
de se sentir aimée, attendait la fin de la
prière que le curé de l'Ardésie sonnait lui-
même et récitait, à l'heure dorée : au
voisinage de sept heures en été, et, pendant l'hiver, dès cinq heures. On entendait, de chez la veuve, les réponses du
peuple suppliant Dieu de bénir le repos,
d'en faire un moyen d'énergie et de salut,
de dissiper les embûches de l'ennemi qui
occupe la nuit comme son domaine. Par
la porte ouverte, ce n'était pas seulement
la chaleur qui entrait, l'air avec son goût
de foin, de marais et de boulangerie :
c'était encore l'image de la Vierge Marie
et de l'Enfant, peinte sur un vitrail de
l'église. Davidée considérait les trois doigts
levés de l'Enfant, et elle se sentait contente, sans se l'avouer, d'être là, si près,
dans la limite immédiate de protection
de ce geste sauveur. Jamais elle n'avait
encore observé qu'il y eût un vitrail, dans
l'église de l'Ardésie, où était représentée
la mère glorieuse et puissante par l'Enfant.

Brusquement, la couleur du vitrail baissa
de ton : l'abbé devait souffler les cierges.
Des hommes sortirent, et des femmes; les
hommes avaient la physionomie décidée
qu'ont les croyants dans les pays de reli-
gions opposées. Le curé devait ranger quelques chaises, accrocher la corde de la cloche.
Il sortit un instant après le dernier fidèle,
tourna la clef, regarda le couchant qui
était d'une pourpre déchirée et magnifique,
et, rabaissant les yeux, fut stupéfait autant
qu'intimidé, d'apercevoir devant lui mademoiselle Birot. Quelques témoins, aux
portes, observaient. L'adjointe fit exprès
de séparer les mots, afin d'être entendue
d'un peu loin. L'abbé s'inclinait.

— Monsieur le curé, vous vous souve-
nez de l'entretien que j'ai eu avec vous,
devant le mur du cimetière, le jour de
l'enterrement de la petite Le Floch?

Le curé se mit à rire bruyamment :

— Je le réciterais, mademoiselle, et la
leçon ne serait pas longue : trois phrases!

— Il paraît que ça suffit pour qu'une
institutrice soit dénoncée comme cléricale.
Mais je n'ai pas l'intention de me laisser
faire. Vous écririez bien les phrases où je
vous disais mon affection pour ma petite
élève?

— Sans doute.

— C'est tout ce que je voulais vous
demander, monsieur le curé. Je vous
remercie.

Elle allait se retirer. Une mère arriva
dans le village, poussiéreuse, marchant
au pas de charge, tirant une enfant qui
ne suivait que par accès, et, entre deux
efforts, se laissait traîner dans la poussière.
De l'autre bras, la femme portait une
soupière pendue entre des ficelles. En
passant entre les maisons meublées de
leurs locataires, elle avait ralenti. L'enfant reprit de l'âme. Elle montra le chien
qui suivait, harassé, lui aussi.

— Comme il est sale! dit-elle.

La mère la secoua, regarda tout autour :

Pas tant que le monde! Allons, rosse! arrive ici!

Elle jura. La petite se mit à rire, et ce morceau de création répéta le blasphème.

Elles disparurent.

Le curé se tourna vers l'église, et dit à demi-voix :

— Mon Dieu, vous êtes prisonnier pour l'amour de tous ceux-là : Et ils ne le savent pas!

Il se fit un silence. Le groupe était brisé. Des bras se levèrent, pour saluer. Il resta quelques voisins, sur le seuil des portes, caquetant dans la rousseur du couchant, qui coulait à plein chemin.

Du carnet vert, même jour. — « Je n'ai pas la foi, mais je ne supporterai pas qu'on m'impose un état d'esprit contraire, avec obligation de n'en pas sortir. Je suis blessée, humiliée pour l'enseignement même, atteinte dans ma dignité, ah! autrement que par le voisinage de misères morales et par un rendez-vous avec Maïeul Jacquet! L'homme qui ne veut pas du gros livre et qui tolère le petit, en détestant le texte de l'un et de l'autre, cet homme-là me fera tout faire, excepté ce qu'il voudra. Mon parti est pris. Je sais à quelle défense je vais me confier. Si je ne réussis pas, je renoncerai à la carrière. En attendant, cette violence hypocrite m'a amenée à rouvrir le paroissien interdit. Je viens de lire la moitié des prières de la messe, et l'office des morts. Il est beau que nous soyons ensevelis dans ces paroles pleines de compassion, pleines d'aube, pleines de pardon. C'est d'une noblesse que je ne fréquente pas assez. Monsieur l'inspecteur ne m'empêchera pas d'y revenir, s'il me plaît.

» Je pense encore au mot qu'a dit le curé, paraît-il, sur le secret de la paix du monde et de la joie. Il a dit : « La solution du problème social est dans le développement du surnaturel. » C'est au-dessus de mon entendement. Mais qui sait? Je suis surprise du fonds d'amour du peuple qui semble amassé dans ce cœur de prêtre, et où si peu vont puiser. La grève est à peu près terminée. Je ne sais quel a été l'arrangement. Mais la haine? Toutes les causes subsistent et travaillent. On ne supprime que des prétextes. Il n'y a que des remises à huitaine, successives, mais le jugement de la paix n'est jamais prononcé. Quelle leçon que la vie dans les milieux ouvriers, pour une fille comme moi, tourmentée de si peu de chose d'abord, et qui le devient de tant de choses! Oui, je ne donnerais pas mon poste, au milieu des pierres, pour une classe à la ville. Je suis ici dans la vie populaire, je n'en sors pas, je n'en suis pas distraite, et je vois ce qu'il y a de misère en moi, comme chez leurs filles à eux, que je suis chargée d'instruire, de refaire à mon image.

» Et l'image devine qu'elle a besoin de changements. »

20 juin 1909. — « Une lettre de Phrosine! Je n'espérais plus guère. Je croyais perdue pour moi cette créature faible et violente, que rien n'a élevée : pas une foi, pas une tendresse d'égale, et qui n'a eu que des devoirs comme soutiens. C'est trop peu quand on ne croit pas à la seconde vie. Quelle faute des parents, et de l'école, de n'avoir pas réformé cette nature attachante, tentée, tentatrice, mais si franche, et de n'avoir donné aucun idéal, ni aucune règle, à cette chercheuse de joie qui aurait pu aimer une justice! Elle m'écrit de Vendôme. »

Lettre de Phrosine. — « Mademoiselle Davidée, c'est moi. Vous m'avez séparée d'un homme que j'aimais, et je vous en ai voulu dur. Je vous en veux encore, des fois. Cependant il faut que je vous écrive, parce que je n'ai pas de secours.

» J'ai habité d'abord Orléans. Vous comprenez ce que je veux dire : j'ai couché au hasard, dans les faubourgs, pas souvent par charité; j'ai mangé dans les cabarets où les hommes du bâtiment boivent, en mangeant pour exciter la soif. Je leur ai demandé, à tous, vous entendez? à tous : « Avez-vous rencontré « Le Floch, Henri, un grand barbu, qui » a l'air d'un lion, qui est charpentier, » boiseur de mines, enfin dans le bois, » d'une façon ou de l'autre? » Il riaient; ils me disaient des choses que vous devinez. Et, vrai, il y en avait de gentils, parmi les compagnons. Moi, j'avais l'air de vous, avec plus de pétrole dans les yeux et sur la langue. Je leur disais : « Je cherche le père pour avoir le fils, » qui est mon fils; vous me faites honte, » répondez-moi. Il n'est pas bon de tou- » cher aux mères qui défendent leurs » petits : répondez-moi. » Ils répondaient alors : « Peut-être qu'on l'a vu. Mais le » travail, c'est des bras, c'est des jambes, » c'est des yeux, c'est pas toujours des » noms. Le Floch, Henri? je ne me rappelle » pas. Je me rappelle des barbus, par » exemple! Quel âge a-t-il, le vôtre? — » Quarante. — Dame, voilà quelques » années, dans un chantier, j'ai travaillé » avec un barbu qui avait dans les trente- » cinq. Mais ce n'était plus en forêt d'Or- » léans qu'il habitait. Nous travaillions » en forêt de Vendôme. Il causait peu. » — C'est cela. — Il buvait sec. — Alors, » c'est lui. — Il avait un petit peu l'air » d'un lion, qui ferait trop souvent le » lundi. Cherchez donc... » De village en village, je suis venue jusqu'à Vendôme, d'où je vous écris. Et voilà qu'hier, comme j'avais inutilement interrogé plusieurs hommes, il est venu, dans le garni, un compagnon tout jeune, arrivant des pays de Vendée. Je ne peux pas vous cacher qu'il m'a embrassée, celui-là. Je

ne suis pas vous, mademoiselle, et je
n'avais plus le sou, et pas plus de courage.
Et voilà qu'en causant, dans la salle, il me
dit : « Je l'ai rencontré! — Le Floch?
» — Oui, il n'y a pas plus de trois mois,
» dans la forêt de Vouvant, qui est en
» Vendée et la plus belle que vous ayez
» vue, quelque chose comme vous qui

que c'est loin d'ici et proche de la mer.
Je vous écrirai peut-être si je trouve, ou
encore si je meurs de faim, parce que
c'est vous qui m'avez mise dans le malheur.
Envoyez-moi un peu d'argent pour la route.
Merci tout de même de m'avoir accompagnée le jour du départ et d'avoir porté
la moitié du panier. Si vous pouviez porter

» seriez une forêt. — Dites pas des bêtises...
» Henri? vous êtes sûr? — Il avait un
» gars de treize ou quatorze ans. — Avec
» lui? — Non. — Tant pis! — Il disait
» seulement : « J'ai un gars que j'ai retiré
» de l'Assistance. — C'est lui! Lui! Lui!
» — Attendez : j'ai un gars que j'ai
» placé. — Où? — Il n'a pas dit. Il
» a dit seulement : Dans les premières
» années, le gosse me donnait son argent:
» à présent, il ne veut plus, c'est dégoû-
» tant. »... Moi, j'ai planté là le compagnon, et je vais partir pour la forêt de
Vouvant et pour la Vendée. Ils disent

la moitié de mon cœur, vous verriez que
c'est plus lourd. Adieu, tâchez d'être heureuse.

PHROSINE.

30 juin. — Une autre lettre aujour-
d'hui. Pas de Phrosine. d'une ancienne
camarade de l'école normale de La
Rochelle. Elle m'écrit du Rouergue, et
elle débute comme si elle n'était pas sûre
de mon souvenir. « Peut-être vous rappe-
lez-vous... » Mais, très nettement, je me
rappelle cette faible, tendre et ardente
fille de pêcheurs rochelais, que nous nom-

mions Élise, à cause du personnage d'Esther : « Est-ce toi, chère Élise? O jour trois fois heureux etc.. », et parce qu'elle était née confidente. Celles qui ont confié leurs secrets à cette cassette d'ivoire n'ont pas dû le regretter. Les mots tombaient dans son âme comme la pluie dans l'eau : il ne restait pas trace de ce qui s'était mêlé à sa pensée, de ce qu'elle avait appris, et nous la recherchions, bien qu'elle ne payât pas de retour ses amies. Nous ne savions pas si elle avait des secrets, elle, et sans doute elle n'en avait aucun qui lui appartînt. Les années ont passé, et aujourd'hui c'est elle qui se confie, elle qui demande protection. Je la soupçonnais d'être une chrétienne, de regret et d'aspiration tout au moins, à l'école. Elle m'avait dit un soir : « Vous ne priez jamais, Davidée? » d'un ton qui supposait qu'elle savait, mieux que moi, les routes de là-haut. Or, voici qu'elle s'imagine de renouveler sa question; qu'elle a eu connaissance, — déjà, et par qui? — de mes démêlés avec l'inspection académique ou plutôt avec mademoiselle Renée Desforges, de mes histoires ardésiennes, et elle se fait modeste pour me demander : « Dites-moi comment vous faites? Est-il vrai que vous ayez réussi à être libre, à faire reconnaître votre droit d'être chrétienne dans votre vie privée, et de ne pas être antichrétienne dans votre enseignement? Je souffre tant de contradictions, sur ces deux points, que j'ai besoin d'une aide. Et combien d'autres, silencieuses dans les écoles, et continuant leur carrière de dévouement parmi les pires épreuves, attendent un courant d'air pur, souhaitent que les âmes respirent enfin leur air! Je me suis réjouie en apprenant que vous aviez su, mieux que moi, faire valoir vos droits, et laissez-moi ajouter, ma chère Davidée, que j'ai été surprise : je ne vous croyais pas si près de moi par l'esprit, etc. » J'ai répondu! et nettement! J'ai dit que je n'étais pas responsable des commérages d'un bourg multipliés par les commentaires de mes condisciples ou de mes collègues de l'enseignement. » J'ai eu une toute petite difficulté, qui n'est pas résolue, mais dont je compte bien sortir avec honneur. Je n'ai point de méthode; je n'ai pas de conseil à donner; je n'ai pas de confidence à faire; je n'ai pas la foi dont vous parlez. » J'espère qu'elle n'y reviendra pas. »

. . . .

Onze heures du soir. — « La lettre est partie. J'ai vu le sac de toile verte sur les épaules du facteur, et le facteur sur sa bicyclette. A présent, ma réponse roule vers le Rouergue. Je la regrette. L'irritation secrète où je suis m'a fait agir cruellement. Et la cruauté envers les âmes est de toutes la plus cruelle. Je pense à ces âmes souffrantes, comme celle qui venait à moi, traquées, surveillées,

et qui n'osent pas allumer du feu, dans la nuit, de peur que la flamme et la fumée claire, en montant, ne les trahissent. Elles valent mieux que moi; mais le principe de leur souffrance et celui de ma colère ne sont pas très différents. Je veux le respect de ma dignité, elles veulent celui de leur croyance : ce sont les mêmes procédés qui nous offensent.

<h2 style="text-align:center">XII</h2>

BLANDES AUX VOLETS VERTS

Blandes aux volets verts! Quand Davidée s'éveilla, très tard, le matin du 31 juillet, dans la chambre où jamais personne n'avait habité, si ce n'est elle, où des fleurs, pour elle cueillies, pour elle mourantes et donnant leur parfum de lande, l'avaient enveloppée de souvenirs, à l'arrivée, elle ne voulut pas appeler tout de suite la servante. Au coup de sonnette, c'est la maman qui serait venue la première, la maman que Davidée devinait depuis longtemps coiffée, le petit chignon blanc retenu au sommet de la tête par le même vieux peigne d'écaille blonde, la maman menue de plus en plus, et qui devait épier sûrement, dans la chambre voisine, parmi tous les bruits familiers du matin, l'inhabituel, le désiré, le rêvé qui la ferait accourir : « Maman? Je suis éveillée! Maman? » Non, pas tout de suite. Elle se leva d'abord, avec précaution, mit une jupe, fit un bout de toilette, et entr'ouvrit la fenêtre, poussant les persiennes où la lumière taillait de chaque côté vingt petites barres, de plus en plus ardentes. « Il doit être plus de huit heures, pensa-t-elle, et nous étions en classe, à l'Ardésie, avant-hier, à pareille heure! » La fenêtre qu'elle ouvrait, celle du Nord, donnait sur le rivage de la baie sans falaise et sans dune. Il fallait se pencher pour apercevoir la mer vaseuse. On ne voyait devant soi qu'un marécage, que continuaient des prairies, puis des terres lointaines, à peine montantes, qui se perdaient dans les brumes d'horizon. Les arbres n'occupaient point de place appréciable, ni les routes, ni les maisons, dans cette Beauce marine. Davidée s'était promis une grande joie de ce retour et de ce premier bonjour au paysage d'enfance; elle l'avait éprouvée plusieurs fois : mais ce matin, malgré le soleil, dont le vent promenait en houles la chaleur sur les herbes et sur les épis encore souples, elle demeura insensible, et s'étonna, et découvrit qu'elle avait le cœur pris par la vie de là-bas, par l'infertile Ardésie, par ses enfants, ses ennuis, et peut-être par la chanson de ce Maïeul, qui avait changé de pays afin de se mieux retirer de l'amour de Phrosine. Elle eut une déception, comme si elle voyait défleurie la fleur de son corsage...

— Bonjour, chérie ! Bonjour, bien-aimée !

La maman Birot était entrée, elle embrassait l'enfant, elle s'écartait aussitôt pour la mieux voir et juger de la mine. Toute la désillusion n'avait pas eu le temps de s'effacer dans le regard et sur le visage de la jeune fille ; il en restait une brume qui se dissipait : mais la mère l'avait vue.

— Tu es souffrante ?

— Pas du tout ! Ravie d'être à Blandes ! Papa est-il mieux ?

— Alors tu as de la peine ? Quelqu'un t'a contrariée ? Tu t'es disputée avec la directrice ? Ils n'ont pas eu assez d'égards pour toi ? N'est-ce pas que c'est ça ? Je le devine : ces gens de l'Ardésie ont rendu la vie difficile à mon enfant ! Ils n'ont pas compris le trésor que tu es et qu'ils ont ! Pauvre bien-aimée, pourquoi m'as-tu quittée ? Moi qui comprenais tout ! Dis-moi ce qu'ils t'ont fait ?

L'adjointe avait souri ; elle s'était assise en face de sa mère, dans le grand jour : elle avait pris dans les siennes les chères mains maigres, noueuses, que le sang faisait trembler à chaque battement du cœur ; elle laissait voir la joie, la tendresse véritable, et tout le remerciement qui étaient en elle ; à sa manière, qui était vive et gaie, elle racontait la distribution des prix, le départ, les adieux sans émotion à mademoiselle Desforges, le voyage de l'Ardésie à Nantes et de Nantes à Blandes, dans la nuit. La mère, sans l'interrompre, et seulement pour ne pas remettre à plus tard le plaisir des mots qui accueillent, et qui aiment, murmurait : « Tu es jolie encore plus !... Tes lèvres ont un peu pâli, Davidée, mais comme elles ont de l'esprit ! Plus encore qu'autrefois ! Comme elles ont de la bonté aussi !... Tes lèvres sont heureuses... Je crois que tu deviens châtain... En as-tu des cheveux !... Plus que dans ta petite jeunesse !... Quels bandeaux ! C'est comme une statue de musée !.. Et elle n'est pas encore coiffée !... Ah ! la jolie que j'ai mise au monde ! » Cependant, lorsque le récit devint un peu plus languissant, elle l'arrêta, et, de nouveau, inquiète, elle demanda :

— Qu'as-tu ? Dis-moi le secret ? Tu n'es pas toute pareille à celle qui m'a quittée à Pâques.

Davidée aurait voulu ne pas raconter, si vite, la visite de l'inspecteur, les incidents qui l'avaient amenée : elle s'était promis de laisser passer quelques jours dans la paix, et de choisir l'heure où elle parlerait à son père. Mais la tendresse impétueuse de la mère ne pouvait souffrir un délai ; son imagination grossissante,

trop habituée à manquer d'objet, aurait, sur un soupçon, pour une nuance observée dans les yeux ou le sourire de sa fille, inventé vingt histoires, et cette petite personne, confinée entre les murs d'un village, se serait épuisée en rêves et en larmes, si l'enfant avait refusé de tout dire. Mieux valait troubler la paix, en disant la vérité, moins redoutable. Dès que madame Birot connut le procès de tendance qu'on faisait à sa fille, elle dit :

— Moi, je céderais, parce que ce n'est pas une question de ménage, mais tu es comme ton père : vous mettez votre dignité dans la politique... Il faut prévenir Birot.

— Aujourd'hui ?

— Oui.

Elle redevint la femme de décision qui ordonnait sans bruit, d'un air de soumission, tout ce qui devait se faire dans la maison.

— Le jour est cependant plus mal choisi que tu ne pourrais le croire, dit-elle : ce matin, tout à l'heure, le médecin va venir.

— Mon père est plus souffrant ?

— Non, très malade, depuis longtemps, depuis qu'il ne fait plus rien. C'est triste, quand un homme intelligent se repose. Le mien se tue en buvant. Ses doigts font plus de chemin qu'il ne veut, la tête lui tremble sur les épaules. Il essaye de s'occuper d'affaires, toujours, mais il met plus de temps à faire moins de choses.

— Pauvre père !

— Mais la cervelle est bonne, tu sais ! Il est redouté, comme dans sa jeunesse, et plus terrible : seulement, ses ennemis ont augmenté de nombre ; il n'a plus de chef à abattre, mais il a des troupes qui le guettent à mourir ou à faiblir, et il le sent. Je te le dis : il est terrible.

Elle ajouta, et ses lèvres habituées à se contraindre indiquèrent à peine le sourire intérieur :

— Cependant, avec moi, il est plus doux qu'autrefois.

Elles causèrent peu de minutes ; le timbre de la porte d'entrée, placé au-dessous de la fenêtre de Davidée, annonça l'arrivée du médecin.

— Viens, mignonne.

Dans le « cabinet de travail », — cretonne à dessins orientaux et boiseries en pitchpin, — M. Birot sommeillait, lorsque Davidée entra.

— Oh ! la petite !

Le sang empourpra la face, et deux larmes coulèrent, dénonçant l'usure précoce. Le maître de carrière s'était levé ; il embrassait la petite, il appuyait sa grosse tête, tantôt contre la joue droite, tantôt contre la joue gauche ; il avait saisi sa fille par les épaules, et il la serrait, à la façon d'un ours, et il disait :

— Tu vas me guérir ! On ne m'avait pas prévenu que tu étais chez moi ! Pourquoi ne m'a-t-on pas...

A ce moment, la porte s'ouvrit de nouveau, et madame Birot entra, suivie du docteur.

— Bougre! cria Birot. Que me veut-il, celui-là?

Birot, dont une nouvelle vague de sang gonflait et empourprait le visage, refusait audience au médecin. Du regard, il le défiait, il se moquait, il lui ordonnait de sortir; le bras tendu montrait la porte : la parole était en retard.

Tout à coup, il éclata de rire, se laissa tomber sur le fauteuil de cretonne, et, reprenant l'usage de sa mâchoire, qui se ferma et s'ouvrit en tirant sur les câbles du cou :

— Parbleu, ma fille, tu vas voir le peu que savent ces messieurs! Vous voulez me guérir, docteur? Vous êtes venu à la demande de madame Birot? Oui, je comprends. Elle vous a dit sans doute mes maladies? J'en ai plusieurs. Mais ce qu'elle vous a dit abrégera la visite. Que m'ordonnez-vous, voyons?

Le médecin, qui avait la barbe rousse, dure et égale comme une javelle de blé, homme patient de la patience de sa race paysanne et de l'autre patience, acquise dans le métier, répliqua avec lenteur :

— Il faut d'abord ausculter, palper, monsieur Birot.

— Faites!

D'un geste sûr, comme s'il cassait une pierre, le maire de Blandes arracha le faux-col, ouvrit la chemise, déboutonna le gilet :

— Voilà le coffre!

Et, par-dessus la tête du docteur, qui s'était penché pour ausculter le malade, il regardait Davidée, pour lui montrer qu'il se faisait, à cause d'elle, et d'elle seule, obéissant.

— Eh bien! dit-il quand l'examen fut achevé, que me conseillez-vous, docteur; que me demandez-vous? Je le sais d'avance. Ma femme vous a soufflé l'ordonnance : ne plus boire?

— C'est cela même.

— Ne plus vivre!

— Au contraire : vivre plus longtemps.

— Sans ressort, sans compagnons, sans plaisir! Dites donc, j'ai trimé quarante ans pour gagner ma fortune; j'ai plus travaillé que les camarades; j'ai été plus sage; j'ai été aidé aussi par une femme économe...

C'était la première fois qu'il rendait publiquement justice à sa femme, qui demeura muette, dans le coin de la pièce, mais qui fit un signe d'approbation, en regardant sa fille, leur juge.

— Eux, les compagnons de la pierre, mes ouvriers, continua Birot, ils boivent : moi qui suis riche, je ne pourrais pas? Alors, que voulez-vous donc que je fasse?

Le jeune médecin, assis, intimidé à cause de Davidée, et se frottant les genoux avec les mains, d'un mouvement de va-et-vient, qui courbait et redressait tout le buste, fit une petite moue, pleine de réponses.

— Il y a dix choses à faire pour un homme intelligent comme vous, monsieur Birot.

— A savoir?

— Vous pouvez lire.

— Quoi?

— Mais, ce que vous voudrez : des romans...

— Ça m'embête, c'est des mondes que je ne connais pas.

— Des journaux.

— Le second que je lis ressemble au premier.

— Des ouvrages de vulgarisation scientifique...

— Je ne les comprends pas. Vous perdez votre temps, docteur. Je suis né pour la pierre, pour commander des ouvriers, pour me reposer ensuite en me soûlant avec eux, mais pas pour lire. C'est ma fille qui lit pour moi; moi je bois pour elle : voilà le train de la vie.

Il se mit à rire une seconde fois, ayant jugé que la riposte portait.

— Jardinez, reprit le médecin. Un jardin comme le vôtre...

— Au bout d'une heure, je n'en puis plus.

— Voyagez alors. Dépensez votre argent à faire de beaux voyages.

— J'ai essayé.

— C'est vrai, dit Davidée, nous sommes allés à Biarritz, aux dernières grandes vacances...

— Oui, dans les hôtels riches; mais ce qu'elle ne dit pas, c'est que je me sens ridicule là-dedans...

— Allons donc!

— Vous ne m'en remontrerez pas! Je suis un ouvrier, moi, un tailleur de pierre, et j'ai des habitudes d'ouvrier; ça ne se refait pas, les plaisirs de chacun; c'est dans l'habitude et dans le sang; pourquoi ne me proposez-vous pas d'être médecin?

— Jouez aux cartes, plutôt!

— Dès que j'ai perdu dix sous à la manille, j'ai du regret comme si j'avais perdu ma maison : c'est encore dans mon sang, l'économie. Je ne peux pas mener la grande vie, je ne peux pas jouer, je ne peux pas parler comme eux, ni m'amuser comme eux. Laissez-moi tranquille!

Il se leva, lourd et solide encore. La veine de patience et de belle humeur était épuisée.

— Laissez-moi tous avec vos remèdes! J'ai soif parce que la pierre a soif. On meurt de son métier; je mourrai du mien, qui boit trop. Assez causé! Il est temps d'aller retrouver mes amis!

— Attends, dit madame Birot, pendant que Davidée reconduisait le docteur résigné : j'ai à te parler.

— Plus tard!

— De notre fille, à qui on a fait du tort.

— Alors, c'est différent. Si on touche à l'enfant, moi je ne pardonne pas.

Davidée rentra.

— Qui est-ce, petite?

— L'Inspecteur primaire...

Birot, plié en deux pour se rasseoir, s'arrêta à moitié course, et la regarda de côté.

— Une affaire de curé, je parie?

— Oui, papa.

— J'aime pas ça. Viens tout de même.

La petite s'assit sur une chaise, devant le père et tout près. Et il lui caressa les mains, et elle comprit qu'elle avait gagné sa cause. A mesure qu'elle parlait, l'admiration du père grandissait, pour cette fille qui lui ressemblait, qui n'avait pas peur, qui avait tenu tête, qui réclamait sa liberté et qui parlait bien. Les yeux s'animaient, les lèvres se tendaient et laissaient échapper un juron bref, et Birot se dilatait, esprit et corps, et rajeunissait dans la colère.

— Je ne bois pas ce matin, décidément. Maman, fais-nous déjeuner de bonne heure : je vais trouver le préfet.

— A La Rochelle?

— Oui.

— Tu ne pouvais pas marcher, hier, tu avais la goutte?

— Je ne l'ai plus.

Une joie inusitée libérait les mouvements de Birot, et sa voix, et la flamme de ses yeux, devenue fumeuse en ces derniers temps, et qui se rallumait. Quand il quitta la maison, coiffé de son feutre noir à large bord, vêtu du complet d'épaisse cheviote qui était, été comme hiver, son habit de cérémonie, cravaté de rouge et le bâton à la main, sa femme lui dit :

— Birot, on jurerait que tu vas à une réunion publique!

— Précisément, et ce n'est pas autre chose.

— Tu ne peux pas faire la route à pied, voyons!

Il avait calculé qu'à l'heure où il partait, — un peu avant onze heures, — il n'aurait guère de chance, s'il ne trouvait pas sur la route quelque carriole, ou, à défaut, la charrette d'un marchand de moules ou d'un marchand d'œufs. Ce fut le coquetier qui se présenta, et prit le gros homme en supplément. Il avait un cheval qui trottait comme un poulain qui suit sa mère, tout déhanché et la tête en éveil. Dix minutes avant midi, M. Birot pénétrait dans l'antichambre de la préfecture.

— Je vais annoncer monsieur Birot? dit l'huissier.

— Supprimez « monsieur », dites : « C'est Birot qui est là. » Quand je n'ai pas que des politesses à faire, j'aime mieux me nommer Birot tout court.

— Comme vous voudrez.

Le maire de Blandes fut introduit dans le cabinet préfectoral, et le préfet, jeune et chauve, vint à sa rencontre, la main tendue, mais discrètement, sans allure : il se défiait, et n'était jamais bonhomme qu'en reconduisant ses visiteurs.

— Mon cher monsieur Birot, je n'ai que cinq minutes.

— Cela suffit, monsieur le Préfet.

— Asseyez-vous. Est-ce une permission de moisson que vous venez me demander? Elle est à vous.

— Non.

— L'indemnité pour une vache morte?

Il riait, d'un quart de rire, en homme puissant. Birot ne riait pas.

— Non, une permission, pour une institutrice, d'emporter un gros paroissien,

quand elle assiste aux obsèques d'une de ses élèves.

La ride sourcilière de M. le préfet se creusa et remonta jusqu'aux poils follets, chaumes clairsemés des cheveux tombés.

— Vous vous moquez de moi, je suppose?

— En aucune façon. J'ai recours à vous : l'institutrice est ma fille.

— Mademoiselle Birot?

— Davidée, adjointe à l'Ardésie. Elle a été dénoncée. Je ne veux pas qu'elle ait des embêtements : vous entendez, je ne veux pas!

— Mais c'est dans un ressort qui n'est pas le mien, mon cher monsieur Birot, et je ne puis rien pour vous.

Le père Birot, qui s'était un peu trop enfoncé dans le fauteuil bergère désigné par le préfet, se souleva, s'assit sur le bord, tenant les deux mains appuyées sur ses cuisses, les doigts en dehors. Les mains ne serreraient les jambes que pour ne point montrer avec quelle violence elles tremblaient. Le préfet, au contraire, s'appuya au dossier de son fauteuil de rotin, et fit la moue d'un homme qui aurait une cigarette entre ses lèvres.

Monsieur, dit Birot, d'une voix difficilement frénée, dont les soubresauts martelaient la poitrine et le visage du préfet qui se recula un peu, monsieur, je m'adresse à vous parce que vous êtes notre commis...

— Par exemple! Commis?

— Je ne m'exprime peut-être pas bien, mais je sais bien ce que je veux dire. Vous êtes commis pour tirer d'affaire, toutes les fois qu'ils en ont besoin, les gens de notre bord et pour enfoncer les autres.

— C'est une conception simpliste, monsieur Birot.

Le rire du préfet déplut au tailleur de pierre, qui ne contint plus sa voix.

— Qu'elle soit simpliste, je m'en fiche; elle est vraie. Je m'adresse à vous parce que je vous ai sous la main, et que je ne peux pas, moi, m'adresser à d'autres. Qu'est-ce que c'est que le père Birot en dehors du département? Rien. Tandis qu'ici, je suis une puissance...

— Un homme qui a rendu de grands services, je n'en disconviens pas.

— Des services? non; je suis un homme qui dompte les hommes, qui les connaît autrement que vous, parce qu'il connaît toutes leurs faiblesses particulières, qui les voit vivre, qui les amène à voter pour lui et à voter comme lui. Je me sers d'abord, je veux bien vous servir ensuite, voilà! Mais à une condition...

— Je n'admets pas ces sortes de menaces.

— Il importe peu : moi je puis les exécuter. Je vous dis qu'il faut que l'inspecteur qui a mal noté ma fille répare son injustice!

— Je ne peux pas m'occuper de votre affaire.

— Eh bien! moi, je vais m'occuper de la vôtre, vous entendez!

Birot était debout, les bras tendus vers le haut fonctionnaire qui s'était levé, lui aussi, stupéfait et vaguement ému de voir, si rapprochés de lui, deux yeux si furieux et des poings si violemment énervés.

— Monsieur le maire!

— Je vais vous la démolir, votre commune de Blandes! Je vais l'arranger, votre administration! Je dirai vos dénis de justice et comment vous traitez la démocratie!

— Monsieur Birot, vous demandez l'impossible.

— Vous me croyez vieux, vous aussi! Vous me croyez usé! On vous l'a dit? Eh bien! monsieur le préfet, ça sera peut-être ma dernière campagne, mais je vous jure que je gagnerai la partie! J'ai bien l'honneur!

Il prit son chapeau, s'en coiffa par inadvertance, et marcha vers la porte.

Le préfet lui toucha le bras.

— Je suis désolé de vous refuser, mais vous devez comprendre que, directement, je ne peux pas vous donner satisfaction.

Le maire de Blandes ne répondit pas, haussa les épaules, et descendit.

Il emportait triomphalement l'adverbe. « En a-t-il eu du mal à sortir son « directement », grommelait le bonhomme en descendant l'escalier. En a-t-il eu! J'ai cru que ça ne viendrait pas! »

L'après-midi était avancée; les heures exaspérées où les mouches, les taons, les guêpes, fauchent dans l'air la moisson invisible, faisaient place à la langueur des soirs qui attendent le vent, lorsque Birot, que personne n'avait entendu rentrer, s'avança vers la tonnelle où sa femme et sa fille travaillaient à l'ombre. Le sable écrasé fit plus de bruit que tout Blandes ensemble. Les deux femmes levèrent la tête et mirent leur aiguille la pointe en l'air. « Eh bien? » demanda Davidée. Madame Birot ne demanda rien, et c'est à elle que le gros homme répondit, essoufflé, morfondu, s'épongeant, mais l'œil vif au-dessus du mouchoir qui passait d'une joue à l'autre :

— Je n'ai pas besoin de médecin, maman Birot, je roule encore mon préfet comme un jeune homme!

Puis, caressant la joue de la jeune fille :

— Petite, je suis sûr qu'ils vont t'écrire. Je serais étonné s'ils ne te disaient pas que, pour leur faire plaisir, tu devras emporter aux enterrements, désormais, un livre de lutrin!... Je vous raconterai ça. Je vais me rafraîchir.

Il eut, pour le remercier, le regard profond de Davidée, le regard qui disait aussi : « Pourquoi, vous qui commandez aux autres, êtes-vous si faible contre vous-même? Pauvre père qui allez sombrer dans la démence! »

Les aiguilles, ensemble, percèrent la toile blanche; les fils, entre les grains serrés, coulèrent avec un menu bruit, et, sous les branches du chèvrefeuille, moites de miel et rongées de pucerons, la conversation continua, lente et pour la première fois intime, entre madame Birot et sa fille.

— Alors, maman, tu n'as jamais senti le besoin de croire?

— Ton père m'aurait défendu de faire autrement que je n'ai fait. Il a sa politique. J'aurais cassé mon ménage en deux. D'ailleurs, je suis croyante comme on l'est ici. Qu'est-ce que tu appelles croire, toi?

— Accepter Dieu, et par Lui s'élever au-dessus de la vie qu'on mène, et la juger.

— Je laisse ton père juger, et mes voisins aussi me jugent, et ma conscience. Ta conscience ne te suffit pas?

— JE VAIS VOUS LA DÉMOLIR VOTRE COMMUNE.

— Non, c'est si difficile, sans règle fixe... Quand tu ne savais pas, est-ce que tu demandais conseil?

— Jamais.

— Tu n'as pas connu mon mal, évidemment.

Une abeille, demi soûle de miel de chèvrefeuille et serrant entre ses pattes une feuille morte, tomba sur la toile. Davidée, d'une détente brusque du doigt que le dé protégeait, la jeta à terre.

MADAME BIROT

LAISSA TOMBER SES DEUX MAINS SUR SA ROBE.

— J'essaye de former des consciences, ma pauvre maman, et je sens qu'elles m'échappent, qu'elles meurent comme des nouveau-nés, qu'on m'a chargé de nourrir et pour qui je n'ai pas de nourriture. Je n'ai que l'angoisse maternelle.

— Que dis-tu là? Est-ce que tu ne suis pas le programme?

Ah! maman, je ne l'observe que trop! J'ignore tout en dehors de lui. Je doute de tout l'essentiel. J'ai juste assez d'intelligence pour voir les difficultés; je ne puis pas les résoudre. Je suis tentée de croire et de prier.

Toi!

— Et je demeure incertaine et troublée. Cela ne me fait ni assez bonne, ni assez sage, ni gardienne véritable, ni sœur, ni mère, et ma famille est immense et crie autour de moi. Je me demande pourquoi on m'a envoyée vers mes petites, si démunie pour moi-même!

— Si ton père t'entendait, il se mettrait dans une colère!

— En ces questions-là, maman, la colère ne fait pas une solution.

Madame Birot, qui ne s'interrompait pas plus qu'une araignée de travailler, quand elle avait commencé à tendre un fil, blanc ou noir, laissa tomber ses deux mains sur sa robe relevée en deux plis sur les genoux.

— Davidée, dit-elle gravement, tu m'inquiètes, et j'ai du chagrin, parce que je ne peux pas pénétrer où tu vas, je ne dois pas. Mais je sais bien où tu vas!

— Moi, je ne sais pas, maman. Mais il est sûr que je n'ai plus l'esprit de ma jeunesse, que je n'ai plus le sommeil de Blandes.

La mère soupira, reprit l'aiguille, et, courbée, les yeux rougis par la longue application, dit :

— J'aime mieux ne pas parler de cela. Laisse-moi mon sommeil, que j'appelle la paix.

La paix, je l'imagine comme une respiration dans la certitude, si pleine, si fraîche, si pure et si aisée; je ne l'ai pas.

— Parlons d'autre chose, Davidée. C'est trop fort pour la vieille mère que je suis.

Elles ne parlèrent plus de rien. Jamais des mots semblables n'avaient passé entre les treillages de la tonnelle, jamais ils n'avaient été prononcés dans la maison blanche, et les maisons voisines n'en connaissaient pas le sens.

Du carnet vert. — *31 juillet.* — « Mon père devait nous raconter pendant le dîner son entrevue avec le préfet. Mais la fatigue et d'autres raisons quotidiennes, hélas! ne lui ont permis que de pauvres essais, des départs de phrases, des mots qui cherchaient à se rejoindre, et ne se reconnaissaient pas l'un l'autre, quand ils se trouvaient ensemble. Le plus pénible, c'était la conscience qu'avait mon père de cette déchéance, et de la cause, et de ce qu'elles ont d'irrémédiable. Ma mère s'efforçait de causer avec moi et d'emplir les silences, mais chaque tentative irritait mon père, qui n'y voyait qu'une interruption et un manque d'égards. Il me prenait à témoin. Je souffrais de penser que cette soirée, la première, avait été désirée, rêvée par ma mère, comme l'une des grandes joies de l'année, une revanche des soirs ordinaires, une consolation. A huit heures, maman est montée, pour être sûre que mon père allait se coucher, qu'il ne serait pas repris de l'idée de boire, de rejoindre là, au carrefour des rues de Blandes, ceux qu'il appelle ses amis. Je suis sortie. Il faisait clair et chaud encore. Non! Je ne vivrai pas là! J'appartiens déjà aux douleurs que je consolerai, mais qui sont de la vie. Et alors, la pensée m'est venue que je puis aimer Maïeul Jacquet. Il n'a point de culture, mais du moins il n'est pas déformé par le grand orgueil du petit savoir. Il est capable de courage, même du plus difficile, que les hommes n'ont plus quand ils se croient des dieux : il se sait un homme, un pauvre homme; il a écouté une voix qui était la mienne et plus encore celle de l'enfant morte, et il a pris nos plaintes pour un devoir. Et, pour tenir sa promesse, il a quitté le pays. Il doit être là-bas comme je suis ici, un étranger. Il souffre. Peut-être songe-t-il encore à moi. Si j'en étais sûre, si je me mariais avec lui, il serait mon grand élève; je chercherais ma voie et nous irions ensemble: il ne m'arrêterait pas, si je voulais être meilleure; il aurait confiance, et je ne sais pas si je monterais bien haut : mais il monterait avec moi. »

5 *août*. — « J'ai essayé de lire, chez nous, des livres religieux. Comment en existe-t-il dans la bibliothèque d'un homme comme mon père, qui a des idées anticléricales? Comment sont-ils venus, dans ce lot de trois cents volumes, relégués au grenier? Je n'ai pas osé le demander à maman. Mais j'en ai trouvé deux. Le plus moderne est de Gratry. C'est celui qui me convient le mieux. J'y trouve une foi souffrante, ou mieux, une intelligence des souffrances de ceux qui cherchent, par quoi je suis attirée. Mon état est le trouble, la contradiction, la volonté faible, l'appréhension de déchoir si je ne change pas, le dégoût qui précède l'effort, l'extrême solitude morale. Les maîtres contemporains de la vie spirituelle ont connu mon angoisse. Et c'est ici que je l'apprends, chez mon père! »

6 *août*. — « Ma mère, qui a le don de pénétrer dans les vallées de l'esprit, et qui a perdu, ou n'a jamais eu le goût des sommets, m'a fait lui raconter, par le menu, ma vie d'institutrice. Elle n'oublie rien; elle classe silencieusement les noms, les dates, les descriptions; elle devine ce que je ne dis pas. Ce matin, nous revenions du village voisin : j'ai encore le bras fatigué par le poids du panier de provisions, légumes, œufs et poulet, que je portais. Nous causions de moi, qui suis son grand sujet de méditation depuis vingt-trois ans. Elle a revécu, par la puissance d'amour qui est en elle, presque tout l'inconnu de ma vie, mes années d'école normale et surtout mes premiers mois à l'Ardésie. J'observais sa joie d'être près de moi, et quelle plénitude de contentement exprimait son pauvre petit visage tout blanc, tandis qu'elle marchait, ayant mon ombre sur elle, ayant mon souffle, ayant ma voix, ayant mon âme penchée. Il tombait une brume de marée, tiède et fine. Elle ne s'en apercevait pas. Elle jouissait d'avoir les mains libres, d'être deux, et je croyais que la pensée de l'avenir ne se mêlait pas à cette félicité émouvante. Je me trompais. Elle songeait à mon avenir. Elle m'a dit, comme nous arrivions près de l'école de Blandes, à l'entrée du village qu'elle a coutume de traverser en silence, de peur des échos :

» — Tu dois te marier, Davidée. Le père ne vivra pas longtemps. Moi, je ne te protégerai pas. Ton frère n'est plus guère de la famille, et tu auras de lui plus de peines que d'égards. Seulement, tu es difficile à marier.

» — C'est ton rêve, maman, plus que le mien.

» — Tu ferais ce que je n'ai pas su faire : l'éducation de ton mari.

» — Avec quoi? Avec mon alphabet et mes livres de classe?

» — Non, tu as une force en toi, pour le bien des autres.

» — C'est pourquoi je vous ai quittés tous les deux; mais, à l'épreuve, j'ai vu ma faiblesse.

» J'ai été très troublée de ces mots-là : une force pour le bien des autres. »

Du carnet vert. 11 *août.* — « Phrosine appelle au secours. Elle m'écrit : « mademoiselle, j'ai retrouvé Le Floch: il travaille dans la forêt de Vouvant, qui est loin de la Sologne, en effet. Il m'a vue, il a eu peur, il n'a pas reparu chez la logeuse où il venait, une fois la semaine, changer de linge et dormir dans un lit. Je sais qu'il a dit : « Elle voudrait que je la » reprenne! Mais si je la retrouve ici, je » quitte le pays. » Il n'avait pas l'enfant avec lui. Je sais que l'enfant vit, qu'il est placé dans une ferme, mais où? Venez m'aider. Vous n'avez pas un bien long voyage à faire. On est en Vendée, à ce qu'ils disent. Vous parlerez pour moi à Le Floch. Il ne m'écouterait pas. Si vous ne venez pas, mon enfant est perdu, mon dernier. Et je peux vous dire aussi que je n'ai plus d'argent, que je dois à plusieurs, et que je suis à la fin de mon courage. »

La lettre était datée d'un petit village qui est sur la lisière de la grande forêt vendéenne.

Davidée hésita. Quel service rendrait-elle? Lui demandait-on autre chose que le paiement de quelque note de boulangère ou de logeuse à la semaine? Comme elle doutait encore, elle se souvint de la parole qu'avait dite la petite Anna : « Je vous donne maman », et, quand l'Assomption fut passée, elle partit.

XIII

RENCONTRE

La forêt commençait à peu de distance et emplissait tout l'horizon. Elle couvrait les collines et les combes, jusqu'au tertre lointain, dominateur, planté d'antiques futaies, et d'où coulaient sur la plaine, le souffle du vent de mer et la lumière du couchant. Le soleil descendait vite. Il était plus bas que les branches, et la colonnade des vieux troncs de chênes en était empourprée. En deçà des bois, de la lisière au village, il y avait une plaine, partie en chaumes, partie en champs de pommes de terre, et en bandes de maïs qui ne levaient pas bien haut leurs tiges couronnées de petites houppes, et il y avait aussi une route, toute droite, coupant ces cultures. Par là, pendant l'hiver, descendaient les charrettes chargées de troncs d'arbres qui pliaient de la pointe, et écrivaient sur la poussière. En ces mois de grand été, la moisson étant presque faite, on ne voyait personne, sur le long ruban, qui était pâle entre les terres violettes. Deux femmes, cependant, à la fenêtre d'une chambre, au-dessus du « café des Bûcherons », regardaient mourir le soleil, et guettaient l'apparition de l'homme qui devait venir.

Il avait dit à l'hôtesse le samedi précédent : « A samedi, la mère! Tenez prêtes mes deux chemises, et une livre de lard. » Et à cause de ces mots-là, Phrosine et Davidée attendaient, et elles avaient le cœur troublé. Depuis un quart d'heure, elles guettaient le soleil à mourir, et la silhouette d'un bûcheron à descendre la pente très douce.

— Vous le laisserez s'attabler, disait Phrosine. Quand il aura commandé une bouteille et commencé de boire, il ne fera pas, aux gens d'ici, la malhonnêteté de s'en aller sans donner des raisons. C'est un homme dur, mais plutôt avec moi qu'avec les autres.

— Alors, je me montrerai la première?

— Oui, dans l'escalier, là, vous apparaîtrez. Quand il entendra crier les marches il croira que c'est moi, et il se lèvera à moitié. N'ayez pas peur de lui s'il a mauvaise figure : elle sera pour moi; elle ne sera pas pour vous. Il apercevra vos mains blanches, il pensera : « Ça n'est pas des mains de laveuse », et il sera gentil. Peut-être même que vous l'intimiderez.

— Mais quand je lui aurai dit que vous êtes là?

Phrosine tressaillit, et, sans cesser de regarder au loin la route, dit :

— La colère le prendra, et tout sera peut-être perdu, pour jamais.

Elle était penchée, accoudée à l'appui de la fenêtre, et, derrière elle, Davidée se tenait debout. Le soleil était devenu rouge entre les chênes, et ses rayons, qui ne touchaient plus la plaine, rassemblaient des nuages au-dessus de la forêt.

— C'est le vent chaud pour demain, dit Phrosine. Ils auront du mal, ceux qui couperont les derniers froments.

Elle se tut quelque temps.

Davidée, la première, vit une silhouette d'homme qui se dégageait du noir de la forêt et commençait à descendre vers le village.

— Quelqu'un vient sur la route.

Phrosine ne répondit pas.

— Il marche vite. Il a un bâton sur l'épaule, et un petit paquet danse au bout d'un bâton... Il arrive près de la croix qui est plantée dans le maïs.

— Regardez ce qu'il fera : s'il la salue, ça n'est pas lui.

— Il passe devant... Il détourne la tête... Il a passé... Il la lève à présent vers le café des Bûcherons.

— C'est lui. Retirez-vous : l'heure est venue.

Phrosine qui avait déjà reculé, dans le sombre de la pièce, et Davidée qui s'était effacée, à droite, à l'abri de la muraille, toutes deux continuèrent de regarder celui qui s'avançait dans le jour tombant, et, quand il fut trop près, elles écoutèrent le bruit régulier des pas, le bruit des gros souliers sur la pierre du seuil et celui du loquet de la porte d'en bas, qu'une main pesante et brusque faisait sauter dans la griffe de fer.

— Eh bien! la mère, le linge est prêt?

— Oui, monsieur Le Floch, bien sûr, on n'a pas oublié.

— Servez-moi une bouteille de blanc, comme d'habitude. Il n'y a personne, au moins?

— Vous voyez bien que vous êtes mon seul client.

Les femmes, dans l'ombre de la chambre du premier étage, ne bougeaient pas, de peur que les lames du plancher ne démentissent la patronne. Elles retenaient leur respiration. Et elles entendirent chacun des mouvements qui annonçaient que Le Floch s'apprivoisait et s'attablait. La femme débouchait la bouteille; l'homme versait le vin dans le verre, et buvait, et le bruit du liquide dans sa gorge montait dans la maison tout entière attentive. Le verre était de nouveau posé sur sa table. Les deux manches du veston se reposaient sur le bois. Le Floch devait regarder le mur du fond de la salle, il respirait plusieurs fois, la bouche ouverte, soufflant la fatigue du jour et de la marche. La patronne disait : « Vous permettez? Il faut que je fasse mon ménage. »

Alors Davidée descendit. Les planches mal jointes craquèrent. De l'ombre de l'escalier, le bûcheron, à la lueur de la lampe pendue au milieu de la salle, vit sortir une jupe ornée de quelque broderie, et une main, petite et pâle, qui serrait la rampe. La jeune fille s'arrêta, le cœur battant, puis elle continua de descendre, toucha le sol de la pièce, et s'avança vers l'homme. Il ne ressemblait plus à un lion. Les traits étaient réguliers; la barbe jaune, étroite, tombait sur la veste de velours usée; les yeux, très bleus, très durs, nullement intimidés, demandaient : « Qui êtes-vous? Pourquoi venez-vous droit à moi? Est-ce que je vous ai fait tort? Qu'avez-vous à me reprocher, vous qui n'avez pas peur de moi? »

Davidée vint jusqu'auprès de la table, et dit, tandis que l'homme portait la main à son chapeau de feutre rond, couleur de feuille morte :

— Monsieur Le Floch, je suis une amie de votre femme.

Aussitôt la physionomie de l'homme devint hostile.

— Elle est donc ici? Je m'en doutais!

— Elle m'envoie vers vous, et vous allez m'écouter, parce qu'elle vous pardonne tout, et que ce qu'elle vous demande est juste.

Ce brusque rappel des torts, cette invocation à la justice, et la jeunesse de celle qui disait ces mots-là, agirent sur l'esprit du bûcheron. Un mauvais rire tendit les lèvres, minces comme le pli d'un drap.

— Elle ne veut pas qu'on se remette ensemble, je suppose?

— Non.

— Elle ne veut pas divorcer?

— Non.

— Tant mieux, ça fait toujours des ennuis.

— Elle demande à connaître son fils.

— Ça, c'est autre chose : on peut causer.

— La voici, répondit Davidée, en s'effaçant.

Et l'homme devint tout blême, en apercevant celle qui avait souffert par lui. Elle riait à moitié, gauchement et contre sa pensée, mais pour qu'il n'eût pas peur d'elle, pour que, entre eux, la haine ne parlât pas la première. Puis elle était femme, et, malgré tout, elle se souvenait de l'avoir aimé. Elle avait, là-haut, dans l'ombre de la chambre, relevé et lissé les cheveux qui éclairaient sa figure encore jeune, hardie, inquiète, prête à changer de physionomie au moindre signe de l'homme. Timidement, au moins selon l'apparence, elle prit un escabeau, et s'assit dans l'allée que laissaient entre elles les deux rangées de tables du café.

— Il y en a des années qu'on ne s'est vus! dit-elle.

Le bûcheron secoua la tête pour marquer qu'il ne fallait pas espérer l'attendrir.

— Sans doute, et après?

— Il faut pourtant que je t'explique. Ma petite fille est morte...

— Ah! tant pis!

— Notre petite fille : celle que tu ne connaissais pas. Elle est morte le 5 mai.

— Cette année?

— Oui, il y a trois mois.

L'homme parut songer : « Où étais-je à ce moment-là? » Il dit :

— Si je l'avais su, j'aurais envoyé une couronne. Mais quand on est séparé, comme nous!

— Sans doute.

— Tu es toujours servante à la maison d'école? Je l'ai su par Flahaut, de l'Ardésie, et par le père Moine.

— Oui, ça ne donne pas de quoi vivre.

— Moi aussi, je suis pauvre. On était fait tous deux pour la misère.

— Peut-être. Mais je ne peux pas me consoler de mon enfant, si l'autre ne m'est pas rendu. Je n'ai pas toujours été une bonne femme : on est comme on peut, Henri. Ça n'est pas dans mes habitudes de faire des menteries, et tu le sais, et tu peux me reprocher des choses : mais j'ai toujours été une mère. Dis, Le Floch, où est-il, mon fils, que j'aille le chercher?

L'homme, malgré son audace, n'était pas sûr de ses réponses quand on lui parlait du passé. Il avait eu ses torts, lui aussi. Mais ce fils vivant, ce fils qu'il avait encore sous sa dépendance, et dont il connaissait seul la retraite, voilà un sujet qui l'embarrassait moins.

— Je te vois venir, Phrosine : tu veux profiter des gages du garçon?

Elle dit non, en haussant les épaules.

— Il gagne gros, en effet. Mais ça ne sera pas pour toi.

— Je ne veux que lui. Son argent, il le gardera si ça lui plaît.

— Bah! on ne me trompe pas. Moi, j'ai eu du mal à le retirer de l'Assistance publique. Ils ne voulaient pas me le rendre, justement parce qu'il est grand, qu'il promet, et que j'ai l'air d'un homme, paraît-il, qui sait les devoirs des enfants, envers leurs parents. Il en a fallu des visites, et des menaces, pour qu'ils le lâchent!

Le rire impudent du bûcheron sonna entre les murs de la salle.

— Pendant la première année, il a été raisonnable, le garçon: il a aidé son père à vivre. Mais, à présent, il s'est ravisé. Il ne donne plus rien. C'est à croire qu'il est bâtard : l'argent lui tient aux mains.

— Ça ne te ressemble guère, en effet.

L'homme secoua la tête, et, dans le pli des lèvres qui s'allongèrent, la haine mit sa grimace.

— Tu voudrais me rouler, Phrosine, mais tu n'auras pas ce que je n'ai pas pu avoir. Je ne te dirai pas où il est.

— Et si je le trouve?

— Je t'empêcherai de l'emmener. Y a des gendarmes! Tu serais trop contente, tu me trouverais trop bête! Je dis non!

— Je te supplie, Le Floch!

— Avec moi ça ne prend pas les prières, tu le sais bien.

Elle allait se jeter à ses pieds.

— Dites oui, monsieur Le Floch, dit Davidée, en se levant de l'ombre de l'escalier : nommez la ferme où est l'enfant, écrivez, sur une page de mon carnet, que Phrosine est sa vraie mère, et moi, pour pour vous remercier, je vous ferai cadeau de ceci.

Au bout de ses doigts, elle tenait un billet de cent francs, qu'elle posa sur la table.

— Mâtin, dit l'homme, tu as des amies riches, Phrosine!

Il déplia le billet, cilla les paupières trois ou quatre fois, peut-être pour saluer quatre rêves qui passaient devant lui, puis il dit :

— Donnez-moi une plume. Mais je vous préviens que vous n'aurez rien de lui. Vous faites un mauvais marché, les femmes. Il a de la volonté!

Davidée ouvrit le carnet vert, déchira une page, tendit un crayon au bûcheron, et Phrosine, haletante, stupéfaite, suivait le mouvement de la lourde main qui écrivait : « Maurice, valet de ferme à La Planche, ici près, la femme qui te remettra cette lettre est ta mère, Phrosine. On ne s'est pas entendu ensemble. Mais elle est ta mère, tu peux lui obéir si tu veux. Ton père : LE FLOCH. »

Ce fut Davidée qui prit la feuille écrite, et la serra dans le carnet d'où elle l'avait détachée. Pendant une minute, on n'entendit plus un seul mot dans la salle, où la destinée de plusieurs êtres venait d'être marchandée et payée. La lampe, encore balancée au bout de sa chaîne, promenait sur les tables son gros rond de lumière. Le Floch, le premier, retrouva la pleine liberté de son esprit.

— Faut pas que je m'attarde, dit-il, tourné vers Phrosine. Il y en a une qui serait jalouse!

Une cruauté singulière fit flamber, d'un feu roux, ses yeux bleus. Il sentait qu'il venait d'aliéner son fils. Il se vengeait.

— Elle ne veut pas que son homme passe la nuit à l'auberge... C'est drôle. Phrosine : elle a des cheveux couleur des liens, couleur du renard.

Elle se redressa :

— Couleur de loup.

— Si tu veux.

— Elle n'est peut-être pas aussi belle que moi, la garce : il y a des chances!

Elle disait cela, insolemment, les bras croisés, et belle, en effet, d'une beauté près de mourir, rajeunie par l'émotion. L'homme l'étudia, et ce ne fut pas sans complaisance. Il dut se rappeler la fiancée, la mariée, les jours d'amour où les voisins surnommaient Phrosine « la belle louve », mais il se leva, ricanant, et dit :

— Elle est plus jeune!

Et ce fut fini entre eux.

Phrosine se recula. « Tu es le même, murmura-t-elle, tu ne changes pas. » Mais elle ne disait point cela trop haut, de peur que l'homme ne se repentît d'avoir signé la feuille. Lui, il se versait un second verre, le buvait d'un trait après avoir dit, comme il convient, en regardant Davidée : « A la vôtre! » Puis il appelait la cabaretière.

— Donnez les hardes lavées, la mère?

— Voilà.

Il dénoua le mouchoir attaché au bout du bâton, mit le linge propre à la place de l'autre, et, saluant Davidée, de la main portée au front, sans regarder sa femme mais la voyant dans chaque goutte de son sang, il se dirigea vers l'entrée.

Là, ayant déjà ouvert à demi la porte, et tandis que le vent de la nuit soufflait jusqu'au fond de la salle, il dit, d'une voix âpre, qui cachait son émotion :

— A présent, je rentre en forêt. On n'entendra plus souvent parler de moi.

Il s'éloigna. Le bruit de son pas vint frapper aux vitres, de plus en plus faible, comme un doigt dont la force s'épuise. Et la grande nuit roula sur le village et sur les champs sa marée silencieuse de ténèbres et de vent. Davidée dormit à peine. Elle pensait : « Aucune misère morale ne m'a tant émue, et la cause m'en apparaît. Le corps d'un jeune homme, le corps d'une jeune fille ont été attirés l'un vers l'autre. Ils ont appelé cet attrait : amour, et ce que cela a duré : mariage. D'autres tentations sont venues, hommes, femmes, colères, paresse, gêne, et il n'y avait pas d'âme pour résister. Quelle fin de ce qui devait être éternel! »

Au petit jour, les deux femmes, qui avaient quitté le bourg encore endormi, marchaient sur la route qui s'enfonce, à l'Est, évitant la forêt, tournant un peu çà et là, autour des coteaux un peu rudes, et reprenant sa direction, comme une boussole troublée. Elles se disaient l'une à l'autre : « Qui parlera? Nous sommes, vous et moi, tout inconnues et égales pour lui. Et lequel vaudra le mieux : le demander d'abord à ceux de la ferme de La Planche; ou bien le prendre à l'écart, tandis qu'il sera au travail? »

— Pourvu que le père n'ait pas menti!

— Je ne crois pas.

— Vous ne savez pas toute sa méchanceté, pas plus que vous ne connaissez la mienne.

— Pourquoi dites-vous cela?

— Oh! ma pauvre fille! il y a du mauvais monde par le monde. Et nous en sommes, lui et moi. Ils m'appelaient la louve : ils avaient raison.

Elles suivirent le chemin où les ornières d'hiver avaient durci, germé des graines et porté des épis de plus d'une sorte. Les champs étaient plus pauvres

frangé tout autour de roseaux, et, près de l'étang, à la hauteur où les eaux d'hiver n'atteignent pas, une ferme, habitation, étables, granges, bergeries disposées en carré.

— C'est La Planche, dit Davidée.

Et, mettant une main devant le bord de son chapeau qui ne la garantissait pas assez du soleil, l'adjointe chercha ce

que tout à l'heure: ils formaient vers la gauche une vallée allongée, à peine déprimée en son milieu, et que deux éperons de la forêt enveloppaient et dessinaient. Malgré l'heure matinale, l'air commençait à danser sur la vallée. La campagne avait une odeur de paille fraîche et de prune. Quand elles se furent avancées d'un millier de mètres dans la charroyère, Phrosine et Davidée découvrirent qu'une chaussée couverte de buissons barrait la plaine, qu'il y avait au delà un étang

qui vivait et se mouvait, hommes ou bêtes, dans ce long paysage. Phrosine, abattue, muette, tout enfermée dans ses souvenirs de la veille, ou du passé plus ancien, ou dans la peur de ce que les minutes à présent toutes prochaines ajouteraient à sa destinée, se laissait mener.

— Je vois, reprit l'adjointe, tout à l'extrémité de la plaine, dans le liseré d'ombre de la forêt, un troupeau de moutons que le berger précède. Je vois, sur l'autre rive de l'étang, à mi-pente, deux faucheurs de blé, courbés, l'un au début d'une planche, l'autre plus loin dans les épis. A qui aller?

Phrosine répondit :

— Au plus voisin.

Elles s'approchèrent donc, traversant la chaussée de l'étang, et elles se tinrent immobiles, à l'entrée de la moisson demi-abattue et demi-survivante. Le faucheur de blé qui arrivait le premier, le corps balancé en mesure et entraîné par la faux, vêtu d'une chemise déboutonnée et d'un pantalon que deux ficelles en croix attachaient aux épaules, était un tout jeune homme, solide, rude, — on le devinait à la vigueur de son geste, — qui ne ralentissait point son effort parce que deux passantes s'arrêtaient et semblaient attendre à l'extrémité de la planche de froment. La conscience de sa supériorité d'homme, et sa sauvagerie naturelle le disposaient mal en de pareilles rencontres. Il avait vu les femmes, et aussitôt, d'un coup de paume, il avait enfoncé son chapeau sur sa tête. On ne pouvait apercevoir son visage. Il se redressa tout au bout du massif de blé, d'un mouvement rapide saisit la hampe de sa faux près de la lame, la fit tourner, la planta dans le sol, et l'acier sonna, et le faucheur dit :

— Qu'est-ce que vous avez encore à me regarder? On travaille, c'est pas nouveau!

— Il a le regard dur et la voix trompeuse. C'est le père! C'est Maurice! J'en suis sûre!

Phrosine était droit en face de lui. Elle ne cherchait pas à lui plaire, elle ne se souvenait d'aucun des mots qu'elle avait pu préparer, en songeant à cette rencontre possible : mais sans geste, sans habileté, défaillante, ne vivant que par son regard angoissé, elle étudiait chaque trait du visage de l'enfant devenu homme, le front, les sourcils mobiles, les cheveux courts qui formaient éperon au-dessus du nez, les oreilles sans ourlet, les lèvres sans vallonnement, tendues même au repos, et ces yeux surtout, ces yeux bleus luisant entre des paupières gonflées de sang, ces yeux mécontents, qui devaient baigner dans une source proche de lumière et de passion. Le jeune homme se tourna vers Davidée, la trouva plaisante, et demanda, levant l'épaule :

— Comment sait-elle mon nom?

— Comment je sais ton nom?

— Oui, qui vous l'a dit?

— Je te l'ai donné : je suis ta mère.

Le faucheur haussa encore l'épaule, eut un regard de dédain pour ces deux aventurières, qui lui faisaient perdre son temps.

— Je ne sais pas ce que c'est, je n'en ai pas, de mère.

Et il se détourna, abaissant sa faux,

pour se remettre à l'ouvrage. L'autre faucheur n'était plus loin; il arrivait, et on entendait le cri des tiges coupées et la chute sur le sol des gerbes non liées.

— Allons, les femmes, reculez-vous. Je n'ai pas de temps à dépenser à vous écouter.

Mais la mère était déjà entrée dans le froment qu'il allait faucher. Elle avait les yeux mouillés de larmes, elle joignait les mains, elle ne touchait pas son enfant, elle le priait :

— Ta vraie mère, qui est venue de l'Ardésie. Ton père a dû te parler de l'Ardésie, où j'habite?

— Non.

— Eh bien! c'est lui tout de même qui m'a dit où tu travaillais, Maurice. J'ai eu bien du mal à te retrouver. Je suis toute seule, à présent. Ne me renvoie pas. Ne sois pas dur, comme d'autres ont été durs. Je veux que tu me connaisses, au moins, et que tu causes avec moi.

Une voix, celle de Davidée, s'éleva à quelques pas en arrière.

— C'est vrai, tout ce qu'elle dit. Vous pouvez la croire.

Maurice Le Floch, craignant le ridicule, observé par le valet de ferme qui levait les yeux en fauchant et qui pouvait tout entendre, répéta :

— Allons! Hors du froment!... Si vous voulez, vous aussi, que je vous donne l'argent que je gagne, je vous avertis que l'autre n'a pas réussi.

— Je n'en veux pas, de ton argent; je veux que tu me connaisses et, quand tu me connaîtras, que tu viennes vivre avec moi, si cela te plaît... Je ne peux pas t'y forcer. Je veux que tu m'aimes...

Elle se retirait, parce qu'il s'était baissé, posant ses deux mains sur les deux courtes poignées assujetties au manche de la faux.

— Venez à La Planche, après la mérienne. Vous parlerez à maître Ernoux, qui est mon patron.

D'un coup demi-circulaire il abattit une tranche de froment mûr. Et, fonçant dans la moisson, la tête à la hauteur des épis, plus vite qu'il n'était venu, sans se retourner, il laissa les femmes s'éloigner. Il entendait pourtant Phrosine qui pleurait. Et, comme il était jeune, il avait le cœur en songe.

— Je vous accompagnerai jusque chez Ernoux, disait Davidée qui tâchait de consoler Phrosine, et après, je reprendrai le chemin des Blandes, car ils doivent s'inquiéter chez moi.

Elle était heureuse, mais non de ce plein bonheur qu'elle avait espéré. Elle aurait voulu que Phrosine lui dît : « Je ne le quitterai pas. Il faudra qu'il s'enfuie loin de moi, lui aussi. Mais je le gagnerai, voyez-vous. » Phrosine se taisait, déçue d'avoir trouvé le fils trop semblable au père. Et Davidée songeait, la voyant marcher près d'elle : « Serait-elle venue, si elle avait connu son fils? »

Il était plus de deux heures, quand les voyageuses, qui avaient déjeuné dans le village, se présentèrent chez le fermier de La Planche. Maître Ernoux, qui avait été prévenu, les reçut bien, les fit entrer, pour leur faire honneur, dans la chambre où le bois de trois armoires, d'une commode et d'un lit, luisait dans la paix inviolée. C'était un gros homme court, qui avait une figure d'avocat finaud, toute rasée, et qui venait de dormir dans la grange, avec tout son monde, quand Phrosine vint faire aboyer le chien de garde. Même, il avait encore des brins de paille dans les cheveux. Il écouta, comme un juge, le récit que lui fit Davidée, parut attacher une importance majeure à l'écrit signé par Le Floch, et ne manqua pas de considérer Phrosine, pendant que l'adjointe racontait. Alors, il appela Maurice, son second valet, et le fit asseoir en lumière, près du lit en face de la fenêtre.

— Maurice, dit-il, je crois que c'est ta vraie mère.

— Ça se peut.

— Elle a un papier, et puis de la ressemblance, il ne faut pas dire le contraire. C'est pas les yeux, c'est pas le front, c'est pas le nez : mais c'est quelque chose tout de même.

— Je ne dis pas : mais qu'est-ce qu'elle demande? Je suis bien ici. Quand j'ai retrouvé mon père, tout de suite il a fallu lui donner de l'argent. A présent que je retrouve ma mère, je ne veux rien donner. Je le dis : rien!

— Je t'approuve, mon garçon. Mais tout de même, si c'est ta mère, elle a un droit de mère. Elle peut t'emmener dans son pays.

— Oh! si ça n'est que ça!

— Quand tu auras fini ton temps chez moi, par exemple! Tu as été embauché, tu es content de moi, je suis content de toi : il ne faut pas nous quitter.

— Et puis, chez elle, est-ce que j'aurai ma chambre?

Phrosine n'était pas étonnée de ce marchandage. Toute sa vie elle avait été commandée et opprimée par l'égoïsme des hommes, de son père, de son mari, de ses amants, de ses voisins qui louaient ses mains de laveuse. Cependant la mère n'avait pas imaginé la première entrevue avec le fils reconquis. Sûrement, elle avait compté que l'enfant l'aiderait à vivre. Mais surtout, elle s'était réjouie dans sa tendresse maternelle veuve de la petite morte. Et la déception avait raison, une fois, une première fois, de cette nature fougueuse, que l'injustice ou la peine révoltait, mais n'abattait point. Phrosine, penchée du côté de son

fils, ne voyait que lui. Elle n'avait qu'une pensée et que l'enfant n'entendait pas. « Quand donc se jettera-t-il dans mes bras? Lui, mon premier né, pour qui j'ai souffert, lui le seul à présent, lui que j'ai cherché dans la détresse que personne ne connaît, lui dont le baiser me manque depuis douze ans! Maurice! Maurice! Demain je serai ta servante et je laverai ton linge; demain tu me reprocheras la soupe trop maigre et le vent qui souffle sous ma porte : aujourd'hui, embrasse-moi! »

Il restait défiant, sur sa chaise, consultant la physionomie de maître Ernoux qu'il savait un homme entendu et difficile à tromper. On eût dit qu'il discutait les conditions d'un contrat qu'on lui proposait, et qu'il n'avait qu'une question à examiner et à résoudre : la place nouvelle vaudra-t-elle l'ancienne? Davidée faisait les réponses. La mère se taisait.

— Y aura-t-il aussi, disait-il, un logement pour ma bicyclette?

— La maison est assez grande, répondait Davidée, qui songeait à la maison des Plaines. La bicyclette y tiendra sans peine à l'abri.

— Et la terre, par là-bas, est-ce qu'elle est plus lourde qu'ici? La femme ne dit rien, — il désignait sa mère, — elle ne peut me garantir que j'aurai de l'ouvrage bien payé, au prix de maître Ernoux. A-t-on tout le dimanche, au moins, dans les fermes? Donnent-ils de la viande pendant les batteries? Et du vin?

— Ceux qui travaillent ont l'air heureux... Ils ne se plaignent pas plus qu'ailleurs.

Le patron de la ferme de La Planche comprit le premier le silence de la mère. Il avait hâte de reprendre le travail. Et, ayant vu, à travers les vitres, une charrette qui partait vide pour le bord de l'étang où la moisson souffrait :

— Allons, dit-il, tu t'en iras quand l'automne sera venu. Embrasse-la, ta mère, tu vois bien qu'elle n'attend que ça!

Le gars hésita un peu. Phrosine s'était levée. Il se leva. Il se sentit attiré par un amour violent qu'il ignorait; il se sentit pressé contre ce cœur qui battait pour lui; et des mots qu'il n'avait jamais entendus enveloppèrent cet isolé : « Mon Maurice, mon bien-aimé, embrasse-moi encore! Dis que tu vas m'aimer! »

Quand il s'échappa des bras maternels, Maurice Le Floch dit seulement :

— Ça me change d'avoir une mère. On s'habituera peut-être; mais je ne donne pas d'argent!

Reprenant son chapeau de paille, qu'il avait posé sur le carreau de la chambre, il se secoua, comme un chien qu'on a caressé, et dit à maître Ernoux, à voix basse :

Faudrait tout de même savoir si la paye est bonne, par là-bas? Sans ça... Et Phrosine entendit.

Dans le soir tout proche de la nuit, Phrosine et Davidée revinrent au village qu'elles avaient quitté le matin. Phrosine n'était plus la mère que grandissait l'espoir de reconquérir son fils. L'enfant, elle l'avait jugé, et trouvé trop semblable au père. Toute la fatigue, tout l'argent, le trahisons, à des ripailles, à des pièges qu'elle tendrait, à ce qu'elle ferait pour attirer Maïeul. Elle avait le cœur irrité, sauvage et fou comme une guêpe au bord des cuves de vin. Elle allait, de son pas hardi et déhanché, mâchant un brin de menthe cueilli dans le fossé. L'heure de la séparation approchait. Phrosine se décida à parler. Elle dit, sans regarder Davidée :

temps, l'ingéniosité, le rêve qu'elle avait dépensés, n'avaient servi qu'à lui faire découvrir cet être calculateur par qui elle souffrirait encore. Elle l'emmènerait, oh! sûrement, et quoi qu'il en coûtât!

car il était sa victoire contre le mari : mais cette victoire ne promettait aucune joie et ne donnait pas de force. Alors, du passé mauvais, l'ancien vice s'éveillait, et elle conversait avec lui, compagnon toujours prêt. Davidée l'entendait rire et ne comprenait pas. Phrosine songeait à des

— Je suis décidée. J'habiterai près de La Planche jusqu'en novembre. Je veux que Maurice ne reste pas avec le père. Il m'aidera ou il ne m'aidera pas, mais je ne veux pas le laisser à Le Floch. On s'en ira d'ici ensemble. Après, je verrai.

Elle se tut un moment. Et, changeant de ton, devenue agressive comme aux jours mauvais du passé :

— Vous avez des nouvelles du fendeur de la Forêt?

Elle ne nomma pas Maïeul.

— Non.

— Moi, j'en ai.

— Par lui? dit vivement Davidée.

— Non. S'il m'avait plu d'en avoir par lui, je les aurais eues. Il paraît qu'il réussit.

— Tant mieux.

— Et le bruit court que vous l'épouserez.

Davidée s'écarta de celle qui marchait sur la même banquette de la route.

— Pourquoi me parlez-vous de lui, et comme vous le faites, méchamment?

— Je vous ai dit que j'étais mauvaise. Garez-vous de moi!

— Phrosine, ce que je voudrai un jour, je ne le sais pas. Et cela ne regarde personne.

— Pardon, moi, la première : j'ai droit sur lui.

— Il vous a quittée.

— A cause de qui? Croyez-vous que ça se pardonne?

— A cause de la petite que vous faisiez mourir.

Phrosine s'arrêta. Elle jeta le brin de menthe du côté de Davidée.

— Je ne peux plus vivre! Mon mari s'est mis avec une autre. Mon fils ne partagera pas son pain avec moi. L'a-t-il assez dit? L'avez-vous entendu? Et à présent, vous voulez me prendre mon amant?

La voix de Davidée, nette et ardente cette fois, répondit :

— Eh bien! tâchez de le reprendre, à présent qu'il m'aime!

Les mots s'en allèrent au galop sur les terres plates, comme une meute. Les deux femmes les écoutèrent se perdre dans l'ombre. Puis elles se séparèrent : Phrosine retourna au village dont dépendait la ferme de La Planche, et Davidée continua seule et gagna le café des Bûcherons.

Elle n'était pas troublée. Une menace lui avait fait dire et crier ce qu'elle ne savait pas elle-même qu'elle pensait. Davidée avait déclaré son amour, et, bien que ce ne fût pas à Maïeul, elle était comme les fiancées qui ont dit : « Je vous aime, je suis à vous », et qui regardent avec assurance, avec émerveillement, le rayon que ce phare projette sur la mer toute noire et mouvante. Le rayon ne supprime pas l'inconnu, mais le traverse tout entier. Elle s'était mise à marcher vite, en quittant Phrosine. En approchant des maisons, elle vit, au bout d'une rue, une seule fenêtre éclairée, et aussitôt toute la vaste nuit fut sans embûche et sans crainte. La lueur des étoiles mettait une joie paisible sur les tuiles des toits, et le reste était de l'ombre. « J'ai été obligée de parler. En l'aimant, je le défends contre elle, contre lui-même. Qu'importe qu'il soit un pauvre? s'il ne résiste pas à un conseil noble, il est noble. Déjà il s'est séparé de cette créature. Respirer le même air que sa faute ancienne, ce doit être une cause de faiblesse. J'ai fait un aveu qui m'a surprise moi-même. Mais quelle force il me faudra pour deux! Quelle pureté! Où la prendrai-je? Je me sens ignorante de ce que j'aime le mieux et de ce qui me tente le plus... Mon secret n'est pas encore à lui. Il n'est qu'à moi, et à l'ennemie que j'ai obligée. Je n'ai rien obtenu d'elle. Elle me hait. Cependant, je ne regrette rien. J'ai l'âme étonnée et légère. Que la source d'où sont venus à ma jeunesse les désirs de dévouement s'ouvre de nouveau! Que je voie ma route afin de conduire les autres! Que je n'aie pas peur de voir! Que je sois une femme inconnue, mais capable de bien! »

Elle s'aperçut qu'elle avait prié.

Le lendemain, de bonne heure, Davidée s'éloigna du pays, où la forêt de Vouvant était déjà chaude sur les collines.

XIV

LE RETOUR EN ARDÉSIE

Octobre, mois doré, ranimait, sur les buttes de l'Ardésie, les palmes des genêts qui fleurissent plus d'une fois. Davidée avait reçu, au retour des vacances, une lettre de l'inspecteur primaire. Il annonçait d'abord qu'il était promu à une classe supérieure, nommé à un poste de choix, dans une résidence voisine de Paris, promesse en même temps que récompense, puis, ayant parlé de soi, il ajoutait : « Quant à vous, mademoiselle, vous ne doutez pas du soin vigilant, et tout sympathique, avec lequel j'ai défendu votre cause. Vous étiez, je ne dis pas menacée, mais l'objet de quelques soupçons, que j'ai écartés. Rien ne subsistera, j'en suis persuadé, de ces défiances que j'ai dû combattre, si vous voulez bien apporter de la prudence, une extrême prudence, dans la manifestation de sentiments qui sont licites, assurément, mais qui doivent être sans zèle. En toute circonstance, croyez bien, mademoiselle... » L'adjointe, après lecture, avait souri, et conclu tout haut, dans sa chambre où le soleil de deux heures venait d'entrer : « Merci, papa Birot, c'est vous qui avez gagné! » Et la lettre officielle, glissée dans le coffret aux souvenirs, eût déjà été oubliée, si d'autres lettres ne fussent venues la rappeler à la vie. Celles-ci n'étaient pas écrites par des personnages, mais par de jeunes institutrices, qui demandaient conseil, timidement ou sans détour, selon le tempérament, l'émotion, l'âge de la signataire. La première, avant les vacances, avait presque irrité Davidée, mais cette confidence répétée lui révéla des sœurs qu'elle ne soupçonnait pas. Elle sentit décroître la solitude de son esprit, et des sympathies commencèrent en elle, douces quand même, pour des inconnues, dont elle ne verrait probablement jamais le visage. Elle entendait la souffrance noble qu'une élite de filles du peuple de France éprouvait avec elle. Comment lui étaient-elles adressées, à elle, ces lettres, et comment ces étrangères avaient-elles confiance? Qui avait publié que, parmi les pierres bleues de l'Ardésie, il y avait une adjointe inquiète pour l'âme de ses petites filles, et qui avait porté, un jour, un gros paroissien sous son bras, et qui ne s'était point excusée? Des ennemis? des jaloux? une admiration secrète? des employés qui bavardent? Toutes les fois qu'un fil de fer est jeté au-dessus de la terre, les hirondelles viennent s'y poser.

« Mademoiselle, je suis une jeune fille de votre âge, mais une faible, une incertaine. Je vous envie. Je sais que vous avez eu le courage de vous avouer chrétienne. Je ne l'ai pas eu, en plusieurs occasions. Et cependant j'ai plus de foi que les personnes qui vivent près de moi. Je suis arrêtée par une crainte dont je suis humiliée. Je voudrais être plus utile, plus véritablement éducatrice que je ne suis. Je souffre de ne donner de moi-même que le moins bon, le moins sain, le moins vrai. Mademoiselle, conseillez-moi, parlez-moi, indiquez-moi des livres que je lirais, et qui m'affermiraient, non pas seulement dans ma foi qui est si imparfaite, mais dans mon devoir d'institutrice, qui ne peut être médiocre, réduit, en désaccord avec la vie, comme je sens que l'a été jusqu'ici mon enseignement. Voir tout le mal, ne pas oser dire où est le bien, ou ne donner du bien que des formules non appuyées, en l'air, qui ne touchent que la mémoire : connaissez-vous cette peine professionnelle? J'ai des amies, — quelques-unes, — que je sais ou que je devine semblables à moi. Voudrez-vous me répondre? Je l'espère.

. . . .

« J'habite très loin de vous, mademoiselle. Je ne connais de vous qu'une de vos amies, mademoiselle S..., qui a été votre condisciple à l'école normale. C'est assez pour que j'aie confiance dans votre bonté et dans votre discrétion. Nous avons eu, ces jours derniers, dans cette grande école urbaine où je suis adjointe titularisée, une discussion vive. Je suis très raisonneuse. Je soutiens mon sentiment

avec une passion que je tâche de rendre polie, mais j'éprouve ensuite, souvent, le besoin de fortifier, de m'assurer moi-même dans une position que j'ai crue juste. Nous parlions morale, avec la directrice, son mari et l'autre adjointe. Je rappelais qu'après avoir, par degrés, éloigné de l'enseignement les dogmes fondamentaux du christianisme, l'idée d'immortalité personnelle, l'idée de Dieu, et par conséquent la morale chrétienne qui ne peut en être séparée, on avait cherché à créer ou à exhumer des morales. Beaucoup d'hommes de talent, et d'ardente passion, s'y sont employés. On a fait des essais. Mes contradicteurs reconnaissaient que ces morales de fortune n'ont pas tenu. Mais nous nous séparions sur ce point : je prétendais, j'affirmais qu'on ne cherche plus. On a renoncé à avoir une morale. Je disais que cela était une grande trahison envers les familles, les enfants, et que notre ambition, qui est de préparer à la vie, ne pouvait plus nous soutenir comme auparavant, qu'elle était faussée, au fond de nous-mêmes, elle, le ressort premier. Ils n'en convenaient pas. Dites-moi ce que vous en pensez. »

. . . .

« ... Mademoiselle, j'ai lu des livres irréligieux qui m'ont troublée, un surtout, bien fait, mais si cruel et sans espérance. Je l'ai laissé là, vers la moitié, parce que je me suis dit que je n'avais pas les connaissances suffisantes pour critiquer ma lecture et la supporter. Il m'est resté des préoccupations. J'ai été un moment séduite par l'idée d'une religion sans dogme, qui ne serait qu'un élan intime de notre âme vers Dieu. En réfléchissant, j'ai compris que ce serait là une anarchie, tout le contraire d'une société religieuse et d'une morale commune. Mais ma faiblesse me ramène aux arguments que j'ai déjà réfutés. Connaissez-vous cette persécution de nous-mêmes par nous-mêmes, qui est si dure et lassante, quand on n'a pas de confidente? Parmi mes compagnes de l'école normale, il y en a sûrement qui souffrent de la même crise que moi, et qui n'osent pas plus que moi l'avouer. Il y en a aussi qui auraient besoin d'affection, à qui je voudrais tendre la main. Pour nous, ici, les journées passent, intéressantes souvent, pleines d'une vie factice et extérieure; mais, revenue à ma solitude du soir, je me dis que mon âme n'a pas jeté de lumière sur une âme, et n'en a reçu de personne. Aidez-moi. Le courage d'une seule suffit pour plusieurs. Je viens près de vous chercher la force de rester moi-même, d'être bonne, de me confier entièrement. »

. . . .

Mademoiselle Birot recevait aussi quelques visites. Elle avait même vu arriver, à l'école, l'avant-veille de la rentrée, un jeune homme, instituteur dans une commune d'un département voisin. « Eh bien! ma chère, avait dit mademoiselle Renée Desforges, vous devenez célèbre. Des lettres, des visites : je ne vous envie pas, et je doute que cela vous serve. Enfin il est dans la cour ; il vous demande ; désirez-vous que je le renvoie ? — Non, je descends. — Vous n'avez pas défait votre valise ! — Je remonterai. » Ce jeune instituteur, rose et frisé, recherché dans son vêtement et son langage, parla d'abord en camarade, gentiment, et comme s'il n'avait eu, vraiment, d'autre raison de venir et de se plaire, sur cette cour d'école, qu'un attrait de jeunesse pour une fille jolie et d'esprit vif. Mais, avant de se retirer, il tendit la main, devint tout sérieux, et il avait autre chose que de l'amour dans les yeux, quand il dit : « Nous ne sommes pas trop nombreux à penser de même. Il faut que nous nous connaissions. Et puis, la bravoure, c'est si bon à voir! »

Sur son carnet, l'adjointe écrivait : « Qu'ont-ils donc tous et toutes? Qu'ai-je fait de si étonnant? Pourquoi venir à moi? Hélas! s'ils savaient la vérité, ils verraient que je ne suis pas encore la chrétienne qu'ils s'imaginent. Ils m'obligent à me préoccuper de ces problèmes religieux; ils ne me laissent pas de repos; ils sont mon avancement plus que je ne suis leur conseil. Mes sœurs inquiètes, mes sœurs tendres, je souhaiterais de vous rendre visite dans vos classes, dans la chambre pauvre et propre où vous trouvez le remède si doux d'abord de la solitude. Vous pleurez quelquefois. Vous portez les taquineries, les injures, les injustices, les silences de camarades que vous aimez, et l'éloignement de l'ignorance contente d'elle-même. Je ne suis que l'une de vous, et non pas celle qui a le plus souffert. Je pressens, je devine, je m'efforce, j'aspire, et je reçois la leçon des jours. J'ai été là où Dieu n'est pas : c'est affreux. Vous m'êtes envoyées pour que je connaisse une des plus belles tendresses qu'il y ait par le monde, celle qui s'alarme pour l'avenir d'une enfant étrangère, celle qui s'interroge, qui s'accuse, qui dit : « Lui aurai-je donné la force? Les mères seront-elles mères? Les épouses seront-elles épouses? Quelle pureté puis-je armer? La mienne suffit-elle, tremblante, faite d'instinct surtout et d'exemple? » Tout l'indéfini des avenirs que je prépare est devant moi. Pour mes petites et pour moi, je sens que je dois avoir une vie intérieure, dont nous vivrons toutes. Mes sœurs, je n'ai encore prié que par surprise, dans l'émotion, et timidement, Celui qui peut la donner ou l'accroître. Et vous ne le savez pas! Quelle sécheresse dans le monde des esprits, pour qu'une goutte d'eau comme moi, préservée par je ne sais quel hasard, soit ainsi attirante et semble être une source! »

Davidée faisait donc des visites aux parents des nouvelles élèves. On l'accueillait bien. Elle retrouvait, dans la confiance des mères et dans la facile tendresse des enfants, tout le soin et tout le souci qu'elle avait eus pour les élèves de l'an passé. Plusieurs femmes, qu'elle n'avait pas l'intention d'aller voir, l'appelaient, du seuil des portes. « Eh bien, mademoiselle? Vous êtes donc bien fière que vous n'entrez pas? »

Elle n'était pas fière, mais elle avait de la peine, parce que Maïeul ne lui avait pas écrit, et n'était pas revenu.

Elle fut un peu étonnée quand, une après-midi de la fin d'octobre, il avait plu la veille et les corneilles volaient au-dessus des haies dégarnies, — la petite Jeannie Fête-Dieu, qui la guettait à sortir d'une maison près de l'église, lui dit :

— Grand'mère vous fait dire ses amitiés, mademoiselle. Il paraît qu'elle a des nouvelles. Si vous aviez le temps seulement de venir jusque chez nous?

Quelles nouvelles? La réponse fut prompte. Ce devait être d'une commission de Maïeul que la bonne femme s'était chargée. Davidée n'eut qu'à suivre, après l'église, le petit raidillon, puis le sentier qui traverse les genêts, sur la butte de la Gravelle, et à descendre dans la combe où le jardinet et la maison étaient cachés.

Dans son lit, qu'un rayon de soleil effleurait une demi-heure dans la journée, l'infirme, avec un brin de buis, chassait les dernières mouches qui la tourmentaient. Elle n'avait guère plus de mouvement que d'habitude, mais elle se disait mieux, et les yeux étaient vifs d'une jeunesse passante.

— Que voilà donc une année qui s'annonce bien! dit-elle.

— Pourquoi, mère Fête-Dieu?

— Parce que le monde s'en va vers vous comme si vous étiez le mois de mai! « Bonjour, mademoiselle Davidée! Venez donc jusque chez nous! » On n'entend que cela dans les villages.

— Qu'en savez-vous?

— Jeannie a des oreilles pour moi, et des jambes, et un cœur qui retient les mots doux qu'on dit de vous. Et que diriez-vous, mademoiselle Davidée, si je vous annonçais qu'il y a encore quelqu'un qui désire vous voir?

La jeune fille devint triste, et dit :

— Je ne vous croirais guère.

— Mais s'il m'avait chargée d'une commission?

— Dites, mère Fête-Dieu.

— Il ne vous a donc pas écrit?

— Non, pas depuis qu'il est parti.

— Il a peur, parce que vous êtes savante.

— Est-ce pour cela qu'il n'est pas venu,

depuis près d'un mois que je suis à l'Ardésie? La Forêt n'est pas loin, en deux heures de chemin de fer il serait ici.

L'infirme, lentement, étendit la main, et, du bout du rameau de buis, elle toucha le bras nu de la jeune fille, comme une mère qui fait semblant de corriger un enfant.

— Vous vous défiez trop de la vie, petite.

— Attendez : Maïeul a si bien travaillé là-bas, qu'il a monté en grade : il est compteur depuis la semaine passée, et les gens disent déjà qu'il pourra devenir un jour compteur de levées. C'est une bonne place.

— Assurément! Mais le cœur? Est-il guéri de son mal?

Jeannie, sur un clin d'œil de l'infirme, était sortie de la chambre, et son ombre

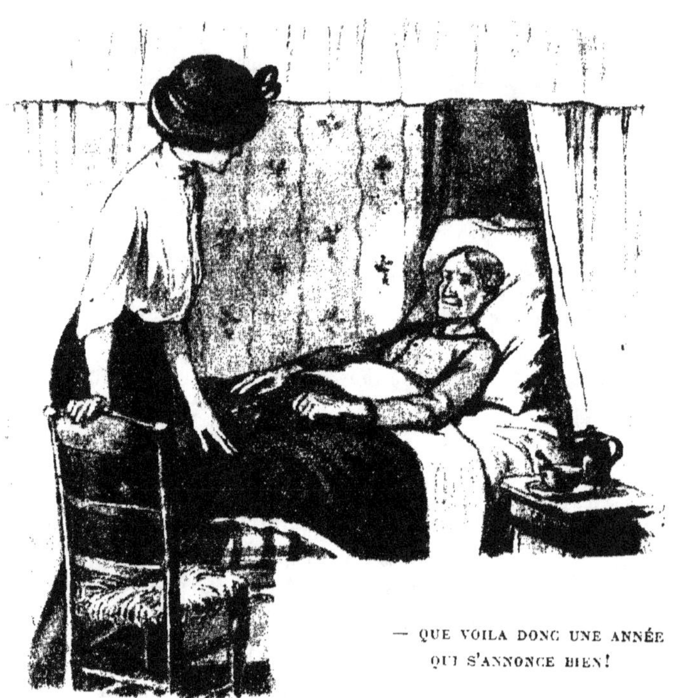

— QUE VOILA DONC UNE ANNÉE
QUI S'ANNONCE BIEN!

— C'est que je la connais.

— Pas toute. Vous avez vu le pire ou à peu près. Il y a du remède pour nous et pour tous ceux de bonne volonté. Il y a du secours.

— Où est-il?

— En paradis.

— Je ne sais pas encore le chemin.

— C'est vite trouvé. Écoutez autre chose : j'ai vu Maïeul.

— Il est venu, et n'a pas cherché à me voir?

— Vous étiez encore en vacances. Il m'a parlé comme s'il était mon fils. Ah! quel bel homme il était, tout ferme de visage, et habillé comme un monsieur.

— Et le cœur, mère Fête-Dieu? Que me fait l'habit?

s'en allait, balancée, sur les plates-bandes du jardin, jusqu'au fond qui n'était pas loin. La joie avait disparu du vieux visage, mais non le calme, ni cette sorte d'assurance qu'ont les vieilles gens très droits et qui sont déjà entrés dans la victoire de l'âme.

— Vous n'êtes pas à plaindre : il n'a qu'un peu de faiblesse, et une peur de lui-même.

— Non : d'elle!

— D'elle, si vous voulez.

Elle remuait la tête sur ses oreillers relevés, la pauvre mère Fête-Dieu, songeant :

— On ne peut rien lui cacher, à cette demoiselle de l'école! »

— Je suis sûre qu'elle lui écrit?

— Eh bien! oui.

— Depuis le mois d'août?

— Avant déjà. Elle a essayé de le reprendre. Lui, il ne répond pas. Il compte les jours. Et s'il ne veut pas revenir, c'est parce qu'il a trop de respect et d'amitié pour vous.

— Il le prétend.

— Soyez-en sûre. Il a quitté l'Ardésie parce qu'il ne pouvait vivre à côté de celle qui a été son péché. A moi parlant, il a dit : « Je ne reviendrai que le jour où je pourrai dire : j'habiterai l'Ardésie et je n'y rencontrerai plus mon remords. »

— Il a dit : remords?

— Oui, ma belle. Et c'est un homme qui ne veut pas mentir. S'il revient, il ne s'en ira plus. Vous pouvez vous fier à lui.

— Autant qu'à un homme.

— Vous dites bien : un homme. Mais l'intention est bonne. Écoutez encore; je lui ai demandé, pour voir : « Mademoiselle Davidée pourrait bien devenir une bonne chrétienne, Maïeul? »

— C'est en effet de ce côté-là que je vais. Qu'a-t-il répondu?

— Il a dit : « Ça ne me fait pas peur. Si j'étais marié, je serais comme elle. »

L'adjointe se leva, et caressa la main pendante, lasse d'avoir tenu le rameau, et le visage qui était devenu grave, tout modelé par la compassion pour la jeunesse.

— Mère Fête-Dieu, je ne vous charge d'aucune réponse. Je n'écrirai, ni ne ferai écrire. J'attendrai. Je ne promets pas que je consentirai s'il me demande. Il est possible que je sois destinée à monter seule.

A l'extrémité du jardin, Jeannie, qui la vit passer, s'étonna grandement que l'institutrice eût les yeux rouges, puisque la grand'mère avait parlé de Maïeul. Elle tapait sur un clou, avec le talon d'un sabot, pour bien prouver qu'elle n'écoutait pas. En voyant l'adjointe, elle cessa la démonstration, chaussa le sabot, et dit : « Bonsoir, ma pauvre demoiselle! » Dans le village, les appels des ménagères n'eurent plus de réponses: Davidée se contenta de faire un geste d'amitié : elle avait hâte de rentrer et de pleurer.

Elle pleura longtemps. Quelle impuissance! A qui aller? Il y avait donc des êtres insensibles à toute preuve d'amitié, comme cette Phrosine et son mari, incapables d'honneur, de loyauté, de justice, et d'autres étaient si faibles qu'un amour pur ne les sauvait pas lui seul, et que, même secourus ainsi, par la puissance d'une vierge, ils inclinaient au mal, ils y retournaient! Pensées inutiles de l'été, inquiétudes perdues, tendresse vaine qui se croyait si forte! Vivre de la sorte et parmi ces cœurs, comme cela était rude! Essayer de les faire vivre? N'avait-elle pas essayé? Quelle dérision! Et demain, dans un an, tant que l'âge de la retraite ne serait pas arrivé, c'est l'effort surhumain qu'elle devrait continuer, l'illusion dont elle devrait se contenter, l'apparence qu'elle devrait offrir à ces pères, à ces mères chargés d'enfants, et qui demandaient : élevez-les! Deux douleurs n'en faisaient qu'une : être abandonnée; dépenser son âme sans profit! N'être pas heureuse et ne pas faire de bonheur! Davidée avait ouvert le tiroir de sa table et relu quelques-unes des lettres que des sœurs inconnues lui avaient écrites. Elle lisait partout le même mot : « Vous, la chrétienne. » Elle se rappela le mot de la mère Fête-Dieu : « Il y a du secours en Paradis. » Le chemin m'est montré, pensa-t-elle. Et elle prit le livre de prières, elle l'ouvrit, elle mit à plat dans sa main une petite image qui se trouvait là, et qui était celle du Crucifié. Un moment elle chercha sur l'image la place de son baiser, mit ses lèvres sur le Cœur blessé, et dit : « Aidez-moi bien ! »

Dans le vent froid qui soufflait, ce soir-là, elle sortit encore, et, par des chemins détournés, gagna la maison des Plaines. Celle-ci était déserte. Les pruniers n'avaient plus de feuilles. Les pyramides de poiriers, dans la nuit commençante, se levaient çà et là, rouges et jaunes comme des flammes.

XV

LA PERMISSION.

Les brumes de novembre, si froides, lourdes et tenaces, corrompaient et tiraient à terre les dernières feuilles. Depuis plusieurs semaines, les poiriers n'avaient plus l'air de torches allumées. Le vent était tout le jour muré sous les nuages, et les maisons y laissaient couler et se tordre leur fumée, lorsqu'un matin, la maison des Plaines ouvrit sa porte et la fenêtre qui donnait sur le petit enclos. Mais elle ne fuma pas, et parmi toutes les voisines, et les lointaines, ce fut comme si elle était seule silencieuse. Phrosine fit le tour de la chambre, où la moisissure blanche couvrait le carreau, par plaques, de sa mousse de savon. Le chat, crevé, devenu momie, était couché sur la cendre du foyer. L'odeur de la mort avait pénétré les murs et les solives. Phrosine n'entra pas dans la pièce d'à côté: elle se hâta de sortir, et, dans le courant glacé du brouillard, dehors, à deux pas du seuil, les bras pendants, elle écouta. Depuis une heure, Maurice Le Floch devait courir les fermes des environs, tâchant de trouver une place pour l'hiver. La valise de carton ornée de cuir de mouton gisait au milieu de la petite allée, dans l'herbe haute, que personne n'avait fauchée. D'un moment à l'autre il pouvait revenir, avec la nouvelle souhaitée. Mais Phrosine attendait une autre visite. Pour celle-ci, elle s'était habillée et coiffée avec soin, dans la petite auberge de banlieue où elle avait couché. Il ne pouvait tarder, lui, puisqu'elle lui avait écrit deux jours plus tôt :

Monsieur Maïeul Jacquet,
compteur à l'Ardoisière et au bourg
de La Forêt, près Combrée.

« Je t'attendrai, mon chéri. Je serai à la barrière de la maison. Je veux au moins te dire adieu, car tu ne peux pas m'avoir oubliée. »

Elle ne doutait pas. Elle avait calculé qu'en descendant du train, il prendrait le tramway de la Pyramide, et qu'à midi et demi, par les chemins qui tournent entre les vergers, il apparaîtrait, et qu'elle saurait bien le retenir, et « se remettre » avec lui, ici ou là, à l'Ardésie ou à La Forêt : qu'importait?

Elle écoutait.

Et quand il fut à peu près midi et demi, un bel homme jeune tourna, du chemin invisible qui descend de la ville, dans le chemin que Phrosine ne cessait plus de regarder. Elle était venue à l'entrée du mince verger plein d'herbe, elle avait croisé ses bras sur la barrière à claire-voie. Elle était fraîche de visage, et jeune par la passion cachée; elle se sentait puissante, puisque Maïeul venait à elle; un sourire faible et dangereux allongeait ses lèvres.

L'adjointe, au loin, là-bas, surveillait la récréation de quelques enfants, et elle ne se doutait pas que Maïeul fût si près de Phrosine.

Maïeul, en apercevant la femme qui le guettait, avait pâli et il avait ralenti le pas. Par faiblesse et par confiance en soi, il avait obéi à l'appel de Phrosine. De loin, à peine ému, il avait dit : « Sans doute, j'irai lui dire adieu, il faut bien. » Pauvre homme qui croyait que le passé est un mort! Depuis le matin, il voyageait vers cette minute redoutable et vers cette femme. Son inquiétude avait grandi. Maintenant, il avait Phrosine devant lui et, la voyant en ce lieu, dans l'enclos où chaque soir, pendant des mois, il était rentré comme un homme marié qui retrouve sa femme, il était dans l'épouvante, de sentir si violente, autour de son cœur, la bataille de son sang. Sa gorge était serrée. Le sourire de Phrosine l'appelait avec une douceur affreuse, inévitable. Elle ne parla pas tant qu'il fut un peu loin, mais quand il se fut approché jusqu'à pouvoir lire dans les yeux tout éclairés et agrandis par la folie mauvaise, elle dit :

— Je savais que tu viendrais. Viens, mon grand! On était heureux autrefois. Viens!

Elle le regarda si doux, qu'il eut le cœur tout chaviré, et elle ouvrait la barrière, lentement, pour qu'il ne vît que ses yeux et n'entendît que les mots qui tiennent captif. Mais quand la claire-voie fut ouverte et le sentier libre, Maïeul regarda la terre. Il vit l'herbe, et les pruniers miséreux sous lesquels Anna Le Floch avait vécu les derniers jours; et il revit en esprit l'enfant qui chassait le péché de la maison, et qui en mourait. Alors, lui qui était si faible et comme perdu, il fut soutenu par une force nouvelle. La prière de Davidée le secourait, le mérite de la petite Anna lui venait en aide. Il commença à se détourner de la femme et de la maison, et il dit :

— Je suis venu pour te dire adieu, Phrosine, et voilà qui est fait.

— Déjà! On ne peut se quitter si vite, toi qui arrives de loin, et moi aussi! Viens, mon Maïeul!

Elle espérait qu'il la regarderait encore une fois. Mais il se détourna tout à fait.

— Phrosine, je ne dois plus être ce que j'ai été.

— Qui te le défend?

— Une qui en a le droit.

— Je la connais!

— Oui, tu l'as connue : c'est ta fille qui est morte!

Il s'écartait déjà de la haie. Il allait vers l'Ardésie. Phrosine courut à lui, furieuse, criant :

— Ce n'est pas la petite, c'est l'autre! Ah! la canaille, elle m'a pris mon amant!

Mais elle n'essaya pas de le rejoindre. Et comme un autre homme, beaucoup plus jeune, sortait du petit chemin qui rôde autour des fermes, et débouche près de la barrière, elle cria de nouveau :

— Maurice? T'as rien trouvé?

— Non.

— Moi non plus! Allons, ouste! charge la valise et continuons le voyage!

Dans la cour de l'école, Davidée surveillait la récréation. L'heure de la classe n'était plus éloignée. Les enfants étaient au complet. L'une d'elles vint, effarouchée, dire à l'adjointe :

— Il y a quelqu'un, à la porte, qui vous demande.

Elle ne savait pas qui la demandait, la pauvre Davidée Birot. Mais comme il y avait un souvenir qui ne la quittait point, elle était aussi blanche que les maisons peintes de Blandes, lorsqu'elle ouvrit le

— AH! LA CANAILLE!

portillon de châtaignier. Maïeul Jacquet
s'était découvert. Il se tenait derrière le
pilier, dans son costume des dimanches, et
si ému, lui aussi, que les mots ne venaient
pas à ses lèvres, et qu'il avait l'air d'un
pèlerin devant la ville de son rêve.

— C'est moi, mademoiselle Davidée!

Elle ne souriait pas, celle-ci; elle ne se
faisait point tentatrice : elle ressemblait
à une morte, parce que son destin allait
être jugé par elle-même.

— Oh! dit-elle, je ne vous attendais
plus.

— Je ne pouvais revenir. Mais j'ai travaillé pour vous.

— Merci.

— Je suis compteur à la Forêt. Ils me
donneront du travail à l'Ardésie quand je
voudrai.

Il comprit qu'elle attendait autre chose.
Après un moment, il dit :

— Mademoiselle, je peux habiter l'Ardésie à présent.

Elle ne répondit pas, mais elle commença
de s'attendrir sur elle-même, comme ceux
qui remontent du fond de la peine.

— Oui, à présent, je peux relouer le
pavillon de la Gravelle. Mais j'ai besoin
de votre permission.

Voyant que la jeune fille ne pouvait
répondre, à cause du chagrin qu'elle avait
encore du passé, l'homme reprit :

— Ça serait plus que mon bonheur si
vous vouliez : ça serait mon salut.

Il ajouta :

— Pour ce monde et aussi pour l'autre.

Davidée leva les yeux, vers les brumes
que le soleil dissipait avec effort. Puis elle
répondit :

— Louez le pavillon de la Gravelle,
Maïeul Jacquet.

Et la cloche sonna l'heure de la classe.

FIN

Pour paraître le 1ᵉʳ Mars 1922 :

NOUVELLE COLLECTION ILLUSTRÉE
CALMANN-LÉVY

RENÉ BOYLESVE

DE L'ACADÉMIE FRANÇAISE

LE
BEL AVENIR

Illustrations de DREVILL.

NOUVELLE COLLECTION ILLUSTRÉE
CALMANN-LÉVY

1451. — Coulommiers. Imp. Paul BRODARD. — 11851-1-22.